Bernd Udo Schwenzfeier   **Einladung zum Mord**

Bernd Udo Schwenzfeier

Einladung zum Mord

und vier weitere Fälle

Bild und Heimat

Den Kollegen der 4. Mordkommission in Berlin gewidmet

ISBN 978-3-95958-040-3

1. Auflage dieser Sonderausgabe
© 2016 by BEBUG mbH / Bild und Heimat, Berlin
© 2006 by Militzke Verlag e. K., Leipzig
Umschlaggestaltung: capa
Umschlagabbildung: Chris Keller / bobsairport
Druck und Bindung: GGP Media GmbH, Pößneck

In Kooperation mit der SUPERillu
www.superillu-shop.de

Inhalt

Vorwort

In der Kriminologie (Lehre von den Ursachen des Verbrechens) nimmt die Viktimologie einen breiten Raum ein. Sie erforscht als Teil der Kriminologie die Beziehungen zwischen dem Rechtsbrecher und seinem Opfer. Die wissenschaftlichen Erkenntnisse über das Opferverhalten werden im besonderen Maße bei der Aufklärung von Tötungsdelikten verwendet.

Inwiefern hat das bewusste oder unbewusste Verhalten des Opfers zur Begehung einer Straftat beigetragen? Der Umstand, dass sich das spätere Opfer unbewusst in eine kriminogene Situation begibt, entschuldigt natürlich nicht die Tat, erklärt aber oftmals, warum es eigentlich dazu kommen konnte. In diesem Zusammenhang spielt der Begriff des »prädestinierten« oder auch »potentiellen« Opfers eine wesentliche Rolle.

So leuchtet es jedermann ein, dass eine Prostituierte auf dem »Straßenstrich« besonders gefährdet ist und jederzeit Opfer eines Raubes oder einer Vergewaltigung werden kann. Das Gleiche gilt entsprechend auch für einen Taxifahrer, der immer damit rechnen muss, dass sein Fahrgast unter Umständen Übles im Schilde führt und ihn wegen seiner Einnahmen überfallen könnte.

Aber nicht nur Angehörige besonders gefährdeter Berufsgruppen können Opfer werden, sondern jeder »normale« Mensch, sei es ein unaufmerksames Kind im Straßenverkehr oder eine zu gutgläubige alte Frau, die auf einen Schwindler an der Wohnungstür hereinfällt, oder ein angetrunkener Lokalgast, der leichtsinnigerweise sein »volles« Portemonnaie zeigt. Ein geradezu klassisches Beispiel für ein »potentielles Opferverhalten« zeigt im vierten Fall eine angetrunkene junge Frau, die sich in tödliche Gefahr begibt, als sie arglos einem Mann in dessen Wohnung folgt, den sie gerade erst vor wenigen Stunden in einem Tanzlokal kennengelernt hatte.

Dass aber auch Straftäter gelegentlich einem Tötungsdelikt zum Opfer fallen können, beweisen zwei der hier dargestellten Fälle. In diesem Zusammenhang werden im ersten und im fünften Fall die Schicksale zweier einschlägiger Straftäter beschrieben, die sich durch ihr provokantes Verhalten selbst in Gefahr brachten und getötet wurden.

Eine bisher einmalige Straftatenserie in der deutschen Kriminalgeschichte macht deutlich, dass auch ein Täter gleichzeitig Opfer werden kann, wie es der dritte Fall in dramatischer Weise aufzeigt. Begünstigt durch eine Chromosomenanomalie, die Folge einer Entwicklungsstörung war, entwickelte der Täter durch die menschenverachtende Behandlung seines Vaters einen inneren Hang, Straftaten zu begehen. Gerade die entscheidende Phase der Sozialisation in den ersten Lebensjahren war hier durch seinen Vater sträflich vernachlässigt worden und damit hatte er unbewusst und unabsichtlich den Grundstein für die abscheulichen Straftaten seines Sohnes gelegt. Ein besonders tragischer Fall eines jungen Mannes, dem erst durch die psychiatrische Behandlung während seiner Inhaftierung entscheidend geholfen werden konnte, später ein normales Leben zu führen.

Die in diesem Buch beschriebenen Fälle haben sich zwischen 1968 und 1999 in Berlin zugetragen. Die Darstellung der Taten orientiert sich eng an den wesentlichen Fakten und Abläufen der Ereignisse. Um die Authentizität der Beschreibung zu erhöhen, wurden einzelne Passagen der Vernehmungen, medizinischer Gutachten und Gerichtsurteile zum Teil wörtlich übernommen und andere, literarisch gestaltet, eingefügt. Die Namen aller beteiligten Personen wurden verändert. Übereinstimmungen mit tatsächlichen Namen wären rein zufällig und sind nicht beabsichtigt.

Mein besonderer Dank gilt meinen beiden Kollegen, Erstem Kriminalhauptkommissar a. D. Manfred Vogt, ehemaliger und langjähriger Leiter der 4. Mordkommission, und seinem Nachfolger, Kriminalhauptkommissar Lutz Wieczorek, die mir bei meinen Recherchen behilflich waren und damit wesentlich dazu beigetragen haben, dass dieses Buch entstehen konnte.

Einladung zum Mord

Jürgen Venske war mit Leib und Seele Jogger. Regelmäßig zog er sich die Laufschuhe an und lief von seiner Wohnung aus einige Straßenzüge bis hin zum Jahnpark, einer großen Grünanlage im Herzen Berlins, die inmitten der beiden Bezirke Neukölln und Kreuzberg liegt und die von den beiden Straßenzügen Columbiadamm und Hasenheide begrenzt wird.

Es war Dienstag, der 23. Januar 1996, und es war bitterkalt. Aber neun Grad minus und Schnee auf den Wegen hielten den Freizeitsportler nicht davon ab, seinem geliebten Hobby nachzugehen. Nach Rückkehr von seiner Arbeit lief er kurz vor 18 Uhr los und erreichte wenig später den verschneiten Park. Es war stockdunkel, und nur einige Radfahrer und andere unverwüstliche Freizeitsportler kreuzten seinen Weg. Er hatte eine feste Route, die er immer einhielt und für die er eine gute Stunde brauchte. Dreimal musste er dazu eine bestimmte Runde laufen. Als er bereits zwei gelaufen war und sich in der Mitte des Parks befand, zerrissen mehrere Knallgeräusche die Stille. Einen Augenblick lang stutzte er, brachte dann aber die Geräusche mit dem Abbrennen von Silvesterknallern in Verbindung. Ein Irrtum, wie sich wenige Minuten später herausstellte. Als er sich auf einem Hauptweg gegenüber dem Naturtheater befand, entdeckte er ein Stück vor sich einen dunklen und großen Gegenstand, der einem prallgefüllten Sack ähnlich sah. Aber es war kein Sack oder ein zusammengerollter Teppich, sondern ein Mann, der bewegungslos am Boden lag. Er lag auf der Seite und rührte sich nicht. Venske beugte sich zu ihm hinunter, um ihn anzusprechen und ihm zu helfen. Als er unter dem Kopf des Unbekannten eine Blutlache entdeckte, die sich langsam auf dem Schnee ausbreitete, fuhr er erschreckt zusammen. Nachdem er sich wieder gefasst hatte, wurde ihm klar, dass er dem Mann nicht helfen konnte. Vielleicht war er gestürzt oder sogar Opfer eines Überfalls geworden. So schnell er konnte, lief er durch den Park zurück auf die Straße und alarmierte aus einem Lokal heraus die Feuerwehr und die Polizei. Schon nach knapp fünf Minuten hörte er die Sirene des Rettungswagens rasch näher kommen.

Um 18.40 Uhr erreichte der Notarzt den Tatort. Aber er kam zu spät. Der mit einem dunklen Mantel bekleidete junge Mann war bereits tot. Er wies eine stark blutende Kopfwunde auf. Das war jetzt ein Fall für die Kriminalpolizei geworden. Wenig später traf der erste Funkwagen ein. Inzwischen hatten sich einige Neugierige eingefunden. Die Beamten sperrten sofort den Tatort ab und informierten den Schichtleiter der VBI der örtlichen Kriminalpolizei. Zwei Beamte erschienen wenig später am Ort und übernahmen die weiteren Ermittlungen.

Der Tote lag halb auf der rechten Bauchseite und war mit einer weißen Papierdecke der Feuerwehr bedeckt. Beim Abtasten des Schädels stellten die Beamten auf der stark bebluteten linken Schädelseite ein Loch in der Größe eines Projektils fest – offensichtlich ein Einschuss. Eine Waffe wurde nicht in der Nähe aufgefunden. Das war Grund genug, von einem Fremdverschulden auszugehen und die Mordkommission zu alarmieren.

Gegen 20 Uhr trafen der Leiter der 4. Mordkommission, EKHK Gerhard Voss, und seine Mitarbeiter, KHK Georg Gräbner und KOK Lothar Weimann, am Tatort ein. Von ihnen wurden routinemäßig ein Gerichtsarzt, der zuständige Staatsanwalt, die Spurensicherung und ein Fotograf zum Tatort angefordert. Der Gerichtsarzt stellte bei einer ersten Untersuchung mehrere Einschüsse im Kopf und einen im Brustbereich fest. Der Tatort war inzwischen weiträumig abgesperrt worden und durch eine »Lichtgiraffe« ausgeleuchtet. Dann begann eine akribische Spurensuche. Aber weder die Tatwaffe noch entsprechende Geschosshülsen wurden aufgefunden, obwohl man zusätzlich noch ein Metallsuchgerät eingesetzt hatte. Entweder hatte der Täter die Hülsen aufgesammelt und mitgenommen oder er hatte einen Revolver für die Tat benutzt.

Schon die ersten Ermittlungen ergaben keinen Hinweis auf einen Raubüberfall. Dem Opfer fehlten weder Brieftasche noch Hausschlüssel. Gefunden wurde bei ihm unter anderem ein Terminplaner aus dem Jahre 1995, ein Taschenmesser und eine Postbankkarte.

Aufgrund seines Personalausweises konnte das Opfer als der 33-jährige Ralf Peter Altenburg, wohnhaft in der Friedastr. 9 in Berlin-Lichtenberg, identifiziert werden. Wie sich später herausstellte, war das Opfer alleinlebend und hatte keine Angehörigen in Berlin. Seine Eltern lebten in Idar-Oberstein. So hatten die Beamten der dortigen Polizeiwache noch in der Nacht die traurige Pflicht, den Eltern die Hiobsbotschaft von der Tötung ihres Sohnes zu überbringen.

Die Leiche Altenburgs war in der Zwischenzeit in die Gerichtsmedizin verbracht worden und wurde noch am gleichen Tage von den Gerichtsärzten Dr. Reiter und Dr. Sammler obduziert.

Insgesamt wurden vier Steckschüsse, davon einer in der Mitte des Hinterkopfes, zwei weitere in der linken Hinterkopfseite und einer im linken Brustbereich, festgestellt. Jeder der Schüsse war für sich allein tödlich. Alle drei Kopfschüsse drangen in das Gehirn, während der Brustschuss durch Herz, Lunge, Milz und Magen gegangen war. Bei den Kopfschüssen handelte es sich um relative Nahschüsse mit Pulverschmauch an den Einschussrändern. Der Täter hatte offensichtlich die Schüsse aus geringer Entfernung auf das bereits am Boden liegende Opfer abgegeben, nachdem es zuvor durch den Brustschuss zu Boden gestreckt worden war. Eine Art Hinrichtung, wie später der bei der Obduktion anwesende KHK Gräbner seinem Chef sarkastisch berichtete. Abwehrverletzungen oder Spuren sonstiger Gewaltanwendungen waren nicht vorhanden. Geringfügige Gesichtsschürfungen konnten mit dem Sturz erklärt werden. Eine Blut- und Harnuntersuchung ergab, dass das Opfer weder Alkohol noch Medikamente zu sich genommen hatte.

Auffällig war, dass das einzige unversehrte Projektil an der Spitze zwei überkreuzte Einschnitte aufwies. Diese Veränderung hatte der Täter vorgenommen in dem Bewusstsein, dem Opfer dadurch noch schwerere Verletzungen zuzufügen – eine wahrhaft diabolische Absicht. Nach Angaben der Waffenuntersuchungsstelle des BKA handelte es sich zweifelsfrei um Revolvermunition des Kalibers 38. Aufgrund der Laufmerkmale kamen als Tatwaffe nur britische Fabrikate wie zum Beispiel »Enfield«, »Webley« oder »Webley & Scott« in Frage. Erste Enttäuschung machte sich bei den Beamten der 4. Kommission breit, als sie erfuhren, dass der Spurenvergleich mit entsprechenden Munitionsteilen der »Zentralen Munitionssammlung« keine Zusammenhänge mit registrierten unaufgeklärten Schusswaffenstraftaten ergeben hatte. Damit war klar, dass der Täter eine »saubere« Waffe benutzt hatte.

Völlig durchgefroren, nach dem mehrstündigen Aufenthalt in der eisigen Nacht, erreichten EKHK Voss und KOK Weimann nach der Aufnahme des Tatbefundes und der ergebnislosen Spurensuche gegen 23 Uhr ihre Dienststelle in der Keithstraße, in der sich mittlerweile auch der Rest der Kommission eingefunden hatte. Wenig später traf auch KHK Gräbner ein, der der Obduktion des Opfers beigewohnt hatte.

Heißer Kaffee und ein paar belegte Brötchen weckten alsbald die Lebensgeister, und Kommissionsleiter Voss fasste das bisherige Ermittlungsergebnis zusammen. Allzu viel konnte er nicht berichten. Die Person des Toten stand zumindest fest und hatte eine amtliche Wohnanschrift. Das war nicht immer die Regel und schon einmal ein guter Anfang. Bei dem Toten handelte es sich um einen kleinen Ganoven, der bisher einige Male wegen verschiedener Delikte im Gefängnis gesessen hatte. Er lebte allein in Berlin. Näheres würde die Befragung seiner Angehörigen ergeben, die in Idar-Oberstein lebten. Es gab keine Tatzeugen, abgesehen von dem Anzeigenden, der die Schüsse gehört und den Toten wenig später entdeckt hatte. Auch die Tatwaffe konnte nicht gefunden werden. Die Spurenausbeute war recht dürftig ausgefallen. Ihre Auswertung würde noch ein paar Tage in Anspruch nehmen.

EKHK Voss blickte in die Runde und sah KHK Bernd Warnke und KOK Uwe Knoll an.

»Ihr fahrt jetzt zur Wohnung des Toten und schaut euch mal um. Vielleicht findet ihr einen Hinweis auf das Tatmotiv. Aber seid vorsichtig. Wir wissen nicht, ob sich eventuell noch andere Personen dort aufhalten. Nehmt bitte mit den Zivilfahndern des zuständigen Polizeiabschnittes Kontakt auf und bittet um Unterstützung. Man kann nicht vorsichtig genug sein.«

Er gab ihnen das bei dem Toten gefundene Schlüsselbund. Auch KOK Weimann und KHK Gräbner erhoben sich. Weimann verschwand mit der Stenotypistin Gerda Manske, um den Tatortbericht zu schreiben, während Gräbner sich selbst an die Schreibmaschine setzte, um den Bericht über das Ergebnis der Obduktion zu verfassen.

KHK Lothar Eberhardt sah seinen Chef fragend an.

»Und für mich bleibt wieder nur das Fernschreiben an das BKA und die Pressemeldung übrig, Chef, oder?«, fragte er scheinbar gequält.

Gerhard Voss lächelte ihn an.

»Mensch Lothar, du kannst doch tatsächlich im Zirkus auftreten, denn du kannst ja Gedanken lesen.«

Damit war alles gesagt, und Eberhardt verschwand in seinem Zimmer.

KHK Werner Prause und KK Holger Märker bekamen den Auftrag, ein Fahndungsplakat zu entwerfen, damit es am nächsten Tag im Jahnpark und der näheren Umgebung verteilt werden konnte, um weitere Hinweise aus der Bevölkerung zu erhalten.

Nachdem Ruhe eingekehrt war, griff sich Voss den Telefonhörer und rief seinen Vorgesetzen, Inspektionsleiter KOR Ulrich Mende, an, um ihm Bericht zu erstatten.

Er blickte auf die Uhr. Es war jetzt kurz nach Mitternacht, und vor drei Uhr würde er wohl nicht ins Bett kommen. Nachdenklich blätterte er in dem noch recht dünnen Ermittlungsvorgang. In der Tat war dies kein gewöhnliches Tötungsdelikt. Dass Altenburg zufällig Opfer geworden war, schloss er aufgrund des erhobenen Tatbefundes und des Ergebnisses der durchgeführten Obduktion mit ziemlicher Sicherheit aus. Da steckte zweifellos mehr dahinter, vermutlich eine »Beziehungskiste«. Ein so kleiner Ganove wie Altenburg wurde nicht einfach ohne Grund regelrecht hingerichtet. Der Tatbefund und auch die Obduktion hatte dies zweifelsfrei bestätigt. Voss erhoffte sich von der Durchsuchung der Wohnung des Opfers weitere Anhaltspunkte, die zur Aufklärung dieses abscheulichen Verbrechens führen könnten. Bereits nach dem ersten Schuss musste Altenburg zusammengebrochen und auf den eisigen Weg gestürzt sein. Als er dann völlig hilflos auf der rechten Seite am Boden lag, war sein Mörder an ihn herangetreten und hatte ihm aus nächster Nähe erbarmungslos drei Kugeln in den Schädel gejagt.

Seine Überlegungen wurden durch das Klingeln des Telefons gestört. KHK Warnke meldete sich aus der Wohnung Altenburgs. Sie waren ohne jede Schwierigkeiten in die nahezu leere Dreizimmerwohnung gelangt und hatten niemanden angetroffen. Nur wenige Möbel und Malerutensilien befanden sich in den Räumen. Auf einem Schreibtisch lag ein Aktenordner, den er zur Durchsicht in die Dienststelle mitnehmen würde. Im Hausbriefkasten fand man eine Telefonrechnung, aus der hervorging, dass im Monat Dezember 1995 und Januar 1996 keine Gespräche von dem Anschluss in der Wohnung geführt worden waren. Demzufolge musste Altenburg die letzten Monate seines Lebens woanders verbracht haben. Voss war ein erfahrener Ermittler und ahnte schon jetzt, dass die Aufklärung dieses Falles viel Zeit und Mühe in Anspruch nehmen würde.

Am nächsten Vormittag fuhren Gerhard Voss und seine Kollegen Prause und Weimann zum Tatort, brachten mit Unterstützung der Schutzpolizei in der Grünanlage Fahndungsplakate an und verteilten sie auch auf den angrenzenden Straßenzügen. Die Lokale in unmittelbarer Tatortnähe wurden aufgesucht und die Gastwirte und ihre Angestellten befragt. Es konnten aber keinerlei Hinweise erlangt werden, dass Altenburg allein oder mit einer anderen Person vor seiner Tötung eines dieser Lokale betreten hatte.

KHK Warnke und KOK Knoll begaben sich noch einmal zum Wohnhaus Altenburgs in der Friedastr. 9 in Lichtenberg und begannen mit der Befragung der Hausbewohner, um etwas über seinen Umgang und mögliche persönliche Kontakte mit Nachbarn in Erfahrung zu bringen. Viel erfuhren sie zunächst nicht, jedoch gab eine Mieterin einen ersten Hinweis auf das Nachbarhaus Nr. 10. Bei einer Frau Agnes Sikurski im ersten Stock sollte sich Altenburg ab und zu aufgehalten haben. Kurz darauf klingelten sie vergeblich an deren Wohnungstür. Enttäuscht hinterließen sie ihr eine Nachricht mit der Bitte um Rückruf.

Durch die bisherigen Befragungen hatte sich ergeben, dass Altenburg bei seinen Nachbarn nicht den besten Ruf genoss. Er trat großspurig, auf und seine häufigen Trinkgelage und gelegentliche Pöbeleien führten immer wieder zu Beschwerden. Wenig später wurden die Beamten auf eine weitere Bekannte aus dem Freundeskreis Altenburgs mit Namen Irmgard Jung hingewiesen, die im Haus Nr. 13 im Parterre wohnen sollte.

Die Frau wurde angetroffen und bestätigte, dass sie Altenburg persönlich näher kannte. So habe sie sich mit ihm einen Tag vor seinem Tod verabredet, damit er aus ihrem Keller einige Gegenstände abholen konnte. Aus ihr unbekannten Gründen hatte er aber den Termin platzen lassen. Diese Verabredung war auch in seinem schwarzen Terminplaner verzeichnet gewesen, den er beim Auffinden in seiner Bekleidung bei sich getragen hatte und der im Hinblick auf die Vielzahl der Notizen und Telefonnummern noch genau ausgewertet werden musste. Frau Jung bezeichnete Altenburg als sehr aggressiv, besonders Frauen gegenüber soll er oftmals herablassend aufgetreten sein. Infolge eines Streites habe er sie sogar einmal gewürgt, aber auf eine Anzeige gegen ihn habe sie verzichtet. Dann spitzten Warnke und Knoll ihre Ohren. Frau Jung erzählte den überraschten Beamten, dass ihr Altenburg am Jahresende gestanden habe, mit einem Mittäter einen Überfall begangen und dabei eine Frau erschossen zu haben. Angeblich hätten sie 1,5 Millionen DM erbeutet. Allerdings gab Frau Jung zu bedenken, dass Altenburg ein »Spinner« gewesen sei, der immer wieder »Phantasiegeschichten« erzählt habe. Deshalb habe sie das Ganze nicht ernst genommen.

Im Zuge der Durchsicht des Terminplaners ergab sich eine erste konkrete Spur für eine neue Wohnanschrift. In einem eingelegten Brief an einen Dieter Nierbach fragt Altenburg nach, ob dieser Interesse an einem Verkauf seines Musikcafés »Kontrast« habe. Eine Antwort sollte an die Adresse eines Siegmar Perkahn in der Richard-Sorge-Str. 67 in Berlin-Friedrichshain gesandt werden.

Ein weiterer Brief war an eine »Susanne« gerichtet, deren Telefonnummer im Terminplaner vermerkt war. Es war die Nummer einer Bäckerei im Nebenhaus. Dort trafen die Beamten auf die Verkäuferin Susanne Stecher, die bestätigte, dass sie mit Altenburg befreundet sei und ihn im Dezember 1995 kennengelernt habe. Sie berichtete, dass ihr neuer Freund bei einem Herrn Perkahn wohnen würde. Er führe in dessen Wohnung Malerarbeiten durch und nächtige auch dort. Altenburg habe ihr einmal erzählt, dass er eine Wohnung in Lichtenberg hätte, demnächst aber umziehen werde. Für das kommende Wochenende sei sie mit ihm verabredet. Als sie vom Tode ihres neuen Freundes erfuhr, brach sie beinahe zusammen. Unter Tränen gab sie an, dass sie Ralf Peter Altenburg, den alle nur »Pit« nannten, am Vortag gegen 15.30 Uhr in der Bäckerei zum letzten Mal gesehen habe. Von Perkahn wusste sie nur, dass er als »Schließer« in einem Berliner Gefängnis arbeiten sollte. Perkahn wurde durch die Beamten nicht angetroffen. Von einem Mieter erfuhren sie, dass Perkahn nicht in der JVA Moabit arbeitete, sondern dort inhaftiert sei, jedoch fast täglich Freigang hätte.

Gerhard Voss hörte sehr aufmerksam zu, als Bernd Warnke und Uwe Knoll über das Ergebnis ihrer Hausermittlungen berichteten.

»Da kann man mal sehen, wie wichtig es ist, das soziale Umfeld des Opfers aufzuhellen«, dozierte er und erntete natürlich die Zustimmung seiner beiden Mitarbeiter.

Der 52-jährige Perkahn war in der Tat kein unbeschriebenes Blatt, wie eine Nachfrage bei der kriminalpolizeilichen Aktenhaltung ergab. Er saß zurzeit wegen eines begangenen Banküberfalls in Berlin in Haft, hatte aber als Freigänger häufig die Gelegenheit, tagsüber seine Freizeit außerhalb der Gefängnismauern zu verbringen. Ungläubig schüttelte Voss den Kopf, als er dessen Strafregisterauszug las. Mehr als 30 Jahre hatte Perkahn in Gefängnissen zugebracht, die meiste Zeit allerdings in Gefängnissen der DDR. Allein eine Haftstrafe von 15 Jahren im Jahre 1975 wegen Diebstahls sozialistischen Eigentums stand für ihn zu Buche. Da hatte also der kleine Ganove Altenburg tatsächlich bei einem Berufsverbrecher Unterschlupf gefunden. Sollte sein Tod etwa mit der Person Perkahns in irgendeiner Weise zusammenhängen?

»Männer, ich habe da so eine Ahnung«, sagte Voss, »und der müssen wir nachgehen. Nehmt mal Perkahn genau unter die Lupe. Wir sollten auch mal überlegen, ob wir nicht im Knast nach ihm unsere Fühler ausstrecken sollten. Natürlich müssten wir dabei sehr vorsichtig zu Werke gehen.«

Erstaunlicherweise nahm Siegmar Perkahn zuerst Kontakt zur Mordkommission auf. Er meldete sich noch am gleichen Nachmittag per Telefon und erzählte, dass er vom Tode seines Mitbewohners von Susanne Stecher informiert worden war.

Gegen 16.30 Uhr trafen sich KHK Warnke und KOK Knoll mit Perkahn vor dessen Wohnhaus. Gemeinsam betraten sie seine Zweizimmerwohnung, die zurzeit renoviert wurde. Die Beamten erfuhren, dass »Pit« Altenburg häufig bei Perkahn übernachtet und auch einige seiner persönlichen Gegenstände in der Wohnung aufbewahrt hatte, darunter einige Bekleidungsstücke und eine Vielzahl von Aktenordnern. Eine erste Durchsicht erbrachte jedoch keinen erkennbaren Zusammenhang mit seiner Ermordung. Anschließend fuhren sie mit Perkahn zur Dienststelle, um ihn zu vernehmen.

Perkahn wurde von KHK Gräbner noch einmal ausführlich zu seinem Verhältnis zu Altenburg befragt. Dabei trat der dem Beamten gegenüber eine Spur zu leutselig auf, so als würde er sich mit ihm zum Kaffeekränzchen und nicht zur Vernehmung in einem Mordfall treffen. Gräbner fand Perkahn auch unsympathisch. Er redete ihm eindeutig zu viel und ein bisschen zu schnell, so dass die Stenotypistin kaum mit dem Protokoll hinterherkam.

Letztmalig habe er seinen Untermieter am Sonntag, den 21. Januar 1996, gesehen, als er gegen 17 Uhr die Wohnung verließ, um wieder in die JVA zurückzukehren. Kennengelernt hatte er Altenburg in der Berliner Haftanstalt Lehrter Straße, als dieser eine kurze Haftstrafe absitzen musste. Dort wurden erste Kontakte geknüpft, die auch nach der Entlassung nicht wieder abrissen. Im November 1995 bekam Perkahn seine jetzige Wohnung, und »Pit« Altenburg half ihm beim Renovieren, wovon dieser tatsächlich etwas verstand. Über dessen persönliche Verhältnisse wusste Perkahn nicht viel zu berichten, nur dass Altenburg ohne Familie in Berlin lebte und seinen Lebensunterhalt von »Stütze« bestritt. Ansonsten konnte er der Kripo nicht viel weiterhelfen. Allerdings stutzte Perkahn, als der Beamte ihm gegenüber den Brief an Nierbach erwähnte, in dem er (Perkahn) als Interessent am Kauf von dessen Musikcafé aufgeführt worden war. Er bestritt ziemlich aufgeregt, dass er diesen Brief je geschrieben hatte und behauptete vielmehr, der Brief würde von Altenburg stammen. Als ihm Gräbner den Brief zeigte, nickte er mit dem Kopf und sagte:

»Den hat der ›Pit‹ geschrieben. Wusst ich's doch. Ich erkenne seine Unterschrift wieder.«

Dieses Verhalten, so erklärte Perkahn, würde zu dessen »hochstaplerische Ader« passen.

Als KHK Gräbner Perkahn schließlich bat, der Kripo zu gestatten, auch während seiner Abwesenheit die Wohnung aufsuchen zu dürfen, stimmte der spontan zu.

Ein wenig zu schnell, wie auch später Gerhard Voss befand. So ganz koscher fanden ihn beide nicht.

Am frühen Abend meldete sich telefonisch der Vater des Opfers aus Idar-Oberstein bei der 4. Mordkommission. Er berichtete, dass sein Sohn bis vor zirka elf Jahren in der Fremdenlegion gedient habe. Dort sei er dann desertiert und habe für kurze Zeit in seinem Elternhaus gelebt. Vor zehn Jahren zog er plötzlich aus und verschwand spurlos aus dem Leben seiner Familie. Über ein Jahrzehnt lang habe er dann seine Familie über sein Schicksal im Unklaren gelassen. Bis November 1995 gab es von ihm kein einziges Lebenszeichen. Im ersten Telefongespräch mit seinem Vater nach diesem langen Zeitraum habe er dick aufgetragen und behauptet, er hätte ein Geschäft und würde bei einer Frau mit zwei Kindern wohnen. Der verzweifelte Vater teilte noch mit, dass die Formalitäten der Beerdigung seines Sohnes nach Freigabe der Leiche ein Bestattungsinstitut übernehmen würde, und bat um entsprechende Benachrichtigung.

Auf das ablehnende Verhalten von Altenburg seinen Eltern gegenüber konnte sich keiner der Mitglieder der Kommission einen Reim machen. Es war in der Tat nicht nachvollziehbar, warum er den Kontakt zu seiner Familie plötzlich und vor allem über diesen langen Zeitraum abgebrochen hatte. Welche Gründe hatten dafür wohl eine Rolle gespielt? Der Einzige, der die Antworten kannte, war tot, brutal ermordet worden. Welche Höllenqualen mussten seine Eltern jetzt durchleiden?

In der Zwischenzeit hatte KOK Weimann auf Wunsch seines Chefs die umfangreiche Personenakte Perkahns ausgewertet. Perkahn hatte seine Jugend in Greifswald verbracht und war ohne Vater aufgewachsen, der in russische Kriegsgefangenschaft geraten war. Obwohl nicht auf Rosen gebettet, gelang es der Mutter in der Nachkriegszeit, ihrem Sohn ein harmonisches Zuhause zu bieten. Dieser Zustand änderte sich mit der Rückkehr seines alkoholkranken Vaters, der im Rauschzustand gegenüber seiner Familie immer wieder tätlich geworden war. Nach Abschluss seiner Schule schloss Siegmar Perkahn erfolgreich seine Ausbildung zum Elektriker ab und nahm wenig später ein Studium der Elektrotechnik auf. In dieser Zeit heiratete er. Die Ehe verlief jedoch nicht glücklich und wurde wegen eines Seitensprunges seiner Ehefrau geschieden. Dieses Ereignis schien für ihn ein verhängnisvolles Schlüsselerlebnis gewesen zu sein und führte vermutlich zum Bruch seines bis dahin bürgerlichen Lebens. Wenige Monate später wurde er zum ersten Mal straffällig und hatte seitdem, mit nur kurzen Unterbrechungen, die ganze Zeit über im Gefängnis gesessen – eine wahrhaft grauenhafte Vorstellung und ein Paradebeispiel für eine klassische »kriminelle Karriere«.

Keines der Kommissionsmitglieder wusste genau, warum ihr Chef so sehr am Leben von Perkahn interessiert war. Auf entsprechende Fragen gab er nur ausweichende Antworten. Alle spürten, dass er etwas in der Hinterhand hatte. Sie kannten ihn und wussten, dass er das nicht ewig für sich behalten konnte.

Kurz vor 20 Uhr erschien die 40-jährige Agnes Sikurski aus der Friedastr. 10 zur Vernehmung.

Sie hatte Altenburg im vergangenen Sommer näher kennengelernt. Schon nach kurzer Zeit verbreitete er im Hause zu Unrecht, dass er mit ihr ein intimes Verhältnis unterhalten würde. Diese Lüge belastete fortan ihre Beziehungen. Sie schilderte »Pit« als aggressiv und cholerisch. Um vor ihm sicher zu sein, erteilte sie ihm schließlich Hausverbot. Kurz vor Weihnachten 1995 sei er noch mal bei ihr erschienen und habe ihre Wohnung betreten. Dort habe er plötzlich aus zwei Plastiktüten zwei Handfeuerwaffen geholt, sie feixend auf den Tisch gelegt und behauptet, es seien lediglich Schreckschusspistolen. Frau Sikurski bestätigte den bisher entstandenen Eindruck über den »Aufschneider« und »Spinner« Altenburg. So berichtete sie, dass er sie oftmals belogen habe. Einmal wollte er nach Frankreich in sein Haus ziehen, ein anderes Mal erzählte er überall herum, er sei an Blutkrebs erkrankt. Nichts habe gestimmt und langsam hatte keiner mehr aus seinem näheren Umfeld seine Geschichten ernst genommen. Auffällig war für sie, dass er immer über genügend Geld verfügt habe, obwohl er Sozialhilfeempfänger gewesen sei. Und dann sagte sie wörtlich:

»Mir ist da noch was eingefallen. Vor Weihnachten hat mir ›Pit‹ etwas von einem geplanten Raubüberfall auf eine Filiale der ›Metro‹ in Greifswald erzählt. Er sagte, dass ein Familienvater mit zwei Kindern, nicht vorbestraft, den Fluchtwagen fahren sollte. Ein Zweiter sollte von außen an das zu ebener Erde gelegene Fenster des Raumes treten, in dem die Einnahmen gezählt werden. Er selber wollte an den

Kundenkassen vorbei bis zu diesem Raum gehen, dann dort in den Geldzählraum eindringen und abkassieren. Von dort wollte er durch das Fenster das Gebäude verlassen. Er sagte noch, wenn der nicht vorbestrafte Fluchtwagenfahrer den Mund aufmachen würde, dann würden sie ihn erledigen.«

Als sie das ungläubige Gesicht von Bernd Warnke sah, zuckte sie entschuldigend mit den Schultern und sagte:

»Ich habe die Sache überhaupt nicht ernst genommen, weil er immer so viele Geschichten erzählt hat. Das müssen sie mir einfach glauben!«

Warnke sah ein, dass er ihr unter diesen Umständen keinerlei Vorwurf machen konnte.

Nachdem Gerhard Voss das Vernehmungsprotokoll gelesen hatte, machte er ein noch geheimnisvolleres Gesicht als zuvor, ließ sich aber kein Sterbenswörtchen entlocken. Er sagte nur:

»Ich habe da so eine Theorie … Noch ist es zu früh, sie hinauszuposaunen, aber wenn ich richtig liege, dann sind wir der Aufklärung des Falles ein ganzes Stück näher gekommen.«

Was er damit sagen wollte, war allen nicht so richtig klar.

Aber bereits wenige Stunden später wussten Warnke und seine Kollegen, dass der Alte mit seiner Ahnung, wie er später behauptete, tatsächlich ins Schwarze getroffen hatte.

Um 22 Uhr rief Gerhard Voss nochmal seine Männer zusammen, um mit ihnen das bisherige Ermittlungsergebnis zu diskutieren.

Abgekämpft saßen sie ihm im größten Zimmer des Kommissariats – dem Geschäftszimmer – gegenüber. Obwohl erst in der Nacht zuvor um 3 Uhr ins Bett gekommen, waren sie heute alle vollzählig um 8 Uhr zum Dienst erschienen. Mittlerweile lagen schon wieder 14 Stunden angestrengte Kommissionsarbeit hinter ihnen. Voss wusste, dass er sich auf seine Kollegen verlassen konnte und niemand von ihnen über die immense Arbeitsbelastung während der Aufklärung dieses Falles klagen würde. Mit Lothar Eberhardt und Georg Gräbner war er schon lange zusammen und kannte sie noch aus ihrer gemeinsamen Zeit bei der Bereitschaftspolizei. Die anderen hatte er sich alle persönlich ausgesucht. Natürlich hatte er sich damit bei seinen Kommissariatsleiterkollegen und Vorgesetzten nicht immer beliebt gemacht und sich gelegentlich handfeste Streitgespräche geliefert.

Gegen seine Argumente »Sehr gute Arbeit wird nur von sehr guten Sachbearbeitern geleistet« und »Der Mitarbeiter muss zudem auch noch teamfähig sein, weil Kommissionsarbeit Teamarbeit ist« war in der Regel kein Kraut gewachsen. Und immer dann, wenn es wirklich einmal eng werden sollte, führte er als letztes Ass ein treffliches Argument ins Feld, nämlich seine hervorragende Aufklärungsquote. Und spätestens dann kapitulierte sein Chef und bewilligte die Versetzung eines neuen Mitarbeiters zur 4. Kommission, den Voss unbedingt haben wollte. Voss, der weit über die Grenzen Berlins hinaus als ein hervorragender Ermittler geschätzt wurde, ging es dabei nie um sein eigenes Ego, sondern nur um die Sache, wie er immer wieder mit Nachdruck erklärte. Er selbst galt als harter Hund, der als Erster kam und als Letzter ging, obwohl er der Älteste von ihnen war.

Neben Voss hatte Lothar Weimann Platz genommen, der von ihm als Vorgangsführer dieses Mordfalls bestimmt worden war.

Voss blickte in die Runde und sah in die gespannten Gesichter seiner Mitarbeiter.

Mit knappen, schnörkellosen Sätzen skizzierte er den bisherigen Ermittlungsstand und vergaß dabei natürlich nicht, noch einmal ausführlich auf das Opfer einzugehen.

»Was wir bisher über Altenburg wissen, macht ihn nicht besonders sympathisch. Er scheint ein richtiger ›Kotzbrocken‹ gewesen zu sein.«

»Und nicht nur das. Er war auch ein Aufschneider erster Güte«, fiel ihm Lothar Eberhardt ins Wort.

»Genau das ist der Punkt«, bemerkte Voss. »Mir ist da etwas aufgefallen und ich werde den Gedanken nicht los, dass an der Geschichte mit dem Überfall etwas dran sein könnte. Er hat sowohl seiner Bekannten Irmgard Jung als auch Agnes Sikurski von einem Raubüberfall erzählt, nur mit dem kleinen Unterschied, dass er Frau Jung gegenüber von einem Überfall sprach, bei dem er mit einem Mittäter 1,5 Millionen erbeutet und eine Frau erschossen hätte, während er sich Frau Sikurski gegenüber mit einem geplanten Überfall in Greifswald gebrüstet hatte. Da brachte er einen dritten Mann mit ins Spiel und erzählte einige wichtige Details ihres Plans. Ich dachte auch zuerst, das ist die Geschichte eines Spinners, aber dann fiel als Tatort die Stadt Greifswald und da bin ich zusammengezuckt ...« Voss machte eine Pause und schien die Situation regelrecht zu genießen.

»Was hat das alles mit dem Mord an Altenburg zu tun?«, fragte Werner Prause neugierig. In seinem Gesicht stand ein einziges Fragezeichen.

Voss wiegte nachdenklich seinen Kopf.

»Ich glaube, 'ne ganze Menge. Ich habe Lothar gebeten, die Personalakte von Perkahn auszuwerten. Bei dem hat Altenburg gewohnt. Beide kannten sich aus dem Knast. Perkahn sitzt wegen eines Banküberfalls. Und wisst ihr was? Der ist in Greifswald geboren und zudem auch noch Freigänger. Ich verwette mein ganzes Weihnachtsgeld. An der Geschichte ist etwas dran. Schön, das mit Greifswald könnte ein purer Zufall sein. Aber ich tue mich mit Zufällen immer schwer, wie ihr wisst.«

Er wandte sich an Lothar Weimann.

»Rufe doch mal in Greifswald an, die haben bestimmt einen Dauerdienst, und frage nach, ob vor Weihnachten in der Gegend ein derartiger Überfall stattgefunden hat. Denn wenn es so ist und Altenburg tatsächlich eine Millionensumme erbeutet hat, haben wir auch zwei mögliche Motive für seine Tötung, entweder Geldgier seiner Mittäter, die die

Beute vielleicht nicht durch drei teilen wollten, oder aber die Befürchtung, dass er wegen seiner übertriebenen Redseligkeit zu einer konkreten Gefahr geworden war und sie mit ihrer Enttarnung rechnen mussten.« Voss legte eine Kunstpause ein. »Na, was sagt ihr nun?«, fragte er beifallheischend in die Runde.

Alle sahen ihn überrascht an und waren für einen Moment völlig sprachlos. Weimann war der Erste, der die Sprache wiederfand.

»Donnerwetter Chef, eine in sich schlüssige und nachvollziehbare Kombination. Das hört sich nicht schlecht an. Ich werde gleich mal dort anrufen.«

Weimann klemmte sich das Polizeiadressbuch unter den Arm, um die entsprechende Telefonnummer herauszusuchen und verschwand damit im Nebenzimmer.

Dann berichteten Werner Prause und Holger Märker von dem Ergebnis der Flugblattaktion am Tatort. Die Boulevardpresse hatte in großer Aufmachung von der Ermordung Altenburgs berichtet und die Fragen aufgeworfen, ob in Berlin ein gnadenloser Bandenkrieg herrschen würde und ob die Sicherheit der Berliner durch die Polizei noch gewährleistet wäre. Aber an die manchmal hektischen Reaktionen der Medien waren die Profis der Mordkommission längst gewöhnt und ließen sich durch solche provokanten Fragen nicht aus der Ruhe bringen.

Einige Hinweise aus der Bevölkerung waren bereits eingegangen, aber es war keiner darunter, der die Aufklärung hätte vorantreiben können. Es war anscheinend niemandem aufgefallen, wann Altenburg und sein Mörder den Jahnpark betreten hatten.

Lothar Weimann kam zurück. Sein Gesicht war vor Aufregung leicht gerötet.

»Mensch Gerhard«, sagte er und wandte sich an seinen Chef, »du und dein siebter Sinn. Du hattest in allem recht. Es gab tatsächlich dort einen Raubüberfall am Donnerstag,

den 21.12.95, gegen 19.45 Uhr, im ›Marktkauf‹ in Neuenkirchen bei Greifswald. Das, was Altenburg der Sikurski
an Einzelheiten erzählt hat, ist reines Täterwissen, zumal
er sich bereits vor der Tat damit gebrüstet hatte. Sein Gel-
tungsbedürfnis hat ihn im Nachhinein doch noch verraten.
Allerdings gab es bei dem Überfall kein Todesopfer. Da hat
er noch einmal kräftig rumgesponnen. Zwar sind den Tä-
tern nicht 1,5 Millionen, aber immerhin noch so um die
540.000 DM in die Hände gefallen. Das ist ja schließlich
auch kein Pappenstiel.«

Er machte eine kurze Pause und sagte dann mit einer Spur
Sarkasmus in der Stimme:

»Wenn das kein treffliches Mordmotiv ist, dann ist ab
heute der Weihnachtsmann eine Frau.«

Alle lachten.

»Morgen werden wir ein ausführliches Fernschreiben
mit allen Einzelheiten erhalten. Ich werde mich gleich zu
Dienstbeginn darum kümmern und die nötigen Kontakte
zur dortigen Fachdienststelle herstellen«, schob er nach.

Bernd Warnke berichtete von zwei Briefen, die Altenburg
seiner Freundin Agnes Sikurski vor Weihnachten 1995 geschickt hatte. »Der eine, datiert vom 13.12.1995, dürfte in
Zusammenhang mit dem Raub in Greifswald stehen. So
schreibt er ihr von einem Urlaub in der nächsten Woche von
Dienstag bis Freitag (19.12.–23.12.95) und für den Fall, dass
er sich bei ihr nicht melden kann, wünscht er ihr schon jetzt
ein ›frohes Weihnachtsfest‹. Im Weiteren schreibt er ›… und
plündere meine Wohnung – besser du bekommst es als die
Wohlfahrt. In meinen Erinnerungen wirst du immer Platz
haben‹. Nun lässt sich trefflich spekulieren, was er damit gemeint hat, aber ein bisschen klingt das für mich wie nach
Abschied. Vielleicht hat er bereits damals damit gerechnet,
dass er bei dem Überfall geschnappt oder sogar erschossen
werden könnte«, sinnierte Warnke.

Die anderen stimmten ihm zu.

»Und da ist noch etwas. Die Sikurski hatte mir erzählt, dass ein guter Kumpel von Altenburg den Spitznamen ›Sigi‹ trägt. Das könnte doch Siegmar Perkahn sein. Ich habe vorhin in der JVA Plötzensee angerufen und mich nach den Freigängen Perkahns erkundigt. Und wisst ihr was? Der hatte vom 19. Dezember 1995, abends, bis 23. Dezember 1995 morgens Hafturlaub. So ist es jedenfalls in seinem Urlaubsschein eingetragen worden. Und dann habe ich auch gleich die Tage im Januar abklären lassen. Am 23. Januar, als Altenburg getötet wurde, hatte Perkahn keinen Urlaub. Das steht nachweislich fest. Er kann also nicht der Täter, aber immerhin der Auftraggeber gewesen sein. Ich glaube, Gerhard hat recht. Er hat die Zusammenhänge schon sehr früh erkannt.«

»Na, dafür ist er ja auch unser Chef«, frotzelte Lothar Eberhardt.

Voss schmunzelte über dessen Bemerkung, verkniff sich aber eine Antwort. »Wir werden jetzt Schluss machen. Morgen ist auch noch ein Tag.«

Er wandte sich an Bernd Warnke und Uwe Knoll.

»Vernehmt doch noch einmal beide Frauen ausführlich zu dem Überfall. Wir müssen wissen, wer die Mittäter waren. Denn die sind entweder selber die Mörder oder aber deren Anstifter. Ich werde jetzt noch mit Ulrich Mende reden und ihm den Sachstand mitteilen.«

Er griff sich den Hörer und wählte dessen Privatnummer, die er längst auswendig kannte.

KOR Mende hörte den Ausführungen von Voss zu, ohne ihn zu unterbrechen. Er war hocherfreut, dass die Aufklärung ein großes Stück vorangekommen war und seine Männer auf der richtigen Spur waren. Die Presse saß ihm bereits umbarmherzig im Genick und forderte lautstark Ergebnisse und die Präsentation des Mörders.

Voss bat ihn inständig, noch nichts über Altenburgs Täterschaft bei dem Überfall in Neuenkirchen verlauten zu lassen und die Reporter noch einige Tage mit der Verkündung einiger Floskeln, wie »Wir haben einige vielversprechende Ansatzpunkte« oder »Wir sind sehr zuversichtlich, dass wir den Fall aufklären werden«, hinzuhalten. Mende versprach's und wünschte eine »gute Nacht«.

Nachdem die anderen gegangen waren, saß Voss noch mit Lothar Weimann in seinem Zimmer zusammen, besprach noch einige Einzelheiten und notierte sich die Aufträge für den morgigen Tag.

Frau Jung wurde noch einmal sehr ausführlich von KHK Warnke vernommen. Sie erzählte bereitwillig von ihrer Beziehung zu Altenburg und dass sie ihn als Freigänger kennengelernt habe und für zwei Monate zu ihm in seine Wohnung in der Friedastr. 9 gezogen sei. Dann bekam sie ihre eigene Wohnung nur wenige Häuser weiter. Sie hielt weiter Kontakt zu ihm, weil sie von ihm einfach nicht losgekommen sei, obwohl er viel trank und dann Frauen gegenüber immer sehr ausfallend auftrat. Von seinen Kumpels erwähnte er immer wieder »Sigi«, bei dem er in der letzten Zeit wohnen würde. Auf den Überfall noch mal angesprochen, erwähnte sie, dass ihr Altenburg in der ersten Januarwoche 1996 von dem Überfall erzählt habe. Sie konnte sich noch an einige Einzelheiten erinnern. So sagte sie unter anderem:

»Er hätte 1,8 Millionen DM erbeutet. Dieses Geld will er irgendwo gebunkert haben. Das hat er mir erzählt, als ich ihn rausschmeißen wollte, weil er meinen Katzen den Hals umdrehen wollte. Und dann hat er mich gewürgt. Er hat mir gedroht, dass er mich mit einem Kopfschuss erschießen würde – er hat immer eine Pistole bei sich –, wenn ich zu den Bullen gehen würde. Er sagte, er sei durch den Haupteingang reingegangen und hätte eine entsicherte Handgranate gehabt. Wenn die Polizei gekommen wäre, hätte er sich in die Luft gejagt, weil er keinen Mut gehabt hätte, sich zu erschießen. Er soll dann Geldbomben aus dem Fenster gereicht haben und durch dieses wäre er dann auch abgehauen. Das Gitter dieses Fensters hätten sie schon einen oder zwei Tage vorher durchgesägt. Ich habe ihn gefragt, wo er das Geld hat und er sagte nur, dass er das gebunkert hätte. Er müsste es liegen lassen, bis es nicht mehr so ›heiß‹ wäre. Nach dem Überfall hätten sie sich dann den ganzen Tag in einem kleinen Wäldchen verbarrikadiert und zwar so lange, bis die Straßensperren der Polizei wieder aufgehoben waren und sie entkommen konnten.«

Zum Abschluss ihrer Vernehmung sagte sie:

»Geglaubt habe ich die ganze Sache natürlich nicht, denn wenn er den Mund aufgemacht hat, fing seine Märchenstunde an.«

Auch Agnes Sikurski wartete erstaunlicherweise mit neuen Details auf und ergänzte dadurch ihre bisher gemachten Aussagen. Am 16. oder 17. Dezember 1995 war »Pit« bei ihr in der Wohnung erschienen und hatte ihr die zwei Waffen gezeigt. Dies war auch der Tag, an dem er aus Greifswald zurückgekommen war. Als Beweis zeigte er ihr seine Bahnfahrkarte. Sie erinnerte sich sofort an den Überfall, mit dem er geprahlt hatte und der in Greifswald verübt werden sollte. Natürlich hatte sie sein ganzes Gerede, wie auch Frau Jung, überhaupt nicht ernst genommen und es wiederholt als Spinnerei abgetan. Aber »Pit« ließ nicht locker und berichtete ihr mit stolzgeschwellter Brust, dass er inzwischen mit zwei Leuten das Objekt »ausbaldowert« hätte. Seine Mittäter habe er ihr gegenüber nie mit Namen genannt, nur von einem immer als seinem alten Kumpel gesprochen. Sie vermutete, dass es sich dabei um »Sigi« gehandelt haben könnte, denn der kam Anfang Januar 1996 bei ihr vorbei und klopfte ein wenig auf den Busch, offensichtlich um zu sehen, ob ihr »Pit« irgendetwas erzählt habe. Und dann offenbarte sie KHK Warnke Einzelheiten, die nur der Täter wissen konnte:

»Er erzählte etwas von zwölf Kassen, an denen man vorbeilaufen müsste, und hinten gäbe es einen Raum, wo die Einnahmen gezählt werden. Jetzt erzählte er etwas von einem Gitter vor dem Fenster dieses Raumes, und ich ließ mir noch erklären, was es für ein Gitter war. Er sagte etwas von Maschendraht und es würde regelrecht danach schreien, dass man dort eindringt. Er hatte sich diesen Part ausgesucht, in den Kassenraum zu gehen, das Geld aus dem Fenster herauszureichen, wo sein bewaffneter Mittäter bereits wartete, um dann gemeinsam zu flüchten.«

Damit war klar, dass Altenburg eindeutig als ein Täter dieses Überfalls in Frage kam, denn seine Aussagen, die er beiden Frauen gegenüber mehrere Tage vor der Tat gemacht hatte, deckten sich mit der späteren Tatausführung. Verstärkt wurde der Tatverdacht durch seinen späteren Versuch, sich für 150.000 DM ein Musikcafé zu kaufen. Das ließ sich anhand des aufgefundenen Briefes an den Inhaber Nierbach und der Aussage seiner neuen Freundin Susanne, die bestätigte, dass er in ihrem Beisein von dem Kauf des Cafés »Kontrast« mehrmals gesprochen hatte, beweisen. Auf ihre Frage nach der Herkunft des Geldes habe er geschwiegen und nur gesagt, er verfüge eben über die erforderliche Kaufsumme.

An seinem Todestag entwickelte Altenburg tagsüber vielfältige Aktivitäten. So suchte er gegen 14 Uhr nachweislich das Café auf, um mit Nierbach Verkaufsgespräche zu führen. Er traf jedoch nur zwei Handwerker an.

Seine ernsthaften Bemühungen, sich tatsächlich eine Existenz aufzubauen, wurden durch die Konsultation eines Steuerberaters deutlich, den er noch gegen 16 Uhr aufsuchte. Das Gespräch dauerte etwa bis 16.40 Uhr und betraf die Beratung über eine Existenzgründung. Altenburgs Grundkonzeption bestand in dem Aufbau eines Eheinstituts und der Anbindung einer Begegnungsstätte. Er wollte mit einem Partner eine größere Summe einsetzen. Das Institut sollte in der Wohnung von Perkahn eingerichtet werden und das Café »Kontrast« als Begegnungsstätte dienen. Obwohl er dem Steuerberater gegenüber den Namen seines Partners nicht genannt hatte, konnte dennoch davon ausgegangen werden, dass dafür nur sein alter Kumpel Perkahn in Frage kam. Altenburg hatte sogar schon konkrete Vorstellungen, wie er das Café »aufziehen« wollte. Die Fenster sollten mit schwarzer Folie verklebt und mit einer Rose verziert werden. Vor dem Café sollte ein Türsteher positioniert werden, um den gehobenen Standard zu dokumentieren. Als Quelle seiner finanziellen Mittel nannte Altenburg dem Steuerberater eine Erbschaft in Höhe von rund 100.000 DM. Die Idee zu diesem Geschäft habe er aus den USA mitgebracht, erklärte Altenburg großspurig dem Steuerberater.

Als Ralf Peter Altenburg seinen Gesprächspartner verließ, hatte er noch etwa zwei Stunden zu leben …

Nachdem sich der Verdacht gegen Perkahn als Mittäter Altenburgs bei dem Raubüberfall erhärtet hatte und dieser auch als Initiator für dessen Tötung eventuell in Frage kommen könnte, entschloss sich Kommissionsleiter Voss, mit den Ermittlungen innerhalb des Gefängnisses, in dem Perkahn saß, zu beginnen.

Zuerst plante man die Befragung seiner Zellennachbarn. Dabei sollte geschickt der Verdacht gegen ihn so gestreut werden, dass sich einige Häftlinge als Hinweisgeber erweisen würden. In ihren Kreisen gab es erfahrungsgemäß immer solche, die sich durch konkrete Angaben, die zur Aufklärung einer bedeutsamen Straftat führen würden, persönliche Vorteile wie Hafterleichterung oder sogar Verkürzung der Haftdauer versprachen. Diese Leute galt es vorsichtig herauszufiltern – eine wahrlich nicht einfache Aufgabe.

Zunächst aber sollten Voss' Mitarbeiter den in der JVA Brandenburg einsitzenden früheren Mittäter Perkahns, Ansgar Köhler, befragen, der mit ihm einen versuchten Bank-

überfall begangen hatte, für den er zurzeit einsaß. Voss erhoffte sich von Köhler nicht ohne Grund ein paar konkrete
Hinweise, denn Perkahn war nach dem missglückten Überfall ohne ihn mit dem Fluchtwagen davongefahren, obwohl
er ihn bei seiner Flucht vor der Polizei noch hätte aufnehmen
können. Vor Gericht schob er Köhler die Tat allein in die
Schuhe. Wahrlich kein edler Zug unter Ganoven und Grund
genug, seinem verhassten Kumpel eins auszuwischen.

So machten sich KOK Knoll und KK Märker auf den Weg
nach Brandenburg. Erstaunt stellten die Beamten fest, dass
Köhler seinem Mittäter Perkahn gegenüber keinen Groll
hegte. Er stand sogar mit ihm im brieflichen Kontakt. Er war
bereit, mit seinen Angaben bei den Ermittlungen behilflich
zu sein. Die Schusswaffe zum Banküberfall hatte Perkahn
von seinem in Greifswald lebenden Kumpel Norbert Liebermann erhalten, den er bei seinen Freigängen gelegentlich besucht hatte. Liebermann wurde von Köhler als Ganove und
Autoschieber bezeichnet, der mit Antiquitäten handelte, bei
Bedarf Ausweise fälschte und vergeblich versucht hatte, in
Greifswald ein Bordell zu eröffnen, um Zugang zur dortigen
»Unterwelt« zu bekommen.

Nun hatten es die Ermittler schriftlich. Perkahn hatte aller Wahrscheinlichkeit nach die beiden Schusswaffen, die
Altenburg prahlerisch vor dem Überfall in seinem weibli-
chen Bekanntenkreis herumgezeigt hatte, für den Überfall
in Neuenkirchen besorgt. Vermutlich hatte er sie erneut von
Liebermann erhalten.

Im Hinblick auf den Mord an Altenburg gab sich Köhler
recht zugeknöpft. Auf die konkrete Frage, ob er denn seinem
alten Kumpel einen Mord zutrauen würde, antwortete er
spontan mit nein, wies aber darauf hin, dass sich Perkahn
immer solche Leute aussuchen würde, die er mit seinem
Gequatsche gefügig machen könnte. Mit Leuten, die mehr
drauf hätten als er, würde er sich nie einlassen.

Den Beamten war klar, dass Perkahn nie die Drecksarbeit erledigen, sondern sie immer anderen überlassen würde. Sowohl bei dem Überfall mit Köhler als auch bei dem mit Altenburg hatte er jeweils nur den ungefährlichen Part übernommen. Er steuerte nur das Fluchtauto beziehungsweise wartete am offenen Fenster auf das Herausreichen der Beute. War es Cleverness oder einfach nur Feigheit?

Ein reger Nachrichtenaustausch fand in dieser Zeit zwischen der Mordkommission und den Kollegen des Kriminalkommissariats Greifwald statt. Von dort wurde das gesamte Umfeld von Perkahn genau unter die Lupe genommen.

Am 27. Januar erließ das Amtsgericht Greifswald Durchsuchungsbeschlüsse für die Zelle und die Wohnungen Perkahns in Berlin und in Dersekow in der Nähe von Greifswald. Dort hatte er zusammen mit seinen Geschwistern nach dem Tode seiner Mutter ein Haus geerbt und auf dem Grundstück vermutlich die Beute aus dem Überfall gebunkert.

Allerdings verliefen die Durchsuchungen ohne großen Erfolg. Lediglich in seiner Wohnung in der Richard-Sorge-Str. 67 wurden zwei Jacken und ein Hemd gefunden, bei denen ein Waffen- und Sprengstoffhund beim Abspüren deutlich anschlug. Demnach mussten die Kleidungsstücke entweder mit Waffen oder Sprengstoff in Berührung gekommen sein. Ein weiterer Schritt der Ermittler der 4. Kommission auf dem Weg zur Aufklärung dieses Verbrechens.

Nach den Durchsuchungen saßen die Männer der Kommission zusammen und beratschlagten über das weitere Vorgehen. Gerhard Voss schüttelte immer wieder ungläubig den Kopf. »Männer, das ist ja ein Skandal. Ein wegen Banküberfalls inhaftierter Berufsverbrecher erhält Freigang und was macht er damit? Er besucht nicht etwa seine Oma oder seinen Rechtsanwalt. Nein, viel besser, er nutzt die freie Zeit, so wie es sich für einen Ganoven gehört, zur Vorbereitung und Verübung schwerer Straftaten. Perkahn hat sich also während seines Freiganges Waffen beschafft oder sie zumindest getragen, sonst hätte der Hund nicht angeschlagen. Und dann hat er noch den Tatort ausbaldowert. Also Leute, dazu fällt mir nun wirklich nichts mehr ein.«

»Ich kann mir den Bericht in der ›Bild-Zeitung‹ schon richtig vorstellen. Riesen Aufmachung mit der Überschrift: ›Das fidele Gefängnis und der fortschrittliche Strafvollzug in Berlin‹«, ereiferte sich Lothar Engelhardt.

»Auch Knackis haben ein Recht auf Teilnahme am Konsum und auf eine Wiedereingliederung in unsere Gesellschaft, lieber Lothar. Warum soll das nicht auch für Perkahn gelten?«, bemerkte Georg Gräbner mit einer Spur Sarkasmus in der Stimme.

Die Männer der 4. Kommission lachten zwar alle, aber es klang ziemlich gequält.

Gerhard Voss entschloss sich, vier seiner Leute nach Greifswald zu schicken, um gemeinsam mit den dortigen Kollegen vor Ort zu versuchen, die weiteren Mittäter des Überfalls auf den »Marktkauf« in Neuenkirchen namhaft zu machen, die möglicherweise auch an dem Tötungsdelikt in Berlin beteiligt waren. Zum anderen sollten sie an der Durchsuchung bei Norbert Liebermann teilnehmen, der verdächtigt wurde, Perkahn mit Waffen beliefert zu haben. Zeitgleich sollte hier in der Haftanstalt die Befragung der Zellennachbarn Perkahns beginnen.

Schon am nächsten Morgen machten sich die Beamten Eberhardt, Weimann, Knoll und Prause auf den Weg zur Ostsee. Die nächsten Stunden galten der Vorbereitung der Durchsuchung bei Liebermann. Die Kollegen aus Greifswald hatten ganze Arbeit geleistet. Mit großer Akribie hatten sie alle Adressen ehemaliger Mittäter, Freunde und Bekannter von Perkahn ermittelt, der in der Gegend seine Jugend verbracht hatte. Darunter befand sich der Autohändler Fred Helmbrechts, der in dem kleinen Ort Tutow wohnte und den Perkahn während seiner Haft in der DDR kennengelernt hatte.

Die Durchsuchung bei Liebermann verlief ohne Erfolg. Er schien über das Erscheinen der Kripo nicht allzu überrascht zu sein. Er war auch nicht sehr gesprächig, als nach seinem alten Kumpel gefragt wurde, was Eberhardt nicht weiter verwunderte. Sie hatten beide genug dunkle Geschäfte gemacht, und er wollte wohl Perkahn nicht verpfeifen, weil dieser andererseits genug von ihm wusste. So ließ er sich lediglich zu der Aussage hinreißen, dass sein alter Kumpel vor einiger Zeit mit zwei Männern bei ihm erschienen sei und sich darüber beschwerte, dass er in einem anderen Fall gegen ihn ausgesagt hätte. Auch die anderen »guten Freunde« hatten offensichtlich alle Gedächtnislücken. Niemand konnte etwas Sachdienliches sagen, niemand hatte ihn im Dezember zu Gesicht bekommen.

Lediglich Fred Helmbrechts machte da eine Ausnahme. Am 30. Januar 1996 wurde er von KHK Eberhardt vernommen. Eberhardt galt in Berliner Ganovenkreisen als gefährlicher Ermittler, der erst dann aufgab, wenn er sein Ziel, ein widerrufssicheres Geständnis in den Händen zu halten, erreicht hatte. Helmbrechts unterschätzte offenbar den älteren, untersetzten und jovial wirkenden Beamten und ließ sich deshalb von ihm einige bemerkenswerte Einzelheiten aus der Nase ziehen.

Er hatte Siegmar Perkahn während gemeinsamer Haftzeiten in den Jahren 1988 und 1989 kennengelernt. Damals wurde Helmbrechts in Perkahns Zelle verlegt, um ihn im Auftrag der »Stasi« auszuspitzeln. Seinen Auftrag »steckte« er aber seinem wesentlich älteren Zellengenossen. Daraufhin wurden sie Freunde und hielten auch Kontakt zueinander, als sie wieder auf freiem Fuß waren. Perkahn besuchte ihn des Öfteren in Greifswald und ließ sich dann jedes Mal von ihm chauffieren, da er mit der Eisenbahn angereist war und selber kein Auto besaß. Im Herbst 1994 gab Perkahn, der bereits wieder inhaftiert war, ihm ein Darlehen von 49.000 DM. Das Geld wollte Perkahn durch den Verkauf von Antiquitäten seiner verstorbenen Mutter erhalten haben. Die Summe benötigte Helmbrechts für den Aufbau eines Autohandels in Stavenhagen. Seit dieser Zeit war er Perkahn immer wieder mit Kleinigkeiten gefällig und transportierte für ihn hin und wieder einige Gegenstände nach Berlin. Helmbrechts gab zu, »in gewissem Sinne von ihm wegen des geliehenen Geldes abhängig gewesen zu sein«.

So erzählte er, dass er einen Tag vor seiner Vernehmung erst von Perkahn und danach von dessen Anwalt angerufen worden war. Eberhardt hörte heraus, dass Perkahn ein Alibi für den 21. Dezember 1995 benötigte (Tattag des Überfalls auf den »Marktkauf« in Neuenkirchen). Und dass Helmbrechts aussagen sollte, dass er Perkahn an diesem Tag in seiner Wohnung besucht und ihm einige Sachen aus Greifswald mitgebracht hätte.

Eberhardt hing sich nach der Vernehmung gleich ans Telefon und berichtete seinem Chef die Neuigkeit:

»Mensch, Gerhard, das ist ja vielleicht ein Hammer. Perkahn geht der ›Frack auf Grundeis‹. Der scheint wirklich in der Klemme zu stecken. Er will von Helmbrechts ein Alibi für den 21. Dezember. Auch sein Anwalt hat sich in diese Sache eingeklinkt. Da haben wir in ein Wespennest gestochen. Perkahn ist unser Mann. Wenn ich mich in meiner Einschätzung irren sollte, werde ich mich zur Dienststelle ›Fahrraddiebstahl‹ versetzen lassen«, erregte er sich.

»Nun mal langsam, Lothar. Ich habe von Anfang an vermutet, dass wir auf dem richtigen Weg sind. Lasst euch Zeit und ermittelt in Ruhe weiter. Hier läuft alles seinen normalen Gang weiter. Nimm dir morgen noch mal Helmbrechts vor und quetsche ihn in bekannter Manier aus. Ich bin überzeugt davon, dass er mehr weiß, als er bisher zugegeben hat. Das ist ein ganz alter Freund von Perkahn. Also, viel Glück.«

Am späten Abend saßen die vier Berliner Ermittler mit ihrem Verbindungsbeamten des örtlichen Kommissariats, KOK Breese, in einer urgemütlichen Kneipe in der Altstadt von Greifswald und stießen mit ein paar Gläser »Hannen Alt« auf die baldige Lösung des Falles an.

Am nächsten Tag nahm KHK Eberhardt Fred Helmbrechts noch einmal richtig in die Mangel. Der bestätigte immer wieder nachdrücklich seinen Besuch am 21. Dezember bei Perkahn in Berlin. Merkwürdig war nur, dass er sich nach so langer Zeit noch genau an das Datum erinnern konnte. Da hatten ihn wohl Perkahn und dessen »sauberer« Anwalt aufs beste präpariert. Eberhardt merkte, wie genervt Helmbrechts durch die ganze Fragerei während der Vernehmung war, und dann brach es buchstäblich aus ihm heraus:

»Ich bin Autohändler, muss mir 'nen genauen Kopp machen, damit ich jede Mark, die ich hab, erklären kann. Da ich jetzt von dieser utopischen Summe gehört habe, 550.000 DM für die Beute in Neuenkirchen. – Ja, jedenfalls habe ich Angst, damit in Verbindung gebracht zu werden. Ich habe die Schnauze voll von Knast und Handschellen und tausend Leute wissen davon. In den letzten drei Jahren habe ich versucht und es auch verstanden, irgendwelchen Leuten Autos aufzuquatschen. Ich habe gut daran verdient und so soll es auch bleiben.«

Helmbrechts stand in Perkahns Schuld. Das war so klar wie Kloßbrühe. Und er fühlte sich verpflichtet, seinem alten Kumpel einfach diesen einen Gefallen zu tun. Perkahn wäre durch das Alibi seines Freundes mit einem Schlag aller Sorgen ledig, wenn der auch vor Gericht bestätigen würde, dass er ihn zur Tatzeit in Berlin in seiner Wohnung besucht hatte. Den dritten Mittäter kannte kein Mensch, und Altenburg war tot. Niemand könnte ihn je belasten, denn die Mitarbeiter des »Marktkaufs« hatten den Mann am Fenster nicht zu Gesicht bekommen und konnten ihn demzufolge auch nicht identifizieren. Nur Helmbrechts musste unbedingt bei der Stange bleiben. Perkahn hatte gut vorgesorgt und ihn mit dem Kredit buchstäblich in der Hand.

KHK Eberhardt hatte sich natürlich ausgiebig auf die Vernehmung vorbereitet und die alten Akten des letzten Banküberfalls aus dem Jahre 1993, für den Perkahn zurzeit einsaß, sorgfältig studiert. Dabei war ihm aufgefallen, dass Perkahn verzweifelt versucht hatte, ein Wiederaufnahmeverfahren zu erreichen. Er stieß auf mehrere Erklärungen Helmbrechts, aus denen zu ersehen war, dass der seinem langjährigen Freund ein Alibi für die Tatzeit verschaffen wollte. Dessen Bemühungen, seinem Freund mehrere Jahre Haft zu ersparen, misslangen aber kläglich. Das Gericht lehnte eine Wiederaufnahme des Verfahrens ab. Da schau her, dachte Eberhardt, daher weht also der Wind. Helmbrechts trat auch jetzt wieder, wie schon damals, als Alibizeuge auf. Er musste unbedingt versuchen, dessen Angaben zu widerlegen und die Wahrheit herauszufinden. Gut, er akzeptierte, dass Helmbrechts im Augenblick auf stur geschaltet hatte, weil er sich in besserer Position wähnte. Aber noch war nicht aller Tage Abend. Er würde jetzt ein wenig auf den Busch klopfen, um zu sehen, wie weit Helmbrechts sich aus dem Fenster lehnen würde.

»Hören Sie zu, Herr Helmbrechts. Freundschaftsdienste für einen alten Kumpel sind das eine und Begünstigung oder Strafvereitelung das andere. Haben Sie sich schon einmal die Konsequenzen ausgemalt, wenn wir Ihnen nachweisen, dass Sie gelogen haben?«

Helmbrechts sah ihn überrascht und gleichzeitig irritiert an.

»Wie meinen Sie das, Herr Kommissar?«

Eberhardt spürte, dass sein Gegenüber Zeit gewinnen wollte.

»Ich habe mich doch ganz klar ausgedrückt. Aber ich wiederhole mich gerne. Für Begünstigung gibt es bis zu fünf Jahre Gefängnis und für Strafvereitelung auch. Verstehen Sie jetzt, was ich meine?«

Und ob Helmbrechts verstand. Er war auf der Stelle blass

geworden und rang nach Fassung und noch mehr nach Worten.

»Warum glauben Sie mir eigentlich nicht?«, fragte er hektisch und ging in die Offensive.

»Weil Sie ein Alibi zu viel gegeben haben. Verstehen Sie?« Eberhardt sah in das ratlose Gesicht Helmbrechts.

»Soll ich Ihrem Gedächtnis ein wenig auf die Sprünge helfen, Herr Helmbrechts?« Eberhardts Stimme war eine Spur schärfer geworden.

»Erinnern Sie sich vielleicht noch an das Wiederaufnahmeverfahren von Ihrem Freund Perkahn?«

Helmbrechts schluckte und fuhr sich nervös mit der Hand über die Haare.

»Was hat denn das mit dem jetzigen Fall zu tun, ich verstehe nicht?«

»Das kann ich Ihnen sagen. Für Sie geht es um bis zu fünf Jahre Freiheitsstrafe. Ich frage mich die ganze Zeit, warum Sie Perkahn immer so behilflich waren. Das kann doch nicht nur mit dem Kredit von 50.000 DM zusammenhängen. Da steckt doch mehr dahinter. Wissen Sie, wir sind von Hause aus sehr misstrauisch. Und wenn ein Knastkumpel einem anderen zweimal ein Alibi geben will, dann ist da etwas faul an der Sache. Das verstehen Sie doch, oder?«

»Ach, wissen Sie, Sie klopfen doch nur auf den Busch. Warten wir mal ab, was die Richter später dazu sagen. Wenn ich unter Eid aussage, dann macht das schon Eindruck. Darauf können Sie sich verlassen. Ich weiß sehr wohl, was ich tue. Ich setze doch meine ganze mühsam aufgebaute Existenz nicht aufs Spiel. Was denken Sie denn?«

Helmbrechts machte auf selbstsicher und tat so, als wenn er empört wäre. Aber Eberhardt durchschaute ihn. Er war ein sehr schlechter Schauspieler.

»Na gut, Sie wissen jetzt, wie wir Ihr Alibi bewerten. Und sagen Sie später nicht, wir hätten Sie nicht auf die Konsequenzen einer Falschaussage hingewiesen. Ich sag's noch mal. Überlegen Sie es sich gut, wie weit Freundschaft geht. Irgendwo gibt es für jeden eine Grenze, verstehen Sie? Und auch der loyalste Freund erkennt dann, dass einem das Hemd näher sitzt als die Hose.«

Helmbrechts begriff nur zu gut. Wie ein geprügelter Hund schlich er aus dem Vernehmungszimmer.

Lothar Eberhardt rieb sich zufrieden die Hände. Er wusste, dass er mit seinem Hinweis auf fünf Jahre Knast Helmbrechts stark verunsichert hatte. Es war nur eine Frage der Zeit, bis der weich wie eine Butterstulle war. Die anderen Kollegen würden sicherlich in den nächsten Tagen genügend weitere Fakten sammeln, und dann würde das ganze Lügengebäude von Helmbrechts wie ein Kartenhaus zusammenstürzen.

Aber trotz dieses fragwürdigen Alibis gab es aufgrund des bisherigen Ermittlungsergebnisses genügend Anhaltspunkte, die den dringenden Tatverdacht gegen Siegmar Perkahn, genannt »Sigi«, begründeten, dass er als einer der Mittäter beim Raubüberfall in Neuenkirchen am 21. Dezember 1995 in Frage kam.

Der Verdacht ergab sich aufgrund folgender Fakten:
- Er und Altenburg kannten sich aus gemeinsamer Strafhaft.
- Sie wohnten gemeinsam in Perkahns Wohnung.
- Perkahn war ebenfalls daran interessiert, ein Lokal zu erwerben und eine Partnervermittlung zu eröffnen.
- Perkahn hatte persönliche Verbindungen nach Greifswald und kannte auch den »Marktkauf« in Neuenkirchen, während Altenburg dorthin keine nachweisbaren Beziehungen unterhielt.
- Perkahn hatte in einem früheren Fall für einen Banküberfall eine Schusswaffe aus Greifswald besorgt. Die beiden Schusswaffen, die Altenburg vor der Tat in Berlin herumgezeigt hatte, stammten aller Wahrscheinlichkeit nach ebenfalls von Perkahn, die dieser während einem seiner

vielen Besuche in Greifswald beschafft hatte. Demgegenüber hatte Altenburg keinerlei nachweisbare Kontakte zu Waffenschiebern.

- Perkahn war bereits an der Durchführung eines Bankraubes beteiligt gewesen und dafür auch bestraft worden. Auffällig war, dass sein Mittäter die Bank betrat und die Herausgabe von Geld durch Vorhalt einer Pistole erzwang, während Perkahn als Fahrer des Fluchtwagens, draußen auf der Straße abgesetzt, wartete. Dieses Verhalten wies eindeutige Parallelen zum jetzigen Fall auf, in dem Altenburg das Geld raubte, während Perkahn lediglich vor dem Fenster wartete und die Beute entgegennahm.
- Der Freigang von Perkahn endete am 23. Dezember 1995 um 9 Uhr. Er kehrte aber bereits um 6.35 Uhr in die Haftanstalt zurück. Vermutlich kam er nicht aus seiner Wohnung, sondern mit Altenburg im Pkw direkt aus Greifswald zurück. Die Rückfahrt mit einem Zug schied zu diesem Zeitpunkt aus, weil der erste Zug aus Greifswald laut Fahrplan erst um 7.11 Uhr in Berlin eintrifft.

Die Staatsanwaltschaft sah das genauso und beantragte einen Haftbefehl gegen Perkahn wegen des dringenden Verdachts der schweren räuberischen Erpressung, der auch am 29. Januar 1996 vom Amtsgericht Greifswald erlassen wurde.

Das Gericht ordnete »Überhaft« an, da er bereits wegen der Verbüßung einer anderen Freiheitsstrafe in Haft saß. Perkahn kam wieder in Untersuchungshaft, und von Stund an war es aus mit seinem fast täglichen Freigang.

Aufgrund seines bisher gezeigten Verhaltens vor Gericht war auch jetzt nicht davon auszugehen, dass er ein Geständnis ablegen würde. Bisher hatte er jede Tat hartnäckig abgestritten oder sich immer als Opfer anderer bezeichnet, die ein Komplott gegen ihn inszeniert hätten.

Und mit dieser Einschätzung lagen die erfahrenen Ermittler um Gerhard Voss genau richtig. Georg Gräbner saß dem vermutlichen Initiator des Raubüberfalls schon einen Tag nach Verkündung des Haftbefehls im Vernehmungszimmer gegenüber.

Gräbner hatte sich intensiv auf die Vernehmung vorbereitet, denn Perkahn galt als harter Brocken, der vor der Polizei noch nie eine Tat zugegeben hatte.

Perkahn war bereits 53 Jahre alt und von schlanker, beinahe asketischer Gestalt. Er trank weder Alkohol noch rauchte er oder hatte jemals Drogen genommen. Wahrscheinlich rührte seine totale Abstinenz gegenüber Drogen daher, dass er als Jugendlicher unter dem Alkoholismus seines Vaters sehr gelitten hatte. Er trug seine grauen Haare zu einem Zopf gebunden. Gräbner bemerkte Perkahns innere Anspannung, die sich in Nervosität, häufigem Schlucken und roten Flecken auf seinem Gesicht deutlich widerspiegelte. Aber dessen Unsicherheit dauerte nur kurze Zeit. Nachdem er sich gefangen hatte, verweigerte er jegliche Aussage und fing zur Überraschung von Gräbner stattdessen an, über seinen letzten Prozess zu lamentieren. Er schob, wie es nicht anders zu erwarten war, seinem Mittäter Ansgar Köhler die alleinige Schuld in die Schuhe und verstieg sich sogar zu der absurden Behauptung, er wäre völlig unschuldig in die Sache hineingeraten und zu Unrecht verurteilt worden.

Gräbner stoppte, leicht genervt, Perkahns Redefluss und brach die Vernehmung ab, nachdem dieser zum wiederholten Male behauptet hatte: »Ich kann nicht überführt werden, da ich an keiner Straftat beteiligt war. Das möchte ich hier mit allem Nachdruck noch mal betonen.«

Wohlweislich hatte Gräbner ihn noch nicht mit dem Tatvorwurf konfrontiert, dass er auch als Initiator der Ermordung Altenburgs in Frage kam. Hier bedurfte es noch weiterer intensiver Ermittlungen, und er wollte nicht zu früh die Pferde scheu machen. Perkahn sollte nicht im Entferntesten ahnen, dass er bereits im Fokus der Ermittlungen stand und als einer der Drahtzieher dieses Mordkomplotts galt.

Mit der Verhaftung von Perkahn war die 4. Berliner Mordkommission in Zusammenarbeit mit dem Kommissariat Greifswald eher zufällig der Aufklärung dieses spektakulären Überfalls einen gewaltigen Schritt näher gekommen, obwohl einer der Täter nach wie vor unbekannt war und vor allem die Beute spurlos verschwunden blieb.

Und was für die Lösung des Mordfalls wichtig war: es gab jetzt für Perkahn ein nachvollziehbares Motiv, Altenburg beseitigen zu lassen, der sich mit seiner Prahlerei vom verübten Überfall buchstäblich um Kopf und Kragen geredet hatte. Perkahn hatte durch Altenburg seine baldige Entdeckung zu befürchten und hätte unter Umständen auf eine halbe Million DM verzichten müssen.

Die Befragungen in der Haftanstalt wurden intensiv durchgeführt, und dann ging es Schlag auf Schlag. Bei Mord hört bei vielen Gefangenen der Spaß auf, und bei der sonst verschworenen Gesellschaft hinter Gittern öffneten sich wie auf den Befehl »Sesam öffne dich!« die Hinweisquellen, weil sich plötzlich fast jeder etwas für seine eigene Haftsituation ausrechnete, wenn er entsprechende Informationen geben würde. Und im Gefängnis wurde mehr getratscht als bei einem Kaffeekränzchen im Operncafé.

Von seinem ehemaligen Mithäftling Karl-Dieter Strauch erfuhren die Beamten, dass Perkahn brennend daran interessiert war, mit ihm eine Partnervermittlung aufzumachen, wobei er lediglich als Geldgeber auftreten wollte. Aber er sprach auch noch über andere, weniger legale Geschäfte. So hatte er Strauch gefragt, ob er jemanden wüsste, der Maschinenpistolen beschaffen könnte. Als der intensiv nachfragte, erzählte ihm Perkahn etwas von einem Raub, bei dem man 1,8 Millionen DM erbeuten könne. Strauch war aber nicht interessiert und lehnte eine Beteiligung, in welcher Form auch immer, entschieden ab.

Auch diese Aussage zeigte den Kripobeamten die ungebrochene kriminelle Energie Perkahns, der gerade erst wegen Bankraubes verurteilt worden war und seine Strafe im Gefängnis absitzen musste und schon wieder über die Planung neuer schwerer Straftaten nachdachte. Ein wahrlich unverbesserlicher Straftäter. Aber konnte man etwas anderes von jemandem erwarten, der bereits über 30 Jahre seines Lebens im Gefängnis zugebracht hatte?

Und dann zog die 4. Mordkommission einen »Sechser im Lotto«. Anfang Februar 1996 meldete sich der Häftling Jens Müller bei der Kripo, der wegen einer Betrugsserie in Millionenhöhe in der JVA Lehrter Straße einsaß und Angaben zum Mordfall Altenberg machen wollte. Als das der Kommissionsleiter Gerhard Voss hörte, bekam er vor Aufregung schweißnasse Hände.

Er sah seine Mitarbeiter triumphierend an.

»Was habe ich euch gesagt? Perkahn hat nicht nur den Überfall verübt, er hängt auch in dem Mordfall mit drin. Er scheidet zwar als Täter aus, weil er am Tattag keinen Ausgang hatte, aber er hatte als Einziger ein Interesse daran, dass Altenburg für immer von der Bildfläche verschwindet, denn der war für ihn in der Zwischenzeit zu einem viel zu großen Risiko geworden.« Er wandte sich an KHK Eberhardt. »Lothar, du vernimmst Müller. Und fass ihn zur Abwechslung mal mit Samthandschuhen an. Wir wollen doch nicht, dass er wegen schlechter Laune Gedächtnisschwund bekommt. Schließlich könnte der unser Kronzeuge werden.«

Eberhardt saß einige Stunden später einem typischen Betrüger gegenüber, der auf den ersten Blick nicht unsympathisch wirkte und über ein angenehmes Äußeres und einen überzeugenden Redefluss verfügte. Müller kam auch gleich zur Sache und hielt sich nicht lange bei der Vorrede auf.

»Herr Kommissar, bei einer x-beliebigen Straftat hätte ich keine Aussage gemacht, aber wenn Mord im Spiel ist, hört der Spaß für mich auf. Das will ich nur vorwegschicken, denn ich bin kein Anscheißer.«

»Das denken wir nun wirklich nicht von Ihnen, lieber Herr Müller. Aber lassen Sie uns doch jetzt endlich beginnen«, forderte Engelhardt mit süffisantem Lächeln. »Wann haben Sie denn Siegmar Perkahn kennengelernt?«, eröffnete er dann die »Fragestunde«.

»Das war im Oktober 1995 in der Lehrter Straße. Als ich ihm erzählte, dass ich wegen Betrügereien in Millionenhöhe sitze, war ich gleich sein bester Kumpel. Er wollte sofort wissen, wie ich mir eine so hohe Beute verschaffen konnte. Er suchte fortan meine Nähe und fragte mich immer wieder aus. Mit der Zeit sind wir gute Kumpels geworden, und er hat mich auch finanziell unterstützt, mal mit 50 DM oder 100 DM.«

Offensichtlich hatte der sonst so misstrauische und erfahrene Perkahn in der relativ kurzen Zeit Vertrauen zu Müller gefasst. Nur so war es zu verstehen, dass er ihm seine Beteiligung am Überfall in Neuenkirchen gestanden hatte. Und nicht nur das. Müller brachte auch plötzlich Fred Helmbrechts wieder ins Spiel, Perkahns alten Kumpel aus DDR-Zeiten. So sollte Helmbrechts an dem Banküberfall, für den jetzt Perkahn einsaß, ebenfalls beteiligt gewesen, aber nicht angeklagt worden sein. Als Helmbrechts in Geldschwierigkeiten geraten war, drängte Perkahn Müller dazu, seinem alten Kumpel zu helfen. Der versuchte, allerdings vergeblich, aus dem Knast heraus, mit seiner bewährten Arbeitsweise, einen Überweisungsbetrug zu Gunsten Helmbrechts zu begehen. Diese Straftat würde noch Gegenstand eines späteren Verfahrens werden und war im Augenblick nebensächlich, denn jetzt gab es in der Tat Wichtigeres.

»Wann haben Sie denn von dem Überfall auf den ›Marktkauf‹ erfahren?«

»Das muss am 23. oder 24.12.1995 gewesen sein.«

»Wie kam es denn dazu, dass er Ihnen von der Tat erzählt hat?«

»Wir wollten zusammen auf die Flucht gehen, sobald wir

finanziell abgesichert waren. Zwischen Weihnachten und Silvester sagte er mir, dass Altenburg Schwierigkeiten machen würde. Er wollte irgendwie was ausgezahlt haben und aus der Wohnung weg. Und er sagte auch noch, dass er ihn deshalb umlegen oder umlegen lassen wird.«

»Wissen Sie, ob Perkahn Altenburg allein umlegen wollte oder suchte er sich dafür eine entsprechende Person?«

»Ich wurde von ihm gefragt, ob ich dies für 50.000 DM tun würde, worauf ich, ohne zu überlegen, mit ja geantwortet habe. Ich habe 600 DM Anzahlung erhalten. Später bekam ich Skrupel, und da mir die ganze Sache etwas zu heiß geworden war, bin ich am 5.1.96 nach meinem vierstündigen Ausgang nicht in die JVA zurückgekehrt, sondern habe mich am Abend in Aue der Polizei gestellt. Ich wollte nicht mehr in die Haftanstalt Lehrter Straße zurück. Da ich mich abgeseilt hatte, fühlte ich mich bedroht und fürchtete um meine Sicherheit.«

Seine Befürchtungen waren nicht unberechtigt, denn von nun an hatte Perkahn einen Mitwisser mehr, und um einen Verräter im Gefängnis entsprechend zu bestrafen, gab es vielfältige Möglichkeiten. Die Verwaltung des Gefängnisses hatte ein Einsehen und verlegte Müller in die JVA Tegel.

»Sagen Sie, hat der Perkahn Sie tatsächlich überreden wollen, Altenburg zu töten?«, hakte Eberhardt noch einmal nach.

»Aber ja, er hat mir angeboten, wenn ich den plattmache, dass ich dann 50.000 DM in bar erhalte.«

»Hat er Ihnen auch gesagt, wie er sich die Tötung vorstellt?«

»Wir haben darüber gesprochen. Entweder sollte er von einem Auto überfahren oder erschossen werden, wobei er das mit dem Erschießen nicht schlecht fand.«

»Nachdem Sie nun abgesprungen waren, haben Sie eine Vorstellung, wen er für die Tat gewonnen haben könnte?«

»Das kann der Fred Helmbrechts gewesen sein, einige andere und Jakob Kernbach.«

»Wer ist Jakob Kernbach, Herr Müller?«

»Na, das ist ein Knastkumpel von Perkahn. Der sitzt, soviel ich weiß, wegen einer Drogengeschichte und wegen illegalen Waffenbesitzes.«

Eberhardt horchte auf. Jakob Kernbach, das war ein interessanter Mann. Einer, der illegal Waffen besaß, würde auch eine Quelle kennen, wie man sich erneut eine beschaffen könnte. Den Vogel sollte man mal genauer unter die Lupe nehmen. Aber das brauchte er Müller nicht auf die Nase zu binden. Deshalb tat er unbeteiligt und brachte die Vernehmung wieder auf den Überfall zurück.

»Versuchen Sie sich zu erinnern, was Perkahn über den Überfall in Neuenkirchen alles erzählt hat.«

»Er sagte mir, er hätte jetzt keine Geldprobleme mehr. Ich weiß auch, dass Fred Helmbrechts dabei war und dass sie zuvor ein Gitter angesägt hatten.«

»Wie sicher sind Sie, dass der Helmbrechts bei dem Überfall dabei war?«

»Hundertprozentig, weil mir Perkahn gesagt hat, dass Helmbrechts keine finanziellen Sorgen mehr hat.«

»Hat Perkahn gesagt, er wäre direkt bei dem Überfall dabei gewesen oder hat er erzählt, er hätte andere die Tat ausführen lassen, und er wäre zur Tatzeit in Berlin gewesen?«

»Er sagte wörtlich, ›… dass wir ein Ding gedreht haben im ‚Marktkauf‘.«

»Wie war denn das nun mit Altenburg? Warum machte der denn Schwierigkeiten?«

»Der wollte eine größere Geldsumme haben, die er nach Perkahns Meinung nicht bekommen sollte. Da hat ›Sigi‹ Angst bekommen, weil er vermutete, dass Altenburg irgendwas an die große Glocke hängen könnte.«

Zum Aufbewahrungsort der Beute erklärte Müller lediglich, dass Perkahn das Geld sicher eingegraben hat. Seiner Meinung nach kam dafür nur das Grundstück von Perkahn in Mecklenburg-Vorpommern in Frage.

Der Mord an Altenburg und der Verdacht, dass Perkahn etwas damit zu tun haben könnte, war seit den Presseveröffentlichungen Tagesgespräch im Gefängnis, und es kursierten sogar ausgeschnittene Zeitungsberichte unter den Häftlingen. Perkahn erklärte jedem, der es wissen wollte, dass er dafür gar nicht als Täter in Betracht kommen könnte, da er ja zur Tatzeit keinen Ausgang gehabt hatte. Aber jetzt zeigte sich, dass er unter den Häftlingen nicht sehr beliebt war, weil er mit vielen Streit angefangen hatte. Er war als Hausarbeiter, wie auch sein Kumpel Kernbach, eingesetzt und genoss deshalb eine gewisse Freizügigkeit im Knast, von der er zur Herstellung neuer Kontakte regen Gebrauch gemacht hatte. Einige Häftlinge plauderten nur zu gern, und so gelangten immer mehr Hinweise zur Kommission, die mit den Vernehmungen kaum noch nachkam und genug damit zu tun hatte, alle Angaben auf ihren Wahrheitsgehalt hin zu überprüfen. Andererseits sorgten die Befragungen der Häftlinge für erhebliche Unruhe im Gefängnis, weil ihre Geschäfte untereinander erheblich gestört wurden. Die Inhaftierten verhielten sich wie »aufgescheuchte Hühner«, was kein Wunder war, denn über mehrere Tage hinweg fand ein regelrechter »Shuttlebetrieb« zwischen Gefängnis und Mordkommission statt, bis alle in Frage kommenden Häftlinge vernommen worden waren.

Damit war klar, dass ab jetzt Perkahn ein ernstes Problem hatte. Nun ging es für ihn nicht nur um Raub, sondern auch um Anstiftung zum Mord, wofür er unter Umständen den Rest seines Lebens im Gefängnis verbringen müsste. Für Müller hingegen gab es keinerlei erkennbaren Grund, Perkahn zu Unrecht anzuschwärzen, während das Motiv für Perkahn offensichtlich war. Es lag wie auf dem Präsentierteller. Einerseits erhöhte sich durch Altenburgs Tod sein Beuteanteil des Überfalls und andererseits konnte er so sein Mitwirken an der Tat vertuschen. Das waren im juristischen Sinne zwei klassische Mordmerkmale.

Bei Lothar Eberhardt stellte sich kein Triumphgefühl ein, lediglich Genugtuung, dass die gesamte Kommission bei der Aufklärung dieses abscheulichen Mordes auf dem richtigen Weg war. Es war nur noch eine Frage der Zeit, bis weitere Zellengenossen Perkahns ihre Zurückhaltung aufgaben und plauderten und sich somit das Netz über ihm immer enger zusammenziehen würde.

Am Morgen des 3. Februar 1996 telefonierte KOK Weimann mit seinem Kollegen Breese in Greifswald. Er berichtete ihm vom Verdacht gegen Helmbrechts, kündigte dessen beabsichtigte Festnahme an und bat dazu um Unterstützung. Anschließend fuhr er mit KHK Eberhardt in Richtung Stavenhagen. Gegen 14 Uhr wurde Helmbrechts in seinem Autohandel angetroffen und vorläufig festgenommen.

Nichts war jetzt mehr von seiner Selbstsicherheit übrig geblieben, die Helmbrechts noch am Anfang seiner letzten Vernehmung gezeigt hatte. Lothar Eberhardt machte es ihm auch nicht gerade leicht. Knallhart und sachlich und mit entsprechender Schärfe in der Stimme analysierte er die Lage und zeigte Helmbrechts die drohenden Konsequenzen auf. Helmbrechts hatte nicht die Spur einer Chance, sich lange zu wehren. Bereits nach kurzer Zeit war er mit seinen Nerven am Ende und fing zu weinen an. Er war bereit, reinen Tisch zu machen, obwohl er damit rechnen musste, dass er einen Haftbefehl erhalten und inhaftiert werden würde. Er hatte jämmerliche Angst vor der Haft und vor allem vor Perkahn. Jetzt zeigte sich deutlich, wie stark dessen Einfluss auf den einfach strukturierten Autoverkäufer war.

Als Erstes brach Perkahns Alibi weg. Helmbrechts gestand ein, dass er auf dessen Drängen wahrheitswidrig behaupten sollte, dass er (Helmbrechts) ihn zur Tatzeit des Überfalls in Berlin besucht hätte. Und er sagte aus, dass neben Perkahn auch Altenburg an dem Überfall beteiligt war. Und dann erzählte er detailliert die ganze Vorgeschichte.

Einige Wochen vor dem Überfall sollte er einen guten

Kumpel von Perkahn mit Namen »Pit« vom Bahnhof in Greifswald abholen, der zum Einkaufszentrum in Neuenkirchen gebracht werden wollte. Er bezeichnete den Typen als arroganten »Wessi«, der damit geprotzt habe, früher einmal in der Fremdenlegion gedient zu haben. Der Kerl sei ihm von Anfang an unsympathisch gewesen, weil er ihm mit seinem »dämlichen Gequatsche« unheimlich auf den Geist gegangen sei.

Eberhardt musste trotz der ernsten Situation lächeln. Das konnte nur »Pit« Altenburg gewesen sein, der nicht einmal unter Ganoven einen guten Ruf genossen hatte.

»Und dann, am 20. Dezember, rief mich ›Sigi‹ an und sagte mir, dass er abends kommen würde. Er fragte, ob ich nicht ein Auto für ihn hätte und ob er nicht ein oder zwei Tage bei mir schlafen könnte. Ich sollte ihn jedenfalls abends am Bahnhof Greifswald abholen. Natürlich war ich erstaunt, dass er mit seinen Kumpel ›Pit‹ ankam. Davon hatte er mir am Telefon nichts gesagt.«

»Was hatten denn die beiden bei sich?«

»Ich glaube, eine Reisetasche und einen Aktenkoffer, den trug ›Pit‹.«

»Was hatten Sie denn für einen Pkw zur Verfügung gestellt?«

»Einen roten Golf Diesel mit rotem Kennzeichen aus Demmin.«

»Wozu brauchte denn ›Sigi‹ den Wagen?«

»Er wollte etwas in seinem Haus in Dersekow reparieren. Wir sind dann so verblieben, dass er mich am 21. Dezember anruft. Das hat er dann auch getan und mich gebeten, abends, gegen 20 Uhr, am ›Marktkauf‹ in Neuenkirchen zu sein, damit wir gemeinsam etwas essen gehen könnten.«

Das war von Perkahn in der Tat geschickt eingefädelt worden. So befand sich auch Helmbrechts zur Tatzeit am Tatort, obwohl er von dem Überfall zu diesem Zeitpunkt gar nichts wusste. Damit hatte Perkahn gegen Helmbrechts ein

Druckmittel in der Hand und konnte notfalls behaupten, Helmbrechts wäre an dem Überfall beteiligt gewesen, falls er irgendwann einmal auf die Idee kommen sollte, etwas auszuplaudern. Schließlich hatte ihm Helmbrechts seinen Pkw, der als Tatfahrzeug benutzt werden sollte, zur Verfügung gestellt. Das hätte man leicht als Beihilfe auslegen können. Es war deshalb für Perkahn ein Leichtes gewesen, Helmbrechts zur Abgabe eines falschen Alibis zu bewegen. Helmbrechts hatte keine Alternative. Perkahn war tatsächlich ein skrupelloser Mensch, der seinen etwas schwerfälligen Kumpel wie eine Schachfigur hin- und hergeschoben und nach Gutdünken benutzt hatte.

Dann berichtete Helmbrechts, dass zu seiner Überraschung plötzlich mehrere Leute des Sicherheitsdienstes erschienen, als er sich zur verabredeten Zeit im Kassenbereich aufhielt, und wenig später auch die Polizei eintraf. Da sei ihm klargeworden, dass »Sigi« und »Pit« irgendeine Straftat begangen haben mussten.

Er fuhr dann in Richtung Stralsund und musste eine Straßensperre passieren, ehe er unbehelligt zu seiner Wohnung fahren konnte. Der Golf stand bereits vor der Tür, und die beiden erwarteten ihn gutgelaunt.

»Ich habe sie gefragt, was sie gemacht und ob sie vielleicht einen Geldtransporter geklaut hätten? Beide lachten und ›Sigi‹ sagte, je weniger ich wüsste, umso besser wäre es für mich. Aber ich ließ nicht locker. Schließlich sagte ›Sigi‹, sie hätten den ›Marktkauf‹ überfallen. Er war enttäuscht, denn er hätte mit mehr Geld gerechnet. In meinem Beisein sagte er zu ›Pit‹, dass das Geld ein halbes Jahr nicht angerührt wird. Als ich mich beschwerte, sie hätten meinen Pkw zur Tat benutzt, sagte mir ›Sigi‹, dass er sich dafür revanchieren wird.«

»Was geschah dann mit der Beute? Wo ist sie geblieben?«

»Nachdem wir noch ein bisschen gequatscht haben, fuhren wir nach Dersekow. ›Sigi‹ ist mit einer Reisetasche zu seinem Haus gegangen, kam aber schon nach wenigen Minuten zurück. Er hat dann zu uns gesagt, dass der Boden zu hart sei. Und dann fragte er mich, ob ich das Geld für sie aufbewahren würde. Ehe ich antworten konnte, drohte er mir, dass er sich im Falle meines Verschwindens mit dem Geld an meiner Lebensgefährtin rächen würde. Ich war stinksauer und habe ihm gesagt, dass er mich am ›Arsch lecken‹ kann.«

»Hat er dann die Beute mit nach Berlin genommen?«

»Nee, nee, das war ihm zu heiß. Ich habe dann doch zugestimmt, dass ich das Geld bei mir verstecke.«

»Haben Sie etwas dafür bekommen?«

»Ja, so um die 4.000 DM.«

»Wussten Sie, dass Sie sich damit strafbar gemacht haben?«

»Klar wusste ich das. Aber ich hatte ja keine andere Wahl. ›Sigi‹ hatte mich ja in der Hand und hat mir auch zu verstehen gegeben, dass er mich im Notfall belastet, wenn ich ihm nicht helfen würde, und ich hatte ja noch 49.000 DM Schulden bei ihm.«

»Wussten Sie denn eigentlich, wie hoch die Beute tatsächlich war?«

»Er sagte was von 530.000 DM. ›Pit‹ fing gleich zu streiten an und behauptete, dass es mehr sein müsse. Wir haben dann angehalten und das Geld gezählt. Die Summe stimmte, es können aber auch noch 10.000 Mark mehr gewesen sein. So genau weiß ich das nicht mehr.«

»Wie ging denn das nun weiter mit dem Geld?«

»Nachdem sich ›Pit‹ wieder beruhigt hatte, sind sie am frühen Morgen zurück nach Berlin gefahren. Das Geld hatte mir ›Sigi‹ gegeben. Ich habe es die ganze Zeit bei mir gehabt. Entweder im Auto oder in meiner Wohnung.«

»Wo ist denn das Geld schließlich geblieben?«

»Entweder am 14. oder 15. Januar 1996 rief er mich an und verlangte von mir, dass ich ihm das Geld nach Berlin bringen sollte. Er brauche es dringend. Ich bin dann am 18., nein, es kann auch der 19. Januar gewesen sein, mit einem Pkw nach Berlin gefahren und habe es zu ihm in die Wohnung gebracht.«

»Haben Sie eine Vorstellung, wo ›Sigi‹ das Geld jetzt hat?«

»Nee, dazu kann ich keine Angaben machen, wirklich nicht.«

»Sagen Sie, was wissen Sie über die beiden Waffen, die Altenburg in seinem Besitz hatte und von denen zumindest eine beim Überfall benutzt wurde?«

»Also, ich weiß nur, dass er sich vor dem Überfall einmal allein mit zwei Leuten getroffen hat. Aber wer das war, kann ich nicht sagen.«

»Wir wissen aber, dass er von dieser Fahrt zwei Pistolen mit nach Berlin brachte. Überlegen Sie doch mal. Von wem könnte er sie bekommen haben?«

»Da fällt bei mir nicht der Groschen. Ich weiß es einfach nicht. Das müssen Sie mir glauben.«

Den Gefallen tat ihm Lothar Eberhardt natürlich nicht. Aber vielleicht hatte Perkahn dieser Plaudertasche aus gutem Grund nichts erzählt.

Zur Aufklärung des Mordfalls Altenburg konnte Fred Helmbrechts nichts Wesentliches beitragen. Zwar hatte ihn »Sigi« nach Bekanntwerden von Altenburgs Tod angerufen und ihm darüber berichtet, aber mit keinem einzigen Wort seine Beteiligung an der Tötung erwähnt. Anlässlich eines Telefonats Ende Januar 1996 sprach er davon, dass alles »scheiße« gelaufen sei, er sich in einigen Personen getäuscht hätte und einer ständig saufen würde. Und dann sei ihm der Name »Jakob« regelrecht herausgerutscht, wobei Helmbrechts den Eindruck gewonnen hatte, dass er ihn eigentlich gar nicht nennen wollte.

»›Gib keinem Geld, egal, wer kommen wird‹«, sagte er zu mir sichtlich erregt. Erst wusste ich gar nicht, was er damit meinte. Aber dann erkannte ich den Zusammenhang zwischen seiner Äußerung und einem merkwürdigen Anruf.

Ein mir unbekannter Mann hatte mich telefonisch aufgefordert, 20.000 DM bereitzulegen. Als ich ihm erklärte, ich hätte nicht so viel Geld, sagte er nur, dass ›Sigi‹ mich deshalb noch anrufen würde. Das muss so Ende Januar '96 gewesen sein. Ich fragte ›Sigi‹ natürlich, was das denn mit dem Geld soll. Da erinnerte er mich an das Darlehen, das er mir gegeben hatte. Aber dann sprach er nicht mehr darüber.

Sie müssen mir glauben, ich bin kein Unschuldslamm, aber ich hoffe, dass ›Sigi‹ einmal im Leben die Wahrheit spricht und nicht wieder alles auf andere schiebt. Ich hoffe nur, dass für mich nicht das Sprichwort zutrifft, dass ehrlich am längsten sitzt.«

In der Zwischenzeit waren KHK Eberhardts Kollegen in Berlin nicht untätig geblieben. Der von »Millionen-Müller« in Zusammenhang mit der Ermordung Altenburgs ins Spiel gebrachte Jakob Kernbach wurde nunmehr genau unter die Lupe genommen. Bei dem Mörder von Altenburg musste es sich um eine Person handeln,
- die den Tatort im Jahnpark ausreichend kannte,
- zu der Perkahn als Initiator und Nutznießer der Tat ein sehr gutes persönliches Verhältnis gehabt haben musste
- und die auch Altenburg bekannt gewesen sein musste, sonst wäre der ihm nicht um 18 Uhr bei Dunkelheit in die ihm nach bisherigen Ermittlungen unbekannte Grünanlage gefolgt.

Jakob Kernbach besaß diese Voraussetzungen:
- Er wohnte in der Graefestraße, also unweit des Tatortes.
- Er war nach Zeugenaussagen eng mit Perkahn befreundet.
- Er dürfte Altenburg über Perkahn bei deren gelegentlichen gemeinsamen Ausgängen kennengelernt haben.
- Außerdem war Kernbach wegen unbefugten Waffen- und Munitionsbesitzes vorbestraft und
- er hatte am Tattage von 10 Uhr bis 21 Uhr Ausgang.

Gerhard Voss entschloss sich, Jens Müller noch einmal ausführlich vernehmen zu lassen.

»Millionen-Müller« zeigte sich im Gegensatz zu seiner ersten Vernehmung regelrecht wortkarg, was kein Wunder war, denn er übergab KHK Gräbner einen Drohbrief, den er tags zuvor erhalten hatte. Erst als ihm zugesagt wurde, ihn in eine andere Vollzugsanstalt zu verlegen und Schutzmaßnahmen in Erwägung zu ziehen, gab er seine demonstrative Zurückhaltung auf. Er bestätigte nochmals den Mordauftrag, den er von Perkahn erhalten hatte und brachte eine weitere Person ins Spiel. Ein alter Kumpel von Perkahn, Manfred Mager, sollte an der Ermordung Altenburgs beteiligt werden. So war ursprünglich geplant, dass Mager ein Hymer-Wohnmobil kaufen sollte. Mit diesem Fahrzeug und falschen Papieren wollte man mit Altenburg über Bulgarien und die Türkei in Richtung Thailand fahren. Unterwegs sollte dann Altenburg verloren gehen. So drückte sich Perkahn gegenüber seinen Kumpanen aus. Das sollte entweder durch Erschießen oder durch Überfahren geschehen. Müller sollte dafür 50.000 DM Blutgeld bekommen. Die Waffe wollte Mager besorgen.

KHK Gräbner staunte nicht schlecht, als Müller mit den Geldsummen nur so um sich warf, und fragte deshalb:

»Sagen Sie, woher hatte denn Mager so viel Geld für ein Wohnmobil? Das ist ja wahrlich kein Pappenstiel.«

»Wir wollten ursprünglich alle zusammenlegen. Ich weiß, dass Mager von einem Konto in Luxemburg sprach und prahlte, er hätte einen sechsstelligen Betrag auf seinem Konto. Perkahn wollte 50.000 DM bereitstellen, die er Helmbrechts als Kredit für dessen Autohandel gewährt hatte. Aber wie Sie wissen, bin ich vorher ausgestiegen.«

»Können Sie uns etwas zum Verhältnis zwischen Perkahn und Kernbach sagen?«

»Ja, die hingen immer zusammen, waren gemeinsam in der Zelle. Beide sind im Oktober oder November letzten

Jahres nach Greifswald gefahren und wollten sich ein Objekt aussuchen, das sie ausrauben konnten. Dann gab es aber Krach, weil Kernbach die Drecksarbeit machen sollte, während Perkahn draußen warten wollte. Das Ding hat er dann ja mit Altenburg gedreht. Später hat sich das Verhältnis wieder eingerenkt und sie hingen wieder gemeinsam herum.«

»Sie haben mir erzählt, dass Perkahn plante, Altenburg bereits am 5. Januar umzubringen. Ist das richtig so?«

»Jaja, das stimmt. Perkahn war vielleicht sauer. Er sagte, dass Altenburg mit seinem Anteil nicht zufrieden war und immer mehr haben wollte. Perkahn und Mager hatten an diesem Tag Freigang. Mager sollte mich vormittags mit dem Wohnmobil von der ›Freien Hilfe‹ in der Brunnenstraße abholen. Dann sollten wir nach Greifswald fahren und die Beute aus dem Überfall holen, die in einer Scheune auf dem geerbten Grundstück von Perkahn in Dersekow versteckt war. Danach sollten wir Perkahn und zuletzt Altenburg abholen. Wir wollten in Richtung Birkenwerda auf einen Parkplatz fahren und ich sollte ihn hier erschießen. Die Waffe wollte Mager mitbringen. Er meinte, er hätte noch eine übrig.«

»War denn nun tatsächlich eine Waffe vorhanden?«

»Weiß ich nicht, ich bin doch vorher abgehauen, weil ich so einen mächtigen Schiss hatte. Mager hat noch gesagt, in der Wohnung einer Freundin hätte er noch eine Makarow. Er zeigte mir sogar ein Foto von der Waffe.«

»Was meinen Sie denn, hat an Ihrer Stelle Mager den Altenburg erschossen oder ist ein anderer angeworben worden?«

»Für mich kommt nur Mager und ein anderer Kumpel von Perkahn in Betracht.«

»Wie heißt denn der?«

»Weiß ich nicht, könnten viele dafür in Frage kommen.«

»Sagen Sie, ist bei den Planungen auch mal der Jahnpark oder die Hasenheide ins Gespräch gekommen?«

»Die hat Perkahn mal erwähnt. Als ich ihn fragte, wo ich Altenburg erschießen sollte, sagte er, dass er einen großen

Park kennen würde, der Hasenheide (identisch mit Jahnpark) heißt.«

Der Verdacht gegen Perkahn wurde immer dringender. Er war der Initiator dieses perfiden Mordes an seinem ehemaligen Mittäter. Kernbach kam als einer der möglichen Tatverdächtigen in Frage. Kommissionsleiter Voss sprach kurz darauf mit dem zuständigen Staatsanwalt und schilderte den augenblicklichen Sachstand. So war es nur eine Formsache, bis der Durchsuchungsbeschluss für Zelle und Wohnung von Jakob Kernbach vorlag.

Am 6. Februar 1996 wurde seine Wohnung in der Graefestraße 58 in Berlin-Kreuzberg durchsucht, die er gemeinsam mit seiner Mutter bewohnte. Die Wohnung befand sich nur wenige hundert Meter von einem der Eingänge des Jahnparks entfernt, durch den das Opfer am 23. Januar 1996 mit seinem noch unbekannten Mörder gegangen war.

Es wurden zwei Lederjacken und eine Stoffjacke beschlagnahmt und der PTU zum Auffinden von DNA-Spuren und Rückständen von Schusswaffenspuren übergeben.

Anschließend fand die Vernehmung von Kernbach statt. Lothar Eberhardt saß einem 44-jährigen Mann gegenüber, der von Anfang an jegliche Tatbeteiligung an der Ermordung Altenburgs bestritt und dessen IQ mit dem von Albert Einstein nun wahrlich nicht zu vergleichen war. Bereitwillig gab der einfach strukturierte Mann Auskunft über seine Aktivitäten am Tattage (23.1.96), ohne die Gefahr zu sehen, in die er sich durch seine Angaben brachte. Um 11 Uhr hatte er seine Mutter in der Wohnung besucht und dann für eine Stunde verlassen, um Einkäufe zu erledigen. Anschließend besuchte er seinen Bruder und fuhr gegen 17.30 Uhr wieder zurück zu seiner Wohnung, wo er auf einen Kumpel aus dem Knast traf, den er zum Kaffeetrinken eingeladen hatte.

KHK Eberhardt horchte auf. Das war ja ein Hammer.

Plötzlich tauchte im Schlepptau des Mordverdächtigen ein zweiter Mann auf, der ebenfalls in dieses Mordkomplott verwickelt sein könnte.

»Wen hatten Sie denn eingeladen?«

Die Frage kam wie aus der Pistole geschossen und traf sein Gegenüber unvermutet.

Kernbach sah Eberhardt völlig entgeistert an, weil ihm schlagartig bewusst wurde, dass er einen unverzeihlichen Fehler begangen hatte. Er biss sich wütend auf die Zunge, aber es war zu spät, denn sein Gegenüber wiederholte die Frage. Kernbach wusste, dass der Kriminalbeamte nicht eher aufgeben würde, bis er ihm den Namen genannt hatte.

»Jetzt muss ick wohl jemanden mit rinziehen, Richtung Lehrter Straße, Sie verstehen, Herr Kommissar?«

Und ob Lothar Eberhardt verstand.

»Nun lassen Sie sich nicht jedes Wort aus der Nase ziehen, Herr Kernbach«, munterte er ihn auf.

»Der Mann heißt Gerald Tischler, der kommt von 'ne Küste und hat hier keenen. Deshalb hab ick ihn einjeladen.«

Der Name Tischler sagte KHK Eberhardt nichts und war bisher von keinem anderen Häftling genannt worden. Hier tat sich urplötzlich eine neue Spur auf. Wieso besuchte der gerade Kernbach kurz vor der Tat in dessen Wohnung, die nur ein paar Steinwürfe entfernt vom Tatort lag?

Der Besuch konnte doch kein Zufall sein, daran glaubte er nicht. Dazu war er zu lange im Geschäft. Entweder hatte sich Kernbach mit Tischler einen Alibizeugen beschafft oder der war selbst in irgendeiner Art und Weise in den Fall verwickelt.

»Wann haben Sie und Tischler die Wohnung wieder verlassen?«

»Det muss so kurz vor achte jewesen sein. Wir beede hatten bis zehne Urlaub. Aber wir waren schon um neune anne Lehrter Straße, und so sind wa noch anne nächsten Ecke in een Lokal jejangen und ham noch zwee Tassen Kaffee jetrunken. Mit Alkohol war da nischt, den durften wir nich trinken. Die am Eingang haben jedes Mal eene Atemkontrolle jemacht. Da konnste nischt riskieren.«

»Ich habe Sie also richtig verstanden. Sie beide waren die ganze Zeit zusammen, keiner von Ihnen hat die Wohnung für kurze Zeit verlassen und Sie sind gemeinsam zum Gefängnis zurückgefahren?«

»Ja, Herr Kommissar, wie ick schon sagte.«

»Sagen Sie, Herr Kernbach, Sie sollen einen guten Kontakt zu Siegmar Perkahn gehabt haben. Man spricht davon, dass Sie jemand sind, der ihm bestimmte Sachen hätte besorgen können. Stimmt denn das?«

»Nee, Herr Kommissar, auf keenen Fall.«

Eberhardt spürte, dass Kernbach allem Anschein nach log. Andere Häftlinge hatten ausgesagt, dass er und Perkahn sich gegenseitig in ihren Zellen besuchten und auch als Hausarbeiter ständig genug Kontakt zueinander gehabt hatten.

»Sie streiten ja nun ab, an dem Mord beteiligt gewesen zu sein. Wer käme denn Ihrer Meinung nach als Täter in Frage?«

»Wissen se, Herr Kommissar, ick weeß et nich. Perkahn hat fast mit jedem auf der Station Zoff jehabt. Ick kann Ihnen da nich weiterhelfen.«

Eberhardt musste insgeheim lächeln. Kernbach hatte wohl endlich begriffen, dass es jetzt besser war zu »mauern«. Weitere Gesprächsbereitschaft würde er heute jedenfalls nicht zeigen. Deshalb brach der erfahrene Beamte die Vernehmung ab. Man sah die Erleichterung in Kernbachs Gesicht, als ihm Eberhardt seine Entscheidung mitteilte.

Kernbachs Mutter machte trotz des Hinweises auf ihr Zeugnisverweigerungsrecht Angaben zur Sache, die aber den Beamten der 4. Mordkommission nicht viel weiterhalfen. Sie hatte ein denkbar schlechtes Gedächtnis und konnte sich nicht einmal erinnern, wann ihr Sohn mit oder ohne Begleitung zur fraglichen Zeit ihre Wohnung verlassen hatte.

Gerald Tischler war ein 30-jähriger unscheinbarer Mann, der über einschlägige Knasterfahrung verfügte. Er war bereits mehrfach wegen Diebstahls zu Haftstrafen verurteilt worden. In seiner Jugend litt er sehr unter der Trennung seiner Eltern, und seine in einer Bar arbeitende Mutter konnte ihm keinen sozialen Halt geben. In der Schule wurde er durch grobes Verhalten auffällig, musste die Schule verlassen und wurde in ein Heim eingewiesen. Dennoch begann er eine Lehre als Maurer, die er – nach einer längeren Unterbrechung wegen eines Haftantritts – erfolgreich abschloss. Schwierigkeiten bereitete ihm der Alkohol, den er bereits seit frühester Jugend regelmäßig konsumierte. Eine früh geschlossene Ehe zerbrach, die gemeinsame Tochter blieb bei der Mutter. Er verübte in der Folgezeit weitere Diebstähle und wurde auch wegen Trunkenheit im Straßenverkehr, Fahrens ohne Führerschein und Drogenhandels zu längeren Haftstrafen verurteilt. Allerdings war er wegen Gewaltdelikten bisher nicht in Erscheinung getreten.

1992 übersiedelte er nach Berlin, fand jedoch keine Arbeitsstelle und lebte später von Sozialhilfe und dem Erlös seiner Straftaten. In seiner kriminalpolizeilichen Personenakte spiegelte sich die klassische kriminelle Karriere eines kleinen Ganoven wider, der bereits in jungen Jahren in der bürgerlichen Welt gescheitert war.

Weil gegen ihn zurzeit kein ausreichender Tatverdacht vorlag, wurde er zunächst nur als Zeuge vernommen. Natürlich bestätigte er die Angaben seines Knastkumpels, ohne sich in Widersprüche zu verwickeln. Es schien, als ob er tatsächlich in der Wohnung Kernbachs gewesen war, denn er konnte sich an viele Einzelheiten der Einrichtung erinnern. Es war den Beamten der Mordkommission aber schon bald klar, dass er vor seiner Aussage als Alibizeuge entsprechend »präpariert« worden war.

Die Ermittler waren dennoch voller Hoffnung, weil sie spürten, dass sie ganz dicht vor der Aufklärung dieses abscheulichen Verbrechens standen. Kernbach war nach wie vor ihr Mann. Noch waren längst nicht alle Zellengenossen Perkahns vernommen worden, und man versprach sich – nicht zu Unrecht – noch einige recht brauchbare Hinweise.

Der Optimismus der Ermittler bestätigte sich schneller als erwartet. Der Häftling Burghard Theißen meldete sich fernmündlich aus dem Gefängnis und bat um eine persönliche Unterredung. Obwohl er Repressalien von Seiten Perkahns befürchtete, war er bereit, Aussagen zu machen, die in der Tat erstaunlich waren. Frank und frei erzählte er, dass ihm Perkahn den Überfall bei Greifswald gestanden und ihm sogar die Höhe der Beute genannt hatte, die bei einem Autohändler mit Namen Helmbrechts gebunkert sein sollte. Dann habe Perkahn einen Ferdi Sattler überreden wollen, seinen Mittäter umzubringen. Sattler habe aber abgelehnt, obwohl er für die Tötung 20.000 DM erhalten sollte. Stattdessen habe Perkahn nunmehr Kernbach dazu bringen können, seinen Mittäter im Jahnpark zu erschießen. Deshalb habe man einen Alibizeugen gebraucht und ihn in Gerald Tischler gefunden. Außerdem habe Kernbach die Waffen für den Überfall in Neuenkirchen beschafft.

Endlich gab es einen Zeugen gegen Perkahn, der offenbar selbst viel zu viel ausgeplaudert hatte. Das war ihm jetzt zum Verhängnis geworden. Von nun an würde man Kernbach und Tischler »durch die Mangel drehen«. Tischler wurde als »Weichei« bezeichnet, der einem Verhör bei der Mordkommission sicher nicht lange würde standhalten können.

Von Sattler erfuhren die Beamten, wie sich Perkahn im Knast anderen Häftlingen gegenüber negativ verhalten hatte. Es war sicherlich nicht die feine englische Art, wie er sich aufgeführt hatte, wollte man den Worten von Sattler Glauben schenken. Andere hatte er wegen Nichtigkeiten gnadenlos »angeschissen«, nur um für sich selbst daraus einen Vorteil zu ziehen. Sattler ließ kein gutes Haar an ihm und war überzeugt davon, dass sich Perkahn nur Mittäter aussuchen würde, die dämlicher als er waren. Dazu zählte er auch Tischler, der »… zu dämlich war, sich die Schuhe selber zuzubinden«. Allerdings bestritt Sattler energisch, jemals mit Perkahn über ein ernsthaftes Tötungsangebot gesprochen zu haben.

Am 8. Februar wurde Gerald Tischler erneut aus der JVA zur Mordkommission gebracht. Diesmal saß er KHK Gräbner gegenüber, einem Vernehmungsspezialisten erster Klasse. Um näheren Kontakt zu Tischler zu bekommen, führte er zunächst ein längeres Vorgespräch und kam auch auf den Mord an Altenburg zu sprechen. Als er ihn mit der Tatsache konfrontierte, dass er über die Tötung mehr wüsste, als er bisher angegeben habe, füllten sich Tischlers Augen mit Tränen. Für einen Augenblick sah es so aus, als würde er zusammenbrechen, aber dann fing er sich wieder. Gräbner spürte, dass er auf dem richtigen Weg war. Nur war die Zeit für Tischler noch nicht gekommen, alles zu sagen. In Bezug auf den Überfall in Neuenkirchen war er allerdings mehr als redselig. Er teilte dem überraschten Beamten mit, dass er, anstatt Altenburg, ursprünglich als Mittäter vorgesehen war und beschrieb in epischer Breite die Tatvorbereitungen, die nur ein in den Tatplan Eingeweihter wissen konnte. Aber diese Erkenntnisse schockierten Georg Gräbner nicht mehr. Perkahn konnte man auch ohne diese Aussage den Überfall, der im Augenblick jedoch eine untergeordnete Rolle spielte, längst nachweisen. Jetzt ging es nur noch um den Mord und um sonst gar nichts. Trotz der mehr als dreistündigen Vernehmung gelang es Gräbner nicht, Tischler »umzukippen«, der nach wie vor unerschütterlich das Alibi für Kernbach zur Tatzeit bestätigte. Er brach deshalb die Vernehmung ab, stellte aber eine weitere zu einem späteren Zeitpunkt in Aussicht.

Anschließend rief Kommissionsleiter Voss seine Runde zusammen. Alle anwesenden Mitarbeiter nahmen daran teil. Gemeinsam wurde der aktuelle Stand der Ermittlungen erörtert. Georg Gräbner fasste noch einmal das Vernehmungsergebnis zusammen. Abschließend sagte er:

»Ich bin mir sicher, dass Tischler dem Druck nicht mehr lange standhalten wird. Er war schon vorhin dicht davor, alles zu sagen. Ich werde ihn mir noch einmal vornehmen, wobei ich noch immer nicht weiß, ob er überhaupt an der Tat beteiligt war. Aber vielleicht ist er unser Mann und nicht Kernbach. In diesem Fall wundere ich mich über gar nichts mehr.«

Und er traf tatsächlich mit seiner Vermutung ins Schwarze. Tischler war nach der gut dreistündigen Pause völlig verändert. Jeglicher Widerstand schien sich aufgelöst zu haben. Gräbner nutzte diese Schwächeperiode gnadenlos aus. Er hielt sich nicht mehr lange bei der Vorrede auf und fragte mit scharfer Stimme:

»Ich frage Sie jetzt noch einmal. Haben Sie Kernbach ein falsches Alibi gegeben?«

Tischler sah ihn einen Augenblick lang stumm an. In seinen Augen stand pure Verzweiflung. Sein Gesicht war leichenblass geworden und seine Finger krallten sich um die Tischkante, so dass die Knöchel seiner Hände weiß hervortraten. Jetzt war der entscheidende Moment gekommen. Er musste endlich mit jemandem darüber reden. Der Kriminalbeamte vor ihm war zwar ein harter Hund, aber er schien auch fair zu sein. Bohrende Angstgefühle, die vom schlechten Gewissen herrührten, hatten ein totales Chaos in seinem Innern hervorgerufen. Er konnte schon lange nicht mehr schlafen. Vor seinem geistigen Auge tauchte immer öfter das düstere Szenario im Park auf, als der sterbende Mann vor ihm auf dem Boden lag, seine Arme verzweifelt nach ihm ausstreckte und ihn mit schreckgeweiteten Augen ansah, während er gnadenlos, immer und immer wieder, den Abzug betätigte.

Gräbner spürte, was in seinem Gegenüber augenblicklich

vorging. Jetzt war der entscheidende Moment gekommen. Würde Tischler die Wahrheit sagen? War er jetzt zu einem Geständnis bereit? Er wagte vor Anspannung kaum zu atmen.

»Wenn es nur das wäre ...«, flüsterte Tischler kaum hörbar.

»Wie meinen Sie das?«

»Ick, äh ick habe geschossen ... ick war's!«, stammelte er leise. Er schloss die Augen, hielt sich die Hände vor sein Gesicht und stöhnte auf. An seinen bebenden Schultern sah Gräbner, dass er weinte.

Gräbner gab ihm einen Augenblick Zeit, damit er sich sammeln konnte, forderte aber dann mit Nachdruck in der Stimme:

»Herr Tischler, jetzt ist es an der Zeit, alles zu sagen und nichts mehr zu verschweigen. Befreien Sie sich endlich von dem inneren Druck, der auf Ihnen lastet, und schildern Sie, wie alles geschah. Sagen Sie einfach nur die Wahrheit. Ich werde Sie nicht unterbrechen. Ihr Geständnis wird von unserer Stenotypistin aufgenommen.« Gräbner zeigte auf seine Kollegin, die hinter der Schreibmaschine saß. »Los, kommen Sie, reden Sie endlich!«

Und wie Tischler redete. Es war für ihn wie ein Befreiungsschlag. Endlich konnte er den schrecklichen Ballast abwerfen, der auf seiner Seele lastete.

Perkahn war tatsächlich der Auftraggeber dieses Mordes. Anfang Januar 1996 kam er zu ihm und Kernbach in die Zelle und fragte ihn, ob er jemanden für 40.000 DM umlegen würde. Nähere Gründe müsste er nicht wissen. Tischler, der in permanenter Geldnot war und dessen Entlassung anstand, der aber über keine Wohnung verfügte, sagte schließlich ja, und Kernbach war bereit, eine Waffe zu besorgen. Aber dann kamen Tischler Skrupel und das sagte er auch Perkahn. Als er sich dann doch letztendlich zur Tötung entschloss, reduzierte Perkahn knallhart das Blutgeld auf 20.000 DM.

»Am 18. oder 19. Januar hatte Perkahn auch Ausgang, und

da haben wir uns für 13.30 Uhr an der Frankfurter Allee an einem U-Bahnhof verabredet. Da kam er dann mit Altenburg an. Er hatte dem erzählt, dass er einen mitbringt, der mit ihnen zusammen eine Filiale der Sparkasse überfallen wird. Damit meinte er mich. Dann habe ick mich mit Altenburg unterhalten und ihm gesagt, dass wir uns noch mal treffen müssten, um die Details zu besprechen. Ick habe ihm dann den 23. Januar vorgeschlagen. Als Treffpunkt war die Ecke Frankfurter Allee/Warschauer Straße ausgemacht. Um 18 Uhr wollten wir uns treffen. Kernbach kam mit, und gemeinsam sind wir drei dann zum Hermannplatz gefahren und von dort in den Jahnpark gegangen. Das hatte Kernbach so vorgeschlagen. Altenburg war auch nicht misstrauisch, denn Kernbach sagte ihm, wir müssten jetzt durch den Park gehen, um zum Columbiadamm zu kommen, weil dort die Waffen für den Überfall bereitlägen.

Im Park gingen wir ein Stück geradeaus und kamen an eine Seitenstraße, wo uns ein Mann mit Hund begegnete. 50 Meter weiter gab mir Kernbach unauffällig eine Waffe, die er die ganze Zeit in seiner Bekleidung versteckt hatte, und tat so, als wenn er pinkeln müsste. Er stellte sich an einen Baum, und ick ging mit Altenburg etwa zehn Meter voraus und stellte mich etwas in das Licht einer Laterne und holte die Waffe aus der Lederjacke heraus. Dabei löste sich der erste Schuss, der den Altenburg in die Brust traf.« Bei diesen Worten zeigte der Geständige starke Erregung und verlangte nach einem Glas Wasser.

Gräbner nickte ihm beruhigend zu.

»Und dann geriet ick in Panik. Er kiekte mich noch ganz erstaunt an, schrie kurz auf und brach dann zusammen. Dann feuerte ick auf seinen Kopp, wat die Pfanne herjab.« Er schluckte mehrmals. »Dann liefen wa über eene Wiese und gingen auf dem gegenüberliegenden Weg wieder in Richtung Ausgang zurück.« Während Tischler die Augen schloss und sich die Hände vors Gesicht hielt, fügte er hinzu: »Dann machte ick die Trommel auf, nahm die leeren Hülsen und feuerte sie in die Büsche. Dann sind wa in Richtung Spree gegangen und wo noch nischt vereist war, habe ick die Waffe in hohem Bogen rinjeschmissen. Ja, dann sind wa noch zu Kernbachs Mutter jeloofen, haben Tee getrunken und sind dann so gegen achte losgefahren, im Musikcafé oben rin inne Lehrter Straße und dann ab in den Knast. Am nächsten Tag hat sich Perkahn erkundigt, ob allet jeklappt hatte. Und ick habe ihn gefragt, wie es mit der Bezahlung aussieht. Da hat er mir gesagt, det et allet klar jehen würde, ick solle ihm bloß een Termin nennen, wann ick wieder rausjehe und dann gäbe er mir die Kohle. Aber dazu kam es nich mehr, weil Sie ihn ja verhaftet haben. Aber er hat mir eene Funknummer von Helmbrechts gegeben. Von dem könne ick mir die Kohle holen. Mit dem hätte ick mich treffen sollen, weil der von Greifswald wäre. Ick hatte noch 18.000 DM zu kriegen gehabt. 2000 DM habe ick schon vorher für die Waffe bekommen. Das Geld habe ick natürlich Kernbach dafür gegeben. Ick habe bei dem och anjerufen. Der hat nich viele Fragen gestellt, nur dass ick mich noch mal melden soll. Aber später is keener mehr ranjejangen.«

»Sie haben vorhin gesagt, dass Sie feuerten, was die ›Pfanne‹ hergab. Was meinten Sie damit?«

»Na ja, ick habe so lange jeschossen, bis nischt mehr ging. Ob alle Kugeln raus waren, weeß ick nich, vielleicht war da och 'ne Ladehemmung.«

Und so stellte KHK Gräbner Frage auf Frage, um eine widerrufssichere Aussage zu erhalten. Dabei äußerte Tischler Einzelheiten, die nur der Täter wissen konnte. Seine Rolle war in diesem Mordfall somit klar. Er hatte wegen Habgier, ohne jede moralische Bedenken, einen Menschen wegen läppischer 20.000 DM erschossen und dafür noch nicht einmal das versprochene Geld erhalten. Ein wirklich »schlechtes Geschäft«, auf das er sich da eingelassen hatte. Sein Verhalten erfüllte den Tatbestand des Mordes, denn er hatte heimtückisch sein argloses Opfer getötet. Deshalb musste er mit lebenslänglich rechnen – keine guten Aussichten für seine weitere Zukunft. Aber das wusste Tischler selbst und deshalb machte er sich auch keinerlei Illusionen mehr.

Als Gerald Tischler wieder zu seiner Zelle zurückgebracht wurde und sich die Tür hinter ihm schloss, atmete er wie befreit auf. Dieser bohrende Schmerz in seinem Innern war plötzlich verschwunden und er fühlte sich irgendwie erleichtert.

Aufgrund des umfangreichen Geständnisses gab es vielfältige Ermittlungsansätze für die Mordkommission. So wurde auch die Wohnung der Mutter von Kernbach durchsucht. Dabei wurden eine ungeladene Schreckschusspistole, zwei leere Pistolenholster und eine Metallkiste aufgefunden. Ein Waffen- und Sprengstoffsuchhund schlug bei den Holstern und der Kiste an. Sie mussten mit Waffen Kontakt gehabt haben.

Jakob Kernbach saß KHK Eberhardt gegenüber, der ihm in einem längeren Vorgespräch seine prekäre Lage eindeutig vor Augen führte und ihn zu einem rückhaltlosen Geständnis aufforderte.

Kernbach wurde aschfahl im Gesicht, als er erfuhr, dass Tischler ein Geständnis abgelegt hatte. In seiner ersten Erregung ließ er sich zu dem Ausspruch »Ich habe nicht geschossen, Tischler war es, ich stand ein paar Meter entfernt« hinreißen. Dann schien er fieberhaft zu überlegen.

»Wissen Sie, Herr Kommissar, ich sollte mir lieber einen Anwalt zukommen lassen, bevor ich mich noch tiefer einbuddle, als ich schon drin bin. Und deshalb werde ich nichts weiter sagen.«

Dann schaltete Kernbach auf stur.

Tischler hingegen hatte erkannt, dass er nur dann noch eine klitzekleine Chance hatte, einer lebenslangen Haftstraße zu entgehen, wenn er rückhaltlos auspacken würde. Er kooperierte von Anfang an und zeigte den Ort, wo er die Hülsen in die Büsche geworfen hatte, und führte die Beamten auch zu der Stelle, wo er die Tatwaffe in den Landwehrkanal versenkt hatte. Trotz intensiver Suche mit Tauchern und technischen Geräten konnte sie nicht gefunden werden. Vermutlich war die Waffe nicht ins Wasser gefallen, wie von Tischler behauptet, sondern auf der fast zugefrorenen Oberfläche liegen geblieben und von einem Unbekannten entdeckt und mitgenommen worden.

Siegmar Perkahn saß endlich in der Falle. Ob er nun aussagen oder schweigen würde, war letztendlich egal. Die Aussagen von Tischler deckten sich mit dem Tatbefund. Er hatte konkrete Angaben gemacht, die nur der Täter wissen konnte, und die würden Perkahn letztendlich das Genick brechen. Jetzt galt es nur noch, Kernbach »weichzuklopfen«, um einen weiteren Belastungszeugen in der Hand zu haben. Tischler könnte ja vor Gericht – aus welchem Grund auch immer – plötzlich umkippen und einen Gedächtnisschwund vortäuschen. Aber bei Kernbach bissen die Beamten regelrecht auf Granit. Auch beim Vernehmungsrichter schwieg er eisern.

KHK Gräbner nahm Verbindung mit der Verwaltung der JVA auf, um festzustellen, ob entweder Kernbach oder Tischler bei ihrer Rückkehr am 23. Januar unter Einfluss alkoholischer Getränke gestanden haben. Obwohl das den Häftlingen streng verboten war und bei Feststellung von Alkoholgenuss weiterer Freigang gestrichen wurde, kam es immer wieder vor, dass sich einige nicht daran hielten. So wurden immer wieder Stichproben gemacht, um schwarze Schafe zu erwischen. Tischler hatte in seiner Vernehmung behauptet, vor der Tatbegehung viel Alkohol getrunken zu haben, sei aber im Gegensatz zu Kernbach nicht getestet worden. Einblicke in die entsprechenden Unterlagen bestätigten das.

Tischler hatte also schon jetzt mit seiner Verteidigung

begonnen. Das mit dem Alkohol war ein recht cleverer Schachzug von ihm, erkannten auch Gräbner und seine Kollegen an. Das Gegenteil würde ihm nur schwerlich zu beweisen sein. Eine Straftat unter übermäßigem Alkoholgenuss musste zwangsläufig zu einer milderen Strafe führen. Daran führte kein Weg vorbei.

Nun war es an der Zeit, Siegmar Perkahn mit den Aussagen seiner Mittäter zu konfrontieren. Viel Hoffnung auf dessen Einsicht und auf ein Geständnis hatten die Ermittler nicht. Und Perkahn blieb seinen Grundsätzen treu. Als er am 9. Februar aus seiner Zelle zur Kriminalpolizei gebracht werden sollte, weigerte er sich mitzukommen und wollte mit den Beamten nicht reden. Der ermittelnde Staatsanwalt Patzke ließ jedoch nicht mit sich spaßen und ordnete die zwangsweise Vorführung an. Nun gab Perkahn seinen Widerstand auf. Seine Vernehmung dauerte genau sieben Minuten. Er lehnte jede Erörterung ab und nahm ohne jede erkennbare Regung den Tatvorwurf »Anstiftung zum Mord« zur Kenntnis. Obwohl sich KHK Gräbner alle erdenkliche Mühe gab, Perkahn zum Sprechen zu bringen, biss er sich bei diesem uneinsichtigen und gefühlskalten Mann regelrecht die Zähne aus. Lediglich auf die Frage »Bleiben Sie dabei, dass Sie nicht zur Sache aussagen wollen?« antwortete Perkahn kurz und lapidar mit »ja«.

Das Mördertrio wurde noch am selben Tage dem Haftrichter vorgeführt. Während Tischler seine bei der Kripo gemachten Angaben in vollem Umfang bestätigte, verweigerten sowohl Kernbach als auch Perkahn die Aussage. Sie wurden in die Untersuchungshaftanstalt Moabit gebracht. Es erging zudem eine Sicherungsverfügung für alle drei, die ihre Bewegungsfreiheit im Gefängnis stark einschränkte, um der Verdunklungsgefahr wirksam zu begegnen. Dazu gehörten zum Beispiel Einzelunterbringung, Einzelfreistunde, besondere und regelmäßige Beobachtung, keinerlei Teilnahme an Gemeinschaftsveranstaltungen, keine Arbeitsaufnahme und keinerlei Kontakte zu anderen Häftlingen sowie Postkontrolle durch einen Staatsanwalt oder Richter. So war auf der einen Seite sichergestellt, dass Absprachen untereinander nicht mehr getroffen werden konnten und auf der anderen Seite war es Perkahn auf lange Sicht nicht mehr möglich, Tischler durch Drohungen in irgendeiner Weise zur Rücknahme des Geständnisses zu bewegen.

Dann erhielt KHK Eberhardt einen Anruf des Häftlings Ferdi Sattler, den er schon einmal vernommen hatte. Sattler wollte Angaben zum Mordfall Altenburg machen. Er selber hatte ständigen Kontakt zu den drei Tatverdächtigen unterhalten. Am Abend des 8. Februar hatte ihn Kernbach angerufen und ihm völlig aufgelöst gestanden, dass er bei dem Mord doch anwesend gewesen war.

»Stell dir vor, der Gerald Tischler spinnt, der war bei der Kripo. Mensch Ferdi, ich habe nicht geschossen, das musst du mir glauben! Der Gerald war es. Ich stand ein ganzes Stück entfernt und habe zugesehen.«

Da war wie aus dem Nichts ein weiterer Belastungszeuge aufgetaucht. KHK Eberhardt rieb sich zufrieden die Hände. Die Beweislage war eindeutig. Die täglich eintreffenden Spurenberichte waren es ebenso, und die Sach- und Personenbeweise würden allemal für eine Verurteilung ausreichen.

Es war nicht nachzuvollziehen, warum Tischler sich zu dem Mord hatte anstiften lassen. So trostlos war seine persönliche Situation kurz vor seiner Entlassung wahrlich nicht gewesen. Es gab genug Anlaufstellen, bei denen sich Häftlinge, die weder eine Unterkunft hatten noch über genügend Geld verfügten, Hilfe und Unterstützung holen konnten. Da musste man keinen Mord begehen, um aus dieser Misere herauszukommen. Tischler hatte nicht einmal sein vollständiges Blutgeld erhalten. Sattler, der auch über Verbindungen nach Greifswald verfügte, hatte sich nämlich Perkahn als Geldbote angeboten, ohne zu diesem Zeitpunkt allerdings die wahren Hintergründe zu kennen. Er war davon ausgegangen, dass Perkahn Kernbach für einen Autokauf Geld schuldete. So fuhr er während eines Freiganges nach Stavenhagen und erhielt von Perkahns Freund Fred Helmbrechts 6000 DM. Eine Hälfte behielt er gleich für sich, weil Kernbach ihm diese Summe schuldete. Die andere Hälfte übergab er ihm. Tischler war natürlich stinksauer, weil er nicht die vereinbarten restlichen 18.000 DM für den Mord erhielt. Perkahn beschwichtigte ihn, und man einigte sich darauf, dass er diese Summe auf das Konto von Kernbachs Mutter überweisen würde, weil Tischler selbst über kein eigenes Konto verfügte. Dazu kam es aber nicht mehr, weil Perkahn in Untersuchungshaft gebracht wurde.

Das Verfahren war insgesamt beinahe abgeschlossen. Der Fall war im Großen und Ganzen aufgeklärt. Es fehlte aber immer noch Kernbachs Geständnis, und das ließ vor allem dem überaus engagierten KOK Weimann keine Ruhe. Deshalb fuhr er in die JVA Moabit und ließ sich Kernbach vorführen, der durch die Einzelhaft sichtlich angeschlagen war. Der Beamte fand auch sogleich einen »guten Draht« zu ihm, und Kernbach sah wohl ein, dass er nur durch ein Geständnis seine Lage verbessern konnte. KOK Weimann machte ihm klar, worum es für ihn ging, nämlich um lebenslänglich oder um eine hohe begrenzte Freiheitsstrafe. Es kam darauf an, wie das Gericht seine Tatbeteiligung werten würde. Entweder als Beihilfe oder als Mittäterschaft. Das hatte in den vielen Stunden der Einsamkeit in diesem ungemütlichen Gemäuer auch Kernbach erkannt. Und deshalb gestand er rückhaltlos und bestätigte den Tatablauf, so wie ihn bereits Gerald Tischler zu Protokoll gegeben hatte. Er schüttelte immer wieder verzweifelt den Kopf und sagte:

»Hätte ich mich auf diesen Wahnsinn bloß nicht eingelassen, aber ich wollte Tischler einen Gefallen tun. Ich hätte es eigentlich besser wissen müssen.«

Lothar Weimann musste sich zwingen, sachlich zu bleiben. Da sprach Kernbach lapidar davon, dass er einem anderen einen Gefallen getan hätte. Doch was war das für ein Gefallen? Er hatte sich an einem Mord beteiligt, nicht mehr und nicht weniger. Es war nicht zu fassen. War Kernbach einfach nur gefühlskalt oder unsäglich beschränkt?

Aber Weimann durfte sich nicht von persönlichen Gefühlen leiten lassen. Er musste seine Arbeit tun und diese Vernehmung zu Ende führen.

Die Waffe, ein Revolver der Marke »Enfield«, hatte Kernbach schon lange in seinem Besitz gehabt und sie Tischler für 2800 DM angeboten. Altenburg hatte er am Tage der Tötung erstmalig gesehen. Von Altenburg wusste er nur so viel, dass er eine »Ratte« gewesen sei. So mindestens habe sich Perkahn ihm gegenüber geäußert. Tischler hingegen wollte ihm freiwillig für seine Beteiligung an Altenburgs Beseitigung 10.000 DM geben.

Der zur Tatzeit 43-jährige Kernbach wuchs mit vier Geschwistern in Beuthen, Oberschlesien auf. In der Schule blieb er zweimal sitzen. 1996 siedelte seine Familie nach Berlin um. Die Schule verließ er bereits nach der sechsten Klasse wegen mangelhafter Leistungen. Als 16-Jähriger fand er eine Anstellung bei der Stadtreinigung, die er bis 1993 innehatte. 1975 heiratete er. Aus der Ehe gingen zwei Kinder hervor. Bereits 1981 ließ er sich scheiden. Schon bald fand er eine neue Lebensgefährtin, und aus dieser Verbindung ging ein weiteres Kind hervor. 1987 erlitt er einen schweren Herzinfarkt. Seine Beziehung scheiterte erneut, 1989 kam es zur Trennung. Im selben Jahr starb sein Vater. Verzweifelt versuchte er, sein Leben in den Griff zu kriegen, scheiterte aber endgültig. 1991 konsumierte er zum ersten Mal Kokain und wurde abhängig. So war es nur folgerichtig, dass er mit den Gesetzen in Konflikt geriet. 1991 wurde er das erste Mal wegen Rauschgiftbesitzes zu einer Bewährungsstrafe verurteilt. Gänzlich auf die schiefe Bahn geriet er 1993, als er wegen Rauschgiftbesitzes, Hehlerei und unbefugten Waffenbesitzes zu einer knapp dreijährigen Haftstrafe verurteilt wurde.

Am 2. April wurden die Ermittlungsakten geschlossen und von KOK Weimann zur Staatsanwaltschaft gebracht.

Am Nachmittag rief Kommissionsleiter Gerhard Voss seine Leute zusammen. Gerda Manske, die gute Seele und Stenotypistin des Kommissariats, hatte Kaffee gekocht und Brötchen geschmiert, und in einem Topf lagen knackige heiße Würstchen.

»So Leute, es ist wieder einmal geschafft. Ich möchte mich bei euch bedanken. Alle waren mit vollem Einsatz dabei, und wir haben 'ne Menge Überstunden geschoben. Ab morgen gehen wir in Bereitschaft. Der eine oder andere kann jetzt seine Überstunden abbummeln.« Er blickte in die Runde.

Die anderen schwiegen, weil sie wussten, dass ihr Chef jetzt noch eine Art Statement zum Besten geben würde. Dafür kannten sie ihn schon zu lange.

»Wisst ihr, was mir ganz besonders sauer aufgestoßen ist? Fast jeder Häftling, mit dem wir es zu tun hatten, war Freigänger und das nicht nur einmal. Aber dass auch unverbesserliche Typen wie Perkahn und Konsorten diese Art der ›sozialen Vergünstigung‹ in Anspruch nehmen durften, kann ich nicht verstehen. Ich frage mich wirklich nach dem Sinn einer Gefängnisstrafe, die doch im Kern den Sühnegedanken zum Inhalt hat und den Straftäter zur Abkehr von künftigen Straftaten bewegen soll. Aber was wir hier in diesem Fall mit Perkahn und Co. erlebt haben, schlägt doch dem Fass den Boden aus.«

Er war ärgerlich und hatte auch allen Grund dazu.

Es folgte eine lebhafte Diskussion über die Notwendigkeit der Wiedereingliederung von Inhaftierten in die Gesellschaft und ob der wiederholte unkontrollierte Freigang ein richtiges Instrument dazu sei. Unbestritten war, dass sicherlich viele Gefangene, die schon länger einsaßen, den »Urlaub« für soziale Kontakte mit Frau und Kindern nutzten, sich um Wohnung und Arbeit bemühten oder einfach nur für sich allein den kurzen Traum von Freiheit träumten. Andererseits aber missbrauchte sicher ein nicht geringer Teil der Häftlinge wie Perkahn und Co. den Freigang zur Vorbereitung oder Begehung neuer schwerer Straftaten. Natürlich endete die Diskussion ohne Ergebnis.

Allerdings waren sich alle einig darüber, dass sie an der vom Chef spendierten Kegelrunde am heutigen Abend teilnehmen würden. Schließlich hatte der einige kostenlose Biere in Aussicht gestellt.

Am 22. November 1996 verkündete die 36. Große Strafkammer des Landgerichts Berlin die Urteile gegen Gerald Tischler und Jakob Kernbach.

Die Kammer hatte keinen Anlass, an der Richtigkeit ihrer Geständnisse zu zweifeln, da sie im Kern mit dem Tatbefund übereinstimmten. Außerdem äußerten beide Angeklagten Einzelheiten, die nur die Täter wissen konnten. Obwohl man von einer alkoholischen Beeinflussung zugunsten Tischlers ausging, lag eine Minderung seiner Steuerungsfähigkeit nicht vor. Die Beweisaufnahme erbrachte, dass Kernbach die Tat im eigentlichen Sinne nicht als seine eigene angesehen hatte, zumal er sich auch räumlich zum Zeitpunkt der Abgabe des Schusses vom Schützen distanziert hatte. Allerdings hatte er durch das Beschaffen der Tatwaffe Tathilfe geleistet. Genau wie bei Tischler wurde ihm durch den Gutachter volle Schuldfähigkeit attestiert. Auch zum Anstifter nahm die Kammer in ihrem Urteil kurz Stellung, ohne jedoch dessen Namen zu nennen. Aber jeder wusste, wer gemeint war.

Tischler wurde wegen Mordes zu einer lebenslangen Freiheitsstrafe verurteilt, weil er bei seinem Opfer dessen Arg- und Wehrlosigkeit ausgenutzt und aus einem abstoßenden

Gewinnstreben um jeden Preis, nämlich zur Erlangung der für die Tötung in Aussicht gestellten 18.000 DM, habgierig gehandelt hatte.

Kernbach wurde wegen Beihilfe zum Mord zu zwölf Jahren Freiheitsstrafe verurteilt. Von der Verhängung einer lebenslangen Freiheitsstrafe sah die Kammer ab, weil er vor Gericht ein rückhaltloses und umfassendes Geständnis abgelegt hatte und sich in einem sehr schlechten gesundheitlichen Zustand befand.

Dieses Urteil war Grundlage für das Gerichtsverfahren gegen Siegmar Perkahn. Die gleiche Kammer verurteilte ihn am 13. Dezember 1996 wegen Anstiftung zum Mord zu einer lebenslangen Freiheitsstrafe. Wie im Gefängnis so auch im Gerichtssaal blieb er stur und leugnete unverständlicherweise – trotz erdrückender Beweise – sowohl jegliche Tatbeteiligung am Mord als auch am Überfall in Neuenkirchen. Den Tatvorwurf erklärte er damit, dass er in der Haftanstalt nicht zuletzt aufgrund seines asketischen und peniblen Lebensstils ein Außenseiter gewesen sei. Damit hätten viele Mithäftlinge Schwierigkeiten gehabt. Ihm sollte aufgrund der bestehenden Abneigung eine »Atommine« gelegt werden. Über diese beinahe lächerliche Argumentation schüttelten nicht nur die übrigen Prozessbeteiligten, sondern auch alle anwesenden Journalisten und Zuschauer die Köpfe.

Aber damit hatte diese üble Mordgeschichte noch nicht ihr endgültiges Ende gefunden. Am 3. April 1998 verurteilte die 2. Große Strafkammer des Landgerichts Stralsund Perkahn wegen gemeinschaftlicher räuberischer Erpressung (Überfall auf den »Marktkauf« in Neuenkirchen) unter Einbeziehung des Urteils des Landgerichts Berlin zu einer lebenslangen Freiheitsstrafe. Sein alter Freund und Kumpel aus vergangener Knastzeit, Fred Helmbrechts, wurde wegen Begünstigung zu einer zweijährigen Freiheitsstrafe verurteilt, die zur Bewährung ausgesetzt wurde. Er hatte zwar das Tatfahrzeug unwissentlich zur Verfügung gestellt, dafür aber zeitweilig die Beute verwahrt und diese später Perkahn sogar persönlich übergeben. Somit hatte er Perkahn und Altenburg in ihrem verwerflichen Vorhaben unterstützt und selbst noch ein paar »Scheinchen« verdient.

Wie sehr Kernbach und auch Tischler Angst vor Perkahn hatten, wurde im Gerichtsverfahren mehr als deutlich. Beide widerriefen als Zeugen ihre Geständnisse und bestritten in eidesstattlichen Erklärungen, dass Perkahn ihr Anstifter zur Tötung Altenburgs gewesen sei. Tischler zog alle Aussagen zurück, die Perkahn bei dem Raubüberfall in Neuenkirchen belasteten. Hier merkte man deutlich die Handschrift Perkahns, der seine Mittäter offensichtlich massiv durch Mittelsmänner in der Haftanstalt unter Druck gesetzt und sie zu ihren jetzigen Aussagen veranlasst hatte. Dass Tischler die Unwahrheit sagte, war für die Prozessbeteiligten ganz deutlich zu spüren. Sein Auftritt war geradezu peinlich, und seine Erklärungsversuche für seinen Sinneswandel wirkten durch und durch dilettantisch.

Aber auch dieser letzte verzweifelte Joker zeigte keine Wirkung und nutzte Perkahn in diesem tödlichen Spiel nichts mehr. Das Gericht glaubte den beiden Entlastungszeugen nicht, und so musste Perkahn mindestens weitere 15 Jahre seines Lebens hinter Gittern verbringen.

Nach Abschluss der Gerichtsverfahren besuchte KHK Eberhardt Siegmar Perkahn in der Haftanstalt, als er in einem anderen Fall einen Häftling befragen wollte.

»Na, wie kommen Sie mit der Situation zurecht?«

»Ach wissen Sie, Herr Kommissar, wenn man wie ich mehr als 30 Jahre hinter Gefängnismauern verbracht hat, dann hat das Gemäuer längst seinen Schrecken verloren und ist mein Zuhause geworden. Wer weiß, ob ich draußen zurechtgekommen wäre?«, erwiderte er und versuchte zu lächeln.

Das aber wirkte, wie Lothar Eberhardt fand, doch ein wenig zu gequält.

Trotz aller Bemühungen gelang es den Kriminalbeamten nicht, die Beute aus dem Überfall in Neuenkirchen ausfindig zu machen. Aber ein schwacher Trost blieb ihnen wenigstens. Perkahn würde von der halben Million, für die letztendlich ein Mensch sterben musste, nicht mehr viel haben. Er hatte auf die falschen Leute gesetzt und nicht nur das. Auch seine Habgier war ihm schließlich zum Verhängnis geworden.

Nicht nur im Wein, auch im Müll liegt Wahrheit

Der 14. Juni 1996 war ein strahlend schöner und warmer Sommertag. Der 70-jährige Rentner Karl Rathmann saß auf seinem Balkon und füllte die »Bingo-Scheine« der »Berliner Zeitung« aus, um sie noch am gleichen Tage im Zeitungsladen abzugeben. Er bewohnte mit seiner 67-jährigen Ehefrau Hedwig Rathmann eine geräumige Dreizimmerwohnung in der Gotenstraße 77, einer ruhigen Seitenstraße im Berliner Bezirk Schöneberg.

Als er auf die Uhr sah und feststellte, dass es gleich 12 Uhr war, stand er auf und rief seiner Frau zu:

»Du, Schatz, ich gehe schnell mal zum Zeitungsladen, bevor er zumacht, und gebe die ›Bingo-Scheine‹ ab und anschließend trinke ich noch kurz ein Bier im ›Kaiser-Wilhelm-Eck‹.«

Seine Frau, die gerade mit Bügeln beschäftigt war, winkte ihm lächelnd zu und erwiderte:

»Gut Karl, mach das. Aber trinke nicht wieder so viel. Denke daran, wir wollen uns um 17 Uhr das Fußballspiel im Fernsehen anschauen.«

»Ach ›Dicke‹, bis dahin bin ich längst zurück.«

Er trat auf sie zu und gab ihr einen Kuss.

»Also, mach's gut, bis nachher.«

Er hatte nicht allzu weit zu laufen. Er überquerte die Leberbrücke, ging dann ein Stück die Kolonnenstraße hinunter und erreichte nach etwa zehn Minuten die Berliner Eckkneipe. Dort spielte er in den nächsten Stunden mit einigen Kneipenfreunden Skat. Später unterhielt er sich und trank mehrere Biere und auch Schnäpse. Dabei vergaß er im Eifer des Gefechts, dass seine Frau zu Hause auf ihn wartete. So saß er in fröhlicher Runde und schaute sich mit seinen Kumpels im Fernsehen das Europameisterschaftsspiel im Fußball zwischen Tschechien und England an. Kurz nach dem ersten Tor für die Tschechen verließ er gemeinsam mit dem Gast Dimitrius Theodorakis gegen 20.40 Uhr das Lokal und trat leicht beschwingt den Heimweg an.

Seine Frau hingegen hatte den ganzen Tag in der Wohnung zugebracht und sie auf Hochglanz poliert. Sie freute sich auf einen gemeinsamen Abend mit ihrem Mann, mit dem sie nun schon über 47 Jahre verheiratet war. Beide führten eine relativ harmonische Ehe und hatten eine Tochter und einen Sohn. Hedwig Rathmann galt bei ihren Nachbarn als ausgesprochen freundlich und hilfsbereit und war im Hause und in näherer Umgebung wegen ihrer umgänglichen Art sehr beliebt. Das Ehepaar hatte keine Feinde und verhielt sich auch sonst sehr unauffällig. Die 21-jährige Enkelin Carla war ihr ganzer Stolz und sie liebten sie beide sehr, was auch auf Gegenseitigkeit beruhte. Carla arbeitete in der Stadt bei einem Arzt als Sprechstundenhilfe und verbrachte fast jede Mittagspause bei ihren Großeltern, um dort entweder Mittag zu essen oder ein kleines Schläfchen zu halten.

Gegen 17.30 Uhr klingelte hei Hedwig R. das Telefon. Carla war am anderen Ende der Leitung und erzählte ihrer Oma, dass sie noch am Abend mit einer Freundin eine Kurzreise antreten und sich von ihr verabschieden wolle. Als sie nach ihrem Opa fragte, erfuhr sie, dass er noch immer nicht von seinem Kneipenbesuch zurückgekehrt war.

Es war kurz nach 18 Uhr, als Hedwig Rathmann ins Schlafzimmer ging und sich ein buntes, ärmelloses Kleid anzog, das ihr Mann so sehr mochte. Sie kämmte sich noch einmal die Haare und wartete ungeduldig auf die Rückkehr ihres Mannes.

Wenige Minuten später läutete es an der Wohnungstür. Das war typisch Karl, dachte sie ein wenig ärgerlich und sah auf die Uhr. Er war wieder einmal unpünktlich aus der Kneipe zurückgekommen und bestimmt auch angetrunken. Er trank immer ein Glas zu viel, und nach seiner schweren Lungenoperation vertrug er so gut wie keinen Alkohol mehr. Aber sie wollte ihm heute keine Vorwürfe machen, dazu hatte sie zu gute Laune. So stand sie auf, strich sich das Kleid noch einmal glatt, ging zur Tür und öffnete sie. Überrascht trat sie einen Schritt zurück und sagte:

»Ach, Sie sind es, mit Ihnen habe ich gar nicht gerechnet.«

Der Abend war lau und deshalb hatte Karl Rathmann seine Jacke ausgezogen und über den Arm genommen. Die Dämmerung hatte eingesetzt und die Gaslaternen zwischen den Linden am Straßenrand brannten bereits, als er sein Wohnhaus mit leicht unsicherem Gang erreichte. Er hatte wieder einmal zu viel getrunken und bekam ein schlechtes Gewissen, als er auf die Uhr schaute. Umständlich suchte er nach seinem Hausschlüssel und brauchte eine Weile, bis er ihn in das Schlüsselloch eingeführt hatte. Leicht keuchend erreichte er das zweite Stockwerk und öffnete die Wohnungstür. Überall war es dunkel. Irritiert rief er den Namen seiner Frau. Aber sie antwortete nicht.

Er betrat das Wohnzimmer, knipste das Licht an und fuhr erschreckt zusammen. Seine Frau lag leblos auf dem Boden in einer großen Blutlache. Er kniete sich neben sie, tätschelte ihre Wange und rief – aufs äußerste erregt – ihren Namen. Aber sie reagierte nicht. Wie von Sinnen erhob er sich und war einige Augenblicke überhaupt nicht in der Lage, irgendeinen klaren Gedanken zu fassen. Dann wollte er zum Telefon greifen, um einen Rettungswagen zu rufen, weil er bei seiner Frau einen Blutsturz vermutete. Aber er fand den Apparat nicht an seiner üblichen Stelle. Nach einigem Suchen entdeckte er ihn auf dem Fußboden. Das Kabel war gewaltsam herausgerissen worden. Vor dem Tisch, auf dem Boden, lagen einige Gegenstände und eine zerbrochene Glasschale. Langsam dämmerte ihm, dass seine Frau nicht nur einen Blutsturz erlitten hatte.

Nachdem er sich wieder etwas gefasst hatte, stürzte er zur Nachbarswohnung und betätigte mehrmals ungeduldig die Türklingel. Monika Leitner öffnete wenig später die Wohnungstür und prallte erschreckt zurück. Vor ihr stand ihr Nachbar mit blutigen Händen und einem großen Blutfleck an seiner Hose. Er wirkte völlig verstört und roch nach Alkohol. Er wollte unbedingt telefonieren und Verwandte anrufen, um ihnen den Tod seiner Frau mitzuteilen. In seiner Aufregung war er jedoch nicht in der Lage, irgendeine Nummer zu wählen. Frau Leitner alarmierte daraufhin die Polizei und bat darum, einen Krankenwagen mitzuschicken.

Wortlos torkelte Rathmann in seine Wohnung zurück und schloss die Tür hinter sich.

Bereits nach wenigen Minuten erreichte der Notarzt die Wohnung, konnte aber nur noch den Tod von Hedwig Rathmann feststellen. Die Todesursache war ein tiefer Schnitt durch den Hals. Wenig später traf die Funkstreife des zuständigen Polizeiabschnittes (FuStw 42/5) am Tatort ein und übernahm die Sicherung der Wohnung. Karl Rathmann wurde aus der Wohnung zum Funkwagen gebracht und verblieb dort bis zum Eintreffen der Beamten der kriminalpolizeilichen Sofortbearbeitung VB I.

Um 21.40 Uhr betraten die beiden Kriminaloberkommissare Anders und Kober die Wohnung. Sie wurden bereits vom Wachleiter des Polizeiabschnittes und weiteren Schutzpolizisten erwartet. Nach einer kurzen Einweisung in die Lage betraten beide das Wohnzimmer, in dem die Frauenleiche lag. Den beiden erfahrenen Beamten fiel sofort die große Unordnung im Tatzimmer auf, während alle anderen Räume sehr sauber und gepflegt erschienen. Offensichtlich hatte sich das Opfer verzweifelt gewehrt, bevor es der Täter getötet hatte. Bei näherer Betrachtung der Leiche stellten die Beamten einen tiefen Schnitt im Hals fest. Der Täter hatte seinem Opfer die Kehle mit einem scharfen Gegenstand durchtrennt. Die Augen waren noch geöffnet und das Gesicht und beide Unterarme stark beblutet. Die Leichenstarre war bereits eingetreten, so dass die Arme des Opfers angewinkelt über dem Oberkörper abstanden, womöglich eine Abwehrhaltung. Rechts neben der Leiche befanden sich auf dem Parkett großflächige Blutausdehnungen, die bis unter einen fahrbaren Teewagen reichten. Die Blutanhaftungen auf dem rechten Arm des Opfers und auf dem Parkett deuteten darauf hin, dass der Leichnam nach Eintritt der Leichenstarre gedreht worden war. Auf dem rechten Oberschenkel war der Sohlenabdruck eines Latschens zu erkennen. Daraus ließ sich schlussfolgern, dass die Leiche längere Zeit mit dem rechten Oberschenkel auf dem Latschen gelegen haben musste. Ein Latschen befand sich jetzt neben dem linken Fuß, während der andere auf dem Tisch lag. Unter dem Kopf des Opfers lag ein Sofakissen. Rechts neben dem Leichnam fand man vor einem Sessel ein Teil des abgerissenen Telefonkabels in Form einer Schlinge. Möglicherweise war das Opfer vor dem tödlichen Schnitt damit gedrosselt worden. Eine Tatwaffe befand sich nicht neben der Leiche. Auf eine gründliche Durchsuchung der weiteren Räume nach Tatspuren wurde vorerst verzichtet, um keine unnötigen Veränderungen hervorzurufen. Den beiden Kriminalpolizisten war sofort klar, dass das ein Fall für die Mordkommission war. Über Funk informierten sie ihren Schichtleiter, der die in Bereitschaft stehende 4. Mordkommission alarmierte.

Gegen 22 Uhr trafen nacheinander der Kommissionsleiter EKHK Voss und seine Mitarbeiter, KHK Eberhardt, die beiden KOK Weimann und Velske und KK Hohberg, in der Tatortwohnung ein.

Nach einer Einweisung durch die beiden Kripobeamten von VB I begann die Tatortbearbeitung unter Hinzuziehung des Erkennungsdienstes und der PTU. Der gesamte Tatort wurde fotografiert. Die einzelnen Tatspuren im Wohnzimmer und in den übrigen Räumen wurden von KOK Weimann mit Akribie in einem umfangreichen Tatortbericht festgehalten. Das Opfer musste seinem Täter die Tür geöffnet haben, oder er besaß einen passenden Schlüssel dazu. Das Chubbschloss (Fallen-Riegel-Einsteckschloss) schloss einwandfrei und wies keinerlei Beschädigungen auf. Eine entsprechende Untersuchung durch die PTU bestätigte dies. Es hatte offenbar vor der Tat eine Bewirtungssituation gegeben. Dafür sprach eine geöffnete Cola-Dose auf dem Tisch, aus der nur gering getrunken worden war. Weiterhin befanden sich dort zwei angefangene Zigarettenschachteln und zwei Einwegfeuerzeuge. Wie sich wenig später herausstellte, waren die Eheleute Rathmann leidenschaftliche Raucher. Bei der Durchsuchung des Wohnzimmerschrankes wurden Unterlagen für eine Reise nach Teneriffa für vier Personen gefunden. Der Gesamtpreis der Reise betrug 7500 DM, und die Teilnehmer waren die Ehepaare Rathmann und Lichtenstein (Schwester und Schwager des Opfers). Im Bad wurde im Handwaschbecken ein feuchter Damenstrumpf, ein Papierzettel mit Blutanhaftungen und ein Besteckmesser gefunden. War dieses Messer etwa das Tatwerkzeug? Das Messer, an dem sich augenscheinlich keine Blutanhaftungen befanden, konnte dem Besteck des Haushaltes zugeordnet werden. In der Küche standen in der Spüle ein Trinkglas und ein mit Wasser gefüllter Aschenbecher, in dem drei Zigarettenkippen und zwei Streichhölzer lagen. Eine der Kippe konnte als »West« identifiziert werden. Auf dem Küchentisch stand ein weiterer Aschenbecher mit drei Kippen der Marke »West«, allerdings ohne Streichhölzer.

Die Beamten gingen routiniert zu Werke. Aus Erfahrung wussten sie, dass es immer wichtig war, auch den Mülleimer zu inspizieren. Immer wieder war es vorgekommen, dass tatrelevante Spuren im Abfall gefunden worden waren. Im linken Müllkübel entdeckten sie eine Unmenge feuchter Zigarettenkippen. In einer Plastiktüte wurden leere Zigarettenschachteln, Papiere, Verpackungen, mehrere Zigarettenkippen und eine schwarze Geldbörse – obenliegend – festgestellt. Der Inhalt wurde vorsichtig ausgeschüttet und durchgesehen. Die Papiere, sieben Zigarettenkippen, drei Streichhölzer, ein Kaugummi, die Geldbörse und ein beblutetes Papiertaschentuch wurden neben den anderen tatrelevanten Spuren, darunter das vermeintliche Tatmesser, zwecks kriminalwissenschaftlicher Untersuchung sichergestellt.

Nacheinander trafen der Gerichtsmediziner Dr. Hertel und Staatsanwalt Herrmann am Tatort ein. Dr. Hertel untersuchte den Leichnam und kam zu dem vorläufigen Ergebnis, dass das Opfer aufgrund punktförmiger Unterblutungen der Augenbindehäute vor seinem Tode gewürgt oder gedrosselt worden war. Für Letzteres sprach das etwa 75 Zentimeter lange Stück Telefonkabel, das neben der Leiche lag. Entsprechende molekulargenetische Untersuchungen würden diese Vermutung bestätigen. Ursächlich für den Tod aber war mindestens ein großer, tiefer Schnitt durch den Hals. Staatsanwalt Herrmann ordnete für den nächsten Tag die Obduktion zur Feststellung der näheren Umstände des gewaltsamen Todes an. Nachdem die erste Untersuchung vor Ort abgeschlossen worden war, wurde der Leichnam in das Leichenschauhaus transportiert.

In der Zwischenzeit betätigten sich die anderen Beamten als »Treppenterrier« und befragten einen Teil der übrigen Hausbewohner nach verdächtigen Wahrnehmungen. Aber keiner konnte irgendwelche sachdienlichen Hinweise geben. Diese Befragungen würde man am nächsten Tag auf weitere Häuser und die nähere Umgebung, einschließlich der vorhandenen Geschäfte und Lokale, ausdehnen.

Der Ehemann der Toten stand zunächst unter Tatverdacht und wurde nach einer Blutentnahme zur Feststellung seines Alkoholgehaltes zur Dienststelle der Mordkommission gebracht. KHK Eberhardt saß einem leicht angetrunkenen alten Mann gegenüber, der trotz des genossenen Alkohols in der Lage war, der Vernehmung zu folgen und seine Antworten verständlich zu artikulieren. Natürlich bestritt er, seine Frau getötet zu haben und äußerte immer wieder aufgebracht: »Ick habe doch gar keenen Grund dazu gehabt, ick habe mich doch immer so gut mit meiner ›Dicken‹ verstanden.«

KHK Eberhardt wusste, dass das Opfer nach längerer Liegezeit umgedreht worden war. Da es äußerst unwahrscheinlich erschien, dass der Täter noch einmal zum Tatort zurückgekehrt war, konnte nur Karl Rathmann, unmittelbar nach seiner späten Rückkehr aus der Kneipe, die Leiche seiner Frau umgedreht haben. Dafür sprach auch, dass unter dem Kopf der Toten ein Kissen und auf dem Sessel ein feuchtes Frotteehandtuch lagen. Das würde dessen Aussage stützen, er hätte geglaubt, dass seine Frau einen Blutsturz, warum auch immer, erlitten habe. Wahrscheinlich hatte er sie umgedreht, um ihr Hilfe leisten zu können. Nicht nachvollziehbar war aber, dass Rathmann nach wie vor steif und fest behauptete, er hätte an seiner Frau keinerlei Veränderungen vorgenommen. Entweder hatte er ein schlechtes Gewissen und etwas zu verbergen oder aber durch den erlittenen Schock seine Handlungen an der Leiche nicht mehr real wahrgenommen und sie letztendlich verdrängt. Letzteres war wohl wahrscheinlicher. Trotzdem war Rathmann zunächst einmal tatverdächtig. Er hätte im Laufe des späten Nachmittags durchaus die Möglichkeit gehabt, unbemerkt für kurze Zeit das Lokal zu verlassen und die Tat zu begehen, um danach wieder in die Kneipe zurückzukehren, so als sei nichts geschehen. Erst wenn andere Gäste und das Personal sein Alibi – er hätte das Lokal die ganze Zeit über nicht verlassen – bestätigen würden, würde er aus dem Kreise der Verdächtigen ausscheiden. Als der Kriminalbeamte Rathmann mit dem im Handwaschbecken der Badestube aufgefundenen Messer konfrontierte, erntete er nur Hilflosigkeit und Schulterzucken. Natürlich kannte Rathmann das Messer, stammte es doch aus dem Besteckkasten in der Küche. Auch einen Streit verneinte er und betonte immer wieder, wie gut er sich mit seiner Frau verstanden habe. Und deshalb fragte Eberhardt den Verdächtigen:

»Sagen Sie, wenn Sie es nicht gewesen sind, wer war es denn dann? Haben Sie einen Verdacht?«

Rathmann überlegte und fuhr sich mit der Hand mehrfach verzweifelt über seine Glatze.

»Das gibt es doch nicht, dass meene ›Dicke‹ umgebracht wurde, sie war doch eine so liebe Frau, hatte mit niemandem Streit. Alle im Hause konnten sie gut leiden.«

»Wer könnte sie denn getötet haben? Hatten Sie besondere Wertgegenstände in der Wohnung, von denen andere etwas wussten?«

»Nee, nee, ick habe keenen Verdacht. Ick weiß es doch nicht. Ick war bei der BVG nur als Busfahrer angestellt, später dann als Hausmeister. Mit der kleenen Rente kann man keene Reichtümer erwerben. Lassen Sie mich mal überlegen … Da müssen im Wohnzimmerschrank um die 3500 DM liegen. Das ist die Anzahlung für 'ne Reise nach Teneriffa, die wir zu meinem 70. Geburtstag zusammen mit meiner Schwägerin und meinem Schwager machen wollten. Und dann gibt es da noch eine Spielkasse, da müssen so ungefähr 1500 DM drinne gewesen sein. Det Geld lag in einer schwarzen Kunstledertasche mit Reißverschluss. Mehr war da nicht.«

Eberhardt nickte mit dem Kopf. Das war die Summe, die sein Kollege Lothar Weimann am Tatort aufgefunden hatte. Aber von den 3500 DM war nicht die Rede gewesen. Die hatte der Täter offensichtlich mitgenommen und die leere Geldbörse in den Mülleimer geworfen. Danach fragte er Rathmann auch, und der bestätigte ihm seine Vermutung.

»Das Geld für die Reise befand sich in einem schwarzen oder dunkelbraunen Portemonnaie.«

Der erfahrene Beamte spürte, dass vor ihm kein Mörder saß. Bisher hatte sich der Mann nur aufgrund seines Erscheinungsbildes bei seiner Nachbarin verdächtig gemacht, als er mit blutigen Händen und blutverschmierter Hose vor ihr aufgetaucht war. Ein Motiv war bisher nicht erkennbar.

»Sagen Sie, wie war das mit dem Geschirr? Stellte das Ihre Frau in die Spüle, um es später abzuwaschen?«

»Also, meene Frau war sehr ordentlich. Sie räumte das Geschirr ab und spülte es auch gleich. Sie konnte es nicht leiden, wenn etwas herumstand, und schon gar nicht dreckiges Geschirr.«

»Womit haben Sie sich und Ihre Frau denn die Zigaretten angezündet?«

»Na, mit 'nem Feuerzeug?«

»Nicht mit Streichhölzern?«

»Nee, nee, nur mit 'nem Feuerzeug.«

»Hätte Ihre Frau in Ihrer Abwesenheit einem Fremden die Tür geöffnet und ihn eingelassen?«

»Nö, nö, bestimmt nicht.«

»Wer hatte denn einen Schlüssel zu Ihrer Wohnung?«

»Na, meene ›Dicke‹, icke und meene Enkelin Carla Blaschke. Sonst keener.«

»Wer kam so in Ihre Wohnung zu Besuch?«

»Bis auf meene Enkelin keener. Carla kommt immer mittags, so kurz nach einse, mit 'nem Auto für 'ne Stunde rum und legt sich aufs Ohr. Sie ruft kurz vorher an, ehe sie kommt. Sie arbeitet bei einem Arzt und muss deshalb um halb dreie wieder in der Praxis sein.«

»Sagen Sie, mit wem haben Sie denn heute Nachmittag Skat gespielt? Und wer könnte das bestätigen?«

»Also, mit ›Ferdi‹ und ›Paule‹. Später habe ick noch mit anderen gequatscht. Wie sie richtig heißen, weeß ich nicht. Aber der Wirt kennt se bestimmt mit richtigem Namen.«

»Uns ist aufgefallen, dass überall in Ihrer Wohnung Aschenbecher stehen. Außerdem haben wir Zigarettenschachteln ohne Steuerbanderole gefunden. Was sagen Sie dazu?«

»Na, meene Frau und ick sind starke Raucher, aber zu den

Zigaretten ohne Banderole kann ick nischt sagen«, fügte er schulterzuckend hinzu.

»Herr Rathmann, hören Sie doch auf. Wir haben mit Ihrem Schwager gesprochen und der hat uns erzählt, dass Sie von jemandem die Zigaretten immer billiger bekommen hätten. Wer war das denn nun?«

Rathmann zuckte zusammen und brauchte einen Moment, um sich wieder zu fangen. »Das war, äh …, warten Sie, äh …, vor einem halben oder dreiviertel Jahr, als mir auf dem Heimweg ein Vietnamese entgegenkam. Ick habe ihn angesprochen, ob er Zigaretten hätte. Er hatte ein paar Stangen dabei und die habe ick ihm gleich abgekauft.«

»Haben Sie danach noch öfter von ihm Zigaretten gekauft?«

»Der kam nicht mehr, als die blöde Schießerei mit den sechs toten Vietnamesen war.«

»Kam er auch zu Ihnen in die Wohnung?«

»Ja.«

»Wie kam er denn in das Haus?«

»Na, der hat unten geklingelt, über den Summer wurde die Tür geöffnet und dann kam er hoch.«

»Wann kam er immer?«

»So gegen sechse rum, am späten Nachmittag.«

»Hätte Ihre Frau den Mann auch allein in die Wohnung gelassen?«

»Nee, das glaube ick nicht.«

»Kam er immer allein oder in Begleitung?«

»Der kam alleene.«

»Wie kam es überhaupt dazu, dass er wusste, wo Sie wohnen?«

»Ich traf ihn das erste Mal fast vor der Haustür. Da nahm ick ihn mit rauf, weil ick die Zigaretten nicht direkt vor unserem Wohnhaus kaufen wollte. Verstehen Se?«

»Können Sie den Vietnamesen beschreiben und würden Sie ihn wiedererkennen?«

»Er war ziemlich groß, so etwa 1,75 Meter. Er hatte immer eene Mütze auf und trug Turnschuhe. Es ist möglich, dass ick ihn wiedererkenne.«

Nach der Vernehmung sprach Lothar Eberhardt mit seinem Chef und teilte dem seine persönliche Einschätzung mit.

»Gerhard, also ich glaube nicht, dass der alte Mann seine Frau getötet hat. Er ist es sicher nicht gewesen. Es gibt für ihn kein erkennbares Motiv. Die Nachbarn sind des Lobes voll für dieses ältere Ehepaar. Nie Streit, keine bösen Worte. Warum sollte ein Siebzigjähriger seine Frau töten, mit der er fast fünfzig Jahre lang verheiratet ist? Außerdem fehlen 3500 DM. Warum soll er sich selber beklauen und andererseits 1500 DM zurücklassen? Das ergibt doch für mich gar keinen Sinn. Wir müssen pro forma nur noch das Ergebnis der Alibiüberprüfung abwarten, und die wird bestätigen, dass er die ganze Zeit über in der Eckkneipe gesessen hat. Da bin ich mir ziemlich sicher. Wir sollten Rathmann entlassen. Es gibt keinen Grund, ihn hier länger festzuhalten. Einen Haftbefehl kriegen wir bei dieser Sachlage eh nicht. Aber entscheiden musst du, schließlich bist du der Chef und verdienst mehr als ich«, sagte Eberhardt mit einem süffisanten Lächeln.

Gerhard Voss nahm den Ball auf, den ihm sein bester Mann zugeworfen hatte.

»Du hast in allem recht, Lothar. Ich sehe das auch genauso wie du. Wir werden ihn entlassen. Er rennt uns nicht weg, und verdunkeln kann er die Sache sowieso nicht. Also, füll die Entlassungsverfügung aus, damit ich sie unterschreiben kann. Ich muss nämlich gleich mit Marco Hohberg zur Obduktion ins Leichenschauhaus fahren.«

Einen Tag nach dem Mord wurde Karl Rathmann gegen 12 Uhr aus dem polizeilichen Gewahrsam entlassen, während zur gleichen Zeit die Obduktion seiner ermordeten Frau begann.

Der Täter musste sein Opfer vor der Tötung massiv geschlagen haben. Dafür sprach unter anderem ein Hämatom unter dem rechten Auge. Nach Ablösen der Kopfhautschicht wurden drei starke Unterblutungen festgestellt. Die drei Verletzungen rührten von stumpfer Gewaltanwendung her, etwa in Form von Faustschlägen. Auch die Lippen wiesen Hämatome auf. Im Halsbereich befanden sich unterhalb der Schnittverletzungen kräftige Einblutungen in das Gewebe, die offensichtlich durch Würgeversuche entstanden waren. Der bis zur Halswirbelsäule reichende Schnitt war ungefähr sechs bis acht Zentimeter tief und hatte den Kehlkopf durchtrennt und zu erheblichen Verletzungen beider Schlagadern geführt, was einen deutlichen Blutaustritt zur Folge hatte. Insgesamt hatte der Täter dem Opfer drei Schnitte beigebracht. Infolge des verletzungsbedingten hohen Blutverlustes trat nach kurzer Zeit der Tod ein. Den beiden Gerichtsärzten, Prof. Schirmer und Dr. Hertel, wurde das sichergestellte Messer aus der Tatortwohnung vorgelegt. Ihrer Meinung nach war es eher unwahrscheinlich, dass es als Tatwaffe in Betracht kommen würde, da das eigentliche Tatmesser wesentlich schärfer gewesen sein musste. Einen Hinweis auf ein Sexualdelikt hatten die weiteren Untersuchungen nicht ergeben. Aufgrund der Totenstarre und der noch messbaren Körpertemperatur des Leichnams war davon auszugehen, dass der Tod zwischen 17.30 und 21 Uhr eingetreten war. Allerdings konnten die beiden Gerichtsmediziner nicht sagen, ob die tödlichen Schnitte dem Opfer von vorn oder von hinten beigebracht wurden.

Nach Rückkehr von der Obduktion im Leichenschauhaus setzte Gerhard Voss die obligatorische Runde an, um mit seinen Mitarbeitern das bisherige Ermittlungsergebnis zu diskutieren und neue Aufträge zu verteilen.

Die in den späten Abendstunden abgebrochenen Befragungen der Nachbarn und anderen Hausbewohner sollten fortgesetzt und später auf die in der Umgebung des Tatorts liegenden Wohnhäuser und Geschäfte ausgedehnt werden. Wesentliche Hinweise, die die Ermittlungen nach dem bisher unbekannten Täter erfolgreich weiterführen könnten, ergaben sich jedoch nicht. Natürlich bekamen die Beamten genug Tratsch und Klatsch geboten, was der Aufklärung zwar nicht dienlich war, aber ein beredtes Licht auf die verschiedenen Hausgemeinschaften warf, in denen jeder über jeden redete, wenn auch manchmal nur hinter vorgehaltener Hand.

Sowohl Sohn und Tochter, Schwester und Schwager als auch die Enkelin der Toten wurden vernommen, um nähere Anhaltspunkte über das persönliche Umfeld des Opfers zu erhalten. Übereinstimmend berichteten die Angehörigen, dass das Ehepaar Rathmann in harmonischen Verhältnissen lebte. Die Tote habe sich aber wesentlich freundlicher und umgänglicher als ihr Ehemann gegenüber Bekannten und Nachbarn verhalten. Keiner der vernommenen Personen konnte sich ein Motiv für die Tötung Hedwig Rathmanns vorstellen, und demzufolge wurde auch kein Verdacht, in welcher Form auch immer, gegen irgendeine Person aus dem nahen Umfeld ausgesprochen. Regelmäßigen Besuch erhielt das Ehepaar Rathmann lediglich von ihrer Enkelin Carla Blaschke, die beinahe täglich zur Mittagszeit erschien, um ihre Arbeitspause bei ihren Großeltern zu verbringen. Sohn und Tochter arbeiteten beide bei BMW und kamen manchmal wochenlang nicht vorbei, telefonierten aber dafür ständig mit ihren Eltern.

Mit Schwester und Schwager kam es zu gelegentlichen Treffen in der Wohnung des Opfers, um gemeinsam Doppelkopf zu spielen. Dafür sprach auch eine größere Summe an Spielgeld, das bei der Tatortbesichtigung im Wohnzimmerschrank gefunden worden war. In einem Punkt stimmten alle überein: Keiner konnte sich erklären, wem das Opfer zur Tatzeit die Wohnungstür geöffnet haben könnte.

Sohn und Tochter berichteten in ihren Vernehmungen

von einem bzw. zwei Vietnamesen, die sie in der Wohnung vor rund einem halben Jahr angetroffen hatten, als sie ihren Eltern Zigaretten lieferten. Dazu führte die Tochter Valerie aus:

»Im Januar 1996 saß ich mit meinen Eltern in deren Wohnung beim Frühstück. Es klingelte und zwei Vietnamesen standen an der Tür. Meine Mutter ließ sie herein. Sie blieben im Flur stehen und ich hörte, wie meine Mutter den einen Mann fragte: ›Wie geht es denn Ihrer Familie?‹ Ich hörte nur, wie einer von ihnen sagte: ›… krank.‹ Ich konnte die beiden von meiner Sitzposition aus beobachten. Mein Vater stand plötzlich auf, ging zum Flur und sagte: ›Wir brauchen nix.‹ Dann haben die beiden Vietnamesen die Wohnung wieder verlassen. Ich habe mit meinen Eltern geschimpft und ihnen vorgeworfen, dass sie sich mit dem illegalen Ankauf von Zigaretten strafbar machen würden. Meine Eltern haben aber meine Vorwürfe heruntergespielt. Sie wollten wohl mit mir darüber nicht weiter diskutieren. Ich spürte, dass sie ein schlechtes Gewissen hatten. Zu den beiden Vietnamesen kann ich nur sagen, dass sie etwa 25 Jahre alt und so zwischen 1,70 und 1,75 Meter groß waren und kurzes schwarzes Haar trugen. Ich glaube nicht, dass ich die beiden auf Fotos wiedererkennen würde. Aus dem Verhalten meiner Eltern entnahm ich, dass sie die Vietnamesen schon länger kennen mussten.«

Die Vernehmung der Enkeltochter des Opfers brachte die Ermittler ein gutes Stück voran. Sie hatte ihre Oma am Tattage, vor ihrer Abreise nach Westdeutschland, gegen 17 Uhr noch mal angerufen und rund eine halbe Stunde mit ihr über »dies und das« gesprochen. Sie habe sich noch gewundert, so erzählte sie, dass ihr Opa noch immer nicht zu Hause war, obwohl er sich doch am Nachmittag so gern ein Fußballspiel im Fernsehen ansehen wollte. Ihre Oma war wie immer, und so hielt sie es für ausgeschlossen, dass sich jemand während ihres Telefonats in der Wohnung aufgehalten haben könnte, zumal sie keine Geräusche und Stimmen im Hintergrund gehört habe.

Das war ein wichtiger Hinweis auf die Tatzeit, die sich im Übrigen mit den Berechnungen der Gerichtsmediziner voll und ganz deckte.

Der Mörder musste wenige Minuten nach Beendigung des Telefonats an der Wohnungstür geklingelt haben.

Auch die Enkelin berichtete von gelegentlichen Besuchen zweier Vietnamesen, die ihren Großeltern Zigaretten verkauften. Sie selbst habe die Männer einige Male an Wochenenden in der Wohnung gesehen. Sie konnte die beiden gut beschreiben. Einer von ihnen sei für einen Vietnamesen mit ungefähr 1,85 Meter ungewöhnlich groß und etwa 30 Jahre alt gewesen. Er habe eine Schiebermütze und einen dunkelgrauen Trenchcoat getragen. Beide Männer würde sie wiedererkennen. KOK Uwe Knoll horchte auf, als die Enkelin zu Protokoll gab, ihre Großeltern hätten für diese Vietnamesen mehrere Stangen Zigaretten gebunkert. Damit hatte sich eine neue Spur ergeben. Nichts war mehr unmöglich. Nach diesem Grundsatz verfuhr der Kommissionsleiter Gerhard Voss schon seit vielen Jahren überaus erfolgreich. Die Erfahrungen hatten gezeigt, dass es wichtig war, jedem noch so kleinen Ermittlungsanhalt nachzugehen.

Als die Beamten später zusammen die bisherigen Ermittlungsergebnisse bewerteten, waren sich alle einig darüber, dass man mit der Ermittlungsgruppe »Vietnam« des LKA, die für die Kriminalität von Vietnamesen und den damit zusammenhängenden illegalen Verkauf von Zigaretten zuständig war, Kontakt aufnehmen musste. Außerdem wollte sich Lothar Eberhardt noch einmal Karl Rathmann vornehmen und ihn über die Vietnamesen ausfragen, denn der wusste unzweifelhaft mehr, als er bisher ausgesagt hatte.

Inzwischen hatte sich auch dessen Alibi bestätigt, dass er das Lokal »Kaiser-Wilhelm-Eck« am Tattage zusammen mit einem griechischen Gast erst gegen 20.40 Uhr verlassen hatte, zu einem Zeitpunkt, als das Opfer bereits schon über zwei Stunden tot war. Angestellte und ermittelte Gäste bestätigten den Kriminalbeamten, dass Karl Rathmann das Lokal die ganze Zeit über, insbesondere in der fraglichen Tatzeit zwischen 17.30 und 18.30 Uhr, nicht verlassen hatte. Damit bestätigte sich auch die Vermutung des erfahrenen Kriminalisten Lothar Eberhardt, der von Anfang an erhebliche Zweifel an Rathmanns Täterschaft gehabt hatte.

Obwohl sich durch die bisherigen Befragungen am Tatort und in dessen Nähe keine konkreten Hinweise auf den Tathergang ergeben hatten, gaben die Beamten der 4. Mordkommission nicht auf. Sie waren routiniert und ausdauernd genug, um zu wissen, dass man mit sehr viel Geduld und penibler Ermittlungsarbeit letztendlich doch zum Erfolg kommen würde. In diesem Zusammenhang lautete eines der Schlagworte von Kommissionsleiter Gerhard Voss: »Mit Gewalt ist kein Bulle zu melken«. Und genau nach dieser Maxime verfuhren die Ermittler.

Mit der Stadtreinigung wurde Kontakt aufgenommen, um zu veranlassen, dass die neun Mülltonnen des Tatorthauses zum Betriebshof am »Ostpreußendamm« gebracht wurden. Dort konnte man in aller Ruhe den Müll nach weiteren Beweismitteln untersuchen. Vielleicht hatte der Täter das Tatmesser und andere belastende Gegenstände in den Müll geworfen. Die allein schon wegen des Geruchs unappetitliche Durchsuchung bei sommerlichen Temperaturen war aber nicht von Erfolg gekrönt.

Im Bereich der Öffentlichkeitsfahndung wurden erste Maßnahmen ergriffen. Fahndungsplakate wurden in Wohnhäusern und Geschäften der Tatortumgebung befestigt und die Bevölkerung um Mithilfe bei der Fahndung nach dem Mörder Hedwig Rathmanns gebeten.

Auch die Telekom wurde um Mithilfe ersucht. Möglicherweise hatte Hedwig Rathmann nach ihrem Gespräch mit ihrer Enkelin noch ein weiteres geführt und sich dabei mit ihrem Mörder verabredet.

Aber auch diese Hoffnung zerstob, denn für den Anschluss bestand noch die veraltete analoge Vermittlungstechnik, bei der ein Feststellen eines Anrufes und der betreffenden Rufnummer im Nachhinein nicht möglich war.

Drei Tage nach dem Mord saß KOK Eberhardt einem alten Mann gegenüber, der in denkbar schlechter seelischer Verfassung war und wie ein Häufchen Elend wirkte. Karl Rathmann war längst klargeworden, dass er durch sein spätes Heimkommen die Tat erst ermöglicht hatte, und machte sich deshalb auch die heftigsten Vorwürfe. Lothar Eberhardt tat der alte Mann wirklich leid, aber er konnte ihm weitere Fragen nicht ersparen.

Bereitwillig und ohne zu zaudern gab Rathmann Auskunft über den alltäglichen Ablauf innerhalb der Wohnung. Besonders interessierte Eberhardt die Coca-Cola-Dose, die am Tatort auf dem Wohnzimmertisch gestanden hatte.

»Sagen Sie, was trank denn Ihre Frau so tagsüber?«

»Warum fragen Sie das, Herr Kommissar?«, fragte Rathmann irritiert.

»Ich habe meine Gründe. Bitte beantworten Sie meine Frage.«

»Na ja, also morgens trank sie Kaffee und tagsüber öfter mal ein Glas Selters oder Apfelsaft. Abends machte sie sich immer Kamillentee. Sonst wüsste ich nichts weiter.«

»Trank Ihre Frau auch andere kohlensäurehaltige Getränke, wie zum Beispiel Brause?«

»Nee, nee, keene Brause, nur Selters, ick gloobe ›Christinen-Brunnen‹. Det trank se ohne Ende.«

»Und wie ist es mit Ihnen?«

»Wissen se, morgens trinke ick meenen Kaffee, am Tage ein, zwei Bier und abends vielleicht och noch mal zwei, aber nicht regelmäßig.«

»Wer trinkt denn bei Ihnen Coca-Cola?«

»Na, unsere Enkeltochter, die Carla, die trinkt immer mittags, wenn se zur Pause kommt, ein, zwei Büchsen. Die hat meene Frau immer vorrätig gehabt. Darauf hat se Wert gelegt. Aber warum fragen Sie mich det überhaupt, Herr Kommissar? Wat ist denn so wichtig daran?«

»Auf dem Tisch im Wohnzimmer stand eine noch fast volle Büchse Coca-Cola. Ihre Enkelin kann sie nicht getrunken haben. Die war zur Tatzeit auf dem Wege nach Westdeutschland. Wem könnte denn Ihre Frau die Cola angeboten haben, wenn sie diese nicht selber getrunken hat?«

»Also, von unseren Bekannten und Freunden trinkt keener Cola. Det kann ick mit Bestimmtheit sagen. Auch meine Kinder trinken det Zeug nich. Tja, ick weeß et nich. Beim besten Willen nich, Herr Kommissar.«

»Wer kaut denn von Ihrer Familie, Freunden und Bekannten Kaugummi?«

Rathmann sah Lothar Eberhardt erstaunt an und runzelte die Stirn.

»Det sind ja komische Fragen, die Sie mir stellen. Aber och darüber kann ick Ihnen keene Auskunft geben. Ick kenne jedenfalls keenen. Meene Frau hat so wat nich gemacht und ick och nich.«

Lothar Eberhardt nickte unmerklich mit dem Kopf. Das hatte er auch nicht anders erwartet. Der Täter schien tatsächlich ein Fremder gewesen zu sein, was die Sache wahrlich nicht leichter machte. Er hatte, wie auch schon bei Karl Rathmann, von Anfang an Zweifel gehabt, dass einer aus dem nahen Umfeld des Opfers als Täter in Frage kommen könnte.

Hedwig Rathmann lebte mit ihrem Mann zwar in einfachen, aber geordneten Verhältnissen, und jedermann wusste, dass bei ihnen nicht viel zu holen war. Wer konnte einen Grund gehabt haben, diese liebenswürdige Frau, die nur Freunde, aber keine Feinde gehabt hatte, so brutal zu ermorden?

Die Zuversicht, den Fall alsbald zu klären, löste sich langsam wieder in Luft auf. Das wird noch ein hartes Stück Arbeit werden, dachte der erfahrene Ermittler besorgt. Aber zum Jammern bestand zu diesem frühen Zeitpunkt der Ermittlungsaufnahme überhaupt kein Grund, und er musste sich jetzt auch auf die Fortführung der Vernehmung konzentrieren.

»Herr Rathmann, wie oft haben Sie oder Ihre Frau die Aschenbecher geleert und wohin haben Sie die Kippen geschüttet?«

»Meene Frau oder ick standen zwischendurch immer mal auf und haben die Ascher in der Küche geleert. Die Kippen kamen zusammen mit dem normalen Müll in den Mülleimer rein. Das andere, Flaschen und Plastik und so, haben wir getrennt.«

»Haben Sie oder Ihre Frau jemals in einen mit Kippen gefüllten Aschenbecher Wasser getan und ihn in die Spüle gestellt?«

»Nee, nee«, erwiderte Rathmann lachend, »ist doch Blödsinn. Nee, nee, warum auch?«

»Gut, Herr Rathmann, kommen wir noch einmal auf die Vietnamesen zurück. Sie waren beim letzten Mal etwas zurückhaltend, als ich Sie befragte. Ich hoffe, heute ist das anders.« Eberhardt schaute Karl Rathmann streng an. »Also, wann waren die Vietnamesen das letzte Mal in Ihrer Wohnung und haben Zigaretten verkauft? Überlegen Sie genau!«

»Das kann ick nicht sagen. Beim besten Willen nicht. Ick weiß es nicht.«

»Haben Sie jemals von einem Vietnamesen den Namen und seine Adresse bekommen?«

Eberhardt nahm eine Plastikfolie zur Hand, in dem ein Zettel eingelegt war und schob sie Rathmann zu. Der warf nur einen Blick darauf und nickte sofort.

»Das ist der Zettel, den mir einer von ihnen mal gegeben hat. Der lag immer im Telefonverzeichnis. Der Vietnamese ist aber längst wieder zurück nach Vietnam, so vor einem Jahr. Ein Kumpel von ihm hat uns seine Adresse aufgeschrieben, damit wir ihn mal besuchen könnten, wenn wir mal dort Urlaub machen würden. Das ist aber nicht die Adresse von dem ›Langen‹, der ist ja noch hier. Der war auch in unserer Wohnung.«

»Nun sagen Sie mir, wie viele Vietnamesen waren denn in Ihrer Wohnung?«

»Also, der jetzt in Vietnam ist und der ›Lange‹. Der ist als Letzter da gewesen.«

»Von Ihren Angehörigen wissen wir, dass mindestens zweimal zwei Vietnamesen gleichzeitig in der Wohnung gewesen sind. Was sagen Sie dazu?«

»Einer war im Zimmer, der andere stand immer im Flur. Was weiß ick, wie lange das schon her ist. Den ›Langen‹ habe ick seit der Schießerei, bei der so viele Vietnamesen getötet wurden, nicht mehr gesehen.«

»So lange ist das noch nicht her. Die Schießerei war vor knapp vier Wochen. Da müssten Sie sich doch erinnern?«

»Vielleicht war er zwischendurch mal da. Meine Frau hat ihn ja noch angesprochen und gesagt: ›Na, bei euch is ja doll wat los.‹«

»Würden Sie den ›Langen‹ wiedererkennen?«

»Ja, ick glaube schon.«

»Wissen Sie, ob der ›Lange‹ in Ihrer Wohngegend einen festen Stammplatz hatte?«

»Nee, woher?«

»Können Sie sich erinnern, ob der ›Lange‹ Kaugummi gekaut hat?«

»Also, det weeß ick nich.«

»Zum Abschluss noch eine Frage, Herr Rathmann. Haben Sie, nachdem Sie Ihre Frau aufgefunden haben, irgendetwas in der Wohnung verändert?«

»Nee, Herr Kommissar, ick war wie gelähmt. Ich konnte keenen klaren Gedanken fassen. Meine ›Dicke‹ war plötzlich tot und ick wusste nicht warum. Überall war Blut, ick saß wie erstarrt in meinem Sessel, bis die Polizei kam. Es war schrecklich.«

Lothar Eberhardt erkannte, dass der alte Mann wirklich nicht mehr wusste, und brach die Vernehmung daraufhin ab. Es gab jetzt einige Anhaltspunkte, die man in aller Ruhe unter Einschaltung der EG »Vietnam« weiterverfolgen konnte. Vielleicht stammte der Täter sogar aus dem dortigen Klientel.

Lothar Weimann hatte indessen noch einmal die Enkeltochter der Toten befragt. Sie bestätigte die Angaben ihres Opas, dass die Cola-Büchsen nur für sie allein gedacht waren. Ganz wichtig aber war ihre Aussage, die sich in Bezug auf die Müllentsorgung genau mit der ihres Opas deckte. Die Zigarettenstummel wurden immer penibel in den Mülleimer entsorgt und Wasser wurde weder in die Aschenbecher noch in den Mülleimer gegossen. Außerdem zündeten sich weder ihre Oma noch ihr Opa ihre Zigaretten mit Streichhölzern an.

Gerhard Voss las sich am frühen Abend des 17. Juni aufmerksam die Vernehmungen seiner beiden Mitarbeiter durch und griff dann zum Telefon.

»Lothar, sag doch mal deinem Namensvetter Bescheid. Wir setzen uns mal kurz zusammen und besprechen den Fall. Die anderen sind ja noch unterwegs. Das wird dann eh zu spät, bis alle vollzählig versammelt sind. Ich will nämlich noch heute mit den Kollegen der EG ›Vietnam‹ sprechen.«

Kurze Zeit später saßen die drei erfahrenen Kriminalisten bei einer dampfenden Tasse pechschwarzen Kaffees zusammen. Vor Kommissionsleiter Voss lag die Ermittlungsakte, die innerhalb von drei Tagen auf über 200 Seiten angewachsen war. Er hielt sich auch nicht lange bei der Vorrede auf und fasste das bisherige Ermittlungsergebnis zusammen. Abschließend sagte er:

»Für mich steht fest, dass sich der letzte Besucher, also

der Mörder, längere Zeit mit seinem Opfer unterhalten hat und beide einige Zigaretten miteinander geraucht haben. Frau Rathmann hat ihm dann offensichtlich eine Cola angeboten, von der er auch getrunken haben muss, wie wir wissen. Dann muss das Gespräch der beiden auf die Reise nach Teneriffa gekommen sein, und der Täter hat wohl eher beiläufig erfahren, dass sich die Hälfte des Reisepreises noch in der Wohnung befindet. Tja, was nun genau geschah, werden wir erst dann mit Sicherheit wissen, wenn uns der Täter gegenübersitzt und ein Geständnis abgelegt hat. Alles andere ist reine Spekulation. Aber spekulieren wir einmal. Ich denke mal, dass die alte Frau für kurze Zeit das Zimmer verlassen hat und in diesem Augenblick beim Täter der Entschluss, das Geld zu entwenden, entstanden ist. Er wollte die günstige Gelegenheit ausnutzen, die Geldsumme an sich zu bringen. Andererseits könnte er aber auch schon vor Betreten der Wohnung den Entschluss gefasst haben, das Geld zu stehlen. Vielleicht hatte er bei anderer Gelegenheit erfahren, dass sich mehrere tausend Mark in der Wohnung befanden. Und beim Diebstahl wurde er von der zurückkehrenden Frau überrascht. Wahrscheinlich hatte er das Geld noch in der Hand, als sie ihm gegenübertrat. Sie forderte das Geld zurück und drohte mit der Polizei. Da verlor er die Nerven und beschloss, sie zu töten, um im Besitz des Geldes zu bleiben. Er schlug auf sie ein, riss das Telefonkabel heraus und drosselte sie damit. Als sie bewusstlos auf den Boden gesunken war, schnitt er ihr brutal die Kehle durch, um sicherzugehen, dass sie auch wirklich tot war.«

»Gut Chef, so könnte es gewesen sein«, meinte Lothar Eberhardt, »aber es gibt noch eine andere Variante. Der Täter könnte sich bereits während des Gesprächs mit dem Opfer entschlossen haben, es erst einmal zu töten, um danach in aller Ruhe nach dem Geld zu suchen. Sie wird ihm ja nicht den Aufbewahrungsort verraten haben. Als die alte Frau das Zimmer für kurze Zeit verließ, bereitete er ihre Tötung vor, indem er das Telefonkabel in Stücke riss, um sich eine Schlinge daraus zu machen. Er griff sie urplötzlich an, als sie das Zimmer wieder betrat. Wie wir ja wissen, hat sich die alte Frau heftig gewehrt.«

»Eure Überlegungen in allen Ehren«, bemerkte Lothar Weimann, »aber ich kann auch noch eine Tatvariante beisteuern. Ich kann mir beim besten Willen nicht vorstellen, dass sie sich einfach so mit einem x-beliebigen Fremden über die Reise unterhalten und dabei unvorsichtigerweise erwähnt hat, dass sie 3500 DM als Anzahlung in der Wohnung aufbewahrt. Sie war zwar sehr nett und lieb, aber bestimmt nicht blöd, wenn ihr wisst, was ich meine.«

Natürlich wussten seine Gesprächspartner, was er meinte.

»Und, lieber Lothar, was willst du uns damit sagen? Tippst du doch auf einen Angehörigen oder guten Freund oder vielleicht auf einen hilfsbereiten Nachbarn, der uns bisher durch die Lappen gegangen ist?«, fragte Gerhard Voss und sah ihn neugierig an.

»Ich weiß es nicht genau, Gerhard, aber ich habe so ein blödes Gefühl, als wenn wir etwas übersehen haben.«

»Das glaube ich nicht«, erwiderte Voss, »wir haben lückenlos alle in Frage kommenden Personen überprüft. Bisher hat sich ein konkreter Verdacht gegen eine bestimmte Person nicht ergeben. Wir müssen eben weitersuchen, da beißt die Maus keinen Faden ab.« Voss zuckte mit den Schultern. »Es ist auch nicht verkehrt, wenn ich mal mit Uwe Mentel, dem Leiter der EG ›Vietnam‹, ein Gespräch führe. Die sollen mal für uns das vietnamesische Pärchen, das da so um die Gotenstraße herum aktiv war, ermitteln und abklären. Vielleicht ergibt sich da was Brauchbares für uns. Nach Lage der Dinge müssen wir unsere vietnamesischen Freunde als mögliche Tatverdächtige ebenfalls mit in Betracht ziehen und werden schon deshalb die Haus- und Lokalermittlungen weiter fortführen und den Leuten vor Ort ein paar entsprechende Fragen stellen. Da werden sich

Uwe, Dietmar und Marco morgen so richtig freuen, wenn es heißt, ›Treppenterrier‹ zu spielen.« Voss blickte entschuldigend. »Aber um noch einmal auf die Zigarettenkippen zurückzukommen. Da hat der Täter einen schweren Fehler begangen. Er glaubte, besonders klug zu handeln, und hat die Kippen und den Kaugummi einfach in den Müll geworfen. Und wisst ihr, warum ich im Übrigen so sicher bin, dass der Täter ein Fremder ist?«

Seine beiden Mitarbeiter schüttelten den Kopf und sahen ihn fragend an.

»Spuck's aus, lieber Chef«, frotzelte Lothar Eberhardt. »Wir sind beide gespannt wie ein Flitzbogen.«

»Ist doch ganz einfach, Männer. Ein enger Verwandter oder ein Freund hätte doch sicher gewusst, dass das Opfer den Müll trennt, und dann hätte er die Kippen und den Kaugummi einfach in die richtige Mülltüte geworfen, wo auch die anderen bereits lagen, um seine Spuren zu verwischen. Alles klar?«

Er sah in zwei überraschte Gesichter.

»Donnerwetter, gut erkannt, da hätte ich eigentlich auch drauf kommen müssen«, erwiderte Lothar Eberhardt anerkennend.

»Aber welcher Täter fragt auch schon vor der Tat sein Opfer, ob es denn den Müll trennt«, entgegnete Gerhard Voss mit einem sarkastischen Unterton in der Stimme. Er wandte sich an Lothar Weimann. »Siehst du, ich habe dir immer gesagt, eine ordentliche Tatortarbeit ist die halbe Miete. Du hast schnell gelernt. Die Sache mit dem Müll ist durch deine akkurate Spurensuche unser wichtigster Ermittlungsansatz geworden. Ich bin mir sicher, dass wir durch diese DNA-Spuren den letzten Besucher ermitteln werden.«

Natürlich freute sich Weimann über das Lob seines Chefs, der in der Tat damit sehr sparsam umging, und sagte:

»Von den zehn Zigarettenkippen und dem Kaugummi werden in den nächsten Tagen in der Charité DNA-Analysen erstellt. Wir sollten von allen Personen, die wir bisher ermittelt und befragt haben, Speichelproben und Fingerabdrücke abnehmen. Ich habe bereits vorsorglich die Vorladungen vorbereitet. Ich wollte nur noch dein O.K. abwarten. Wenn die Proben und die Fingerabdrücke nicht freiwillig abgegeben werden, holen wir uns entsprechende richterliche Beschlüsse. Dann werden wir ja sehen, wer der letzte Besucher war.«

»Da hast du gut mitgedacht, Lothar. Dann schick mal die Vorladungen raus. Ich werde mich jetzt um die Vietnamesen kümmern«, sagte Gerhard Voss und griff nach dem Telefonhörer.

Die erneute personalaufwendige Befragungsaktion in den Lokalen der näheren Tatortumgebung schien sich doch noch auszuzahlen. In einem Lokal wurde auf eine »Gerda« hingewiesen, die vielleicht einen Hinweis geben könnte.

Als Lothar Eberhardt nach Beendigung der Ermittlungen im Tatortbereich vor seiner Schreibmaschine saß und einen zusammenfassenden Bericht »stanzte«, klingelte das Telefon. Unwirsch meldete er sich. Aber sein mürrisches Gesicht wich in Sekundenschnelle einem freudigen Ausdruck, als sich die Anruferin als »Gerda« zu erkennen gab. Das Gespräch verlief zunächst enttäuschend, denn außer dem bereits bekannten Klatsch konnte sie keine ermittlungsrelevanten Hinweise geben. Nur wenige Minuten später meldete sie sich erneut und fragte nach, ob Hinweise auch wirklich vertraulich behandelt werden würden. Nach einigem Hin und Her wies sie auf einen Bewohner des Tathauses mit dem Namen Rolf Brinker hin, der sich bereits von ihr, einer weiteren Nachbarin und auch vom Opfer Geld geborgt hatte. So berichtete sie, dass er allein lebe, gern einen trinke und Sozialhilfeempfänger sei. Auffällig war, dass er ein oder zwei Tage nach der Tat plötzlich über viel Geld verfügt und »Stubenlagen« in den Kneipen spendiert habe, obwohl er sonst immer schon kurz nach Monatsanfang pleite gewesen sei. Die Angaben der Zeugin wurden im Nachhinein von einigen anderen Stammgästen mehrerer Lokale bestätigt.

So berichtete der Gastwirt des Lokals »Götz von Berlichingen« in der Kolonnenstraße, dass Brinker am Wochenanfang sein Lokal betreten und dabei etwas ironisch geäußert habe: »Jetzt kommt der Mörder!«. Als dann aber auch noch der Gastwirt des »Goten-Stübl« sagte, dass Brinker sich im Lokal leicht alkoholisiert zum Tathergang geäußert hätte, wurden die Beamten hellhörig. Brinker prahlte, dass Frau Rathmann gefleht habe »Tu's doch nicht«, und wenig später fügte er mit hintergründigem Lächeln hinzu: »Ich habe ihr trotzdem noch die 5000 DM abgenommen.«

Sollte sich hier etwa eine heiße Spur ergeben haben?

Der Verdacht gegen Brinker erhärtete sich, als ein weiterer Stammgast des »Goten-Stübl« zu berichten wusste, dass »Rolfe« eine Woche vor der Tat nur noch über einen Geldbetrag von 2,40 DM verfügt haben soll. Derselbe Stammgast hätte ihn am Montag nach der Tat im Lokal getroffen und selbst gesehen, dass sich in dessen Geldbörse nunmehr ein Geldbündel befand. Eine Nachbarin bestätigte, dass sich Brinker und Frau Rathmann gut kannten und es nicht außergewöhnlich gewesen wäre, wenn sie ihn in die Wohnung gelassen hätte.

Daraufhin wurde der 49-jährige Rolf Brinker am 21. Juni vorläufig festgenommen. In seiner Wohnung wurde eine Strickjacke mit blutsuspekten Spuren gefunden und beschlagnahmt. Überall standen volle Aschenbecher herum. Er war ein starker Raucher, der sich nach eigenen Angaben auch mal die Zigaretten mit Streichhölzern anzündete, und hatte neben einem Feuerzeug auch ständig eine Schachtel Streichhölzer dabei. In der Küche wurden zwei leere Coca-Cola-Dosen gefunden. In der Brieftasche, aus der er seinen Personalausweis entnahm, lag die Hülle eines Kaugummis. Über die Herkunft des vielen Geldes machte er widersprüchliche Angaben. Zuerst wollte er sich das Geld nebenbei auf dem »Beusselmarkt« – einem Markt in Berlin, auf dem wochentags Gemüse und Obst bzw. am Wochenende Gebrauchtwagen verkauft werden – als Speditionshelfer verdient haben, dann hatte er plötzlich eine prall gefüllte Geldbörse gefunden. Die Blutflecke auf seiner Strickjacke rührten angeblich von einem Sturz her, bei dem er sich im Gesicht verletzt habe. Hartnäckig bestritt er jedoch die Tötung seiner Hausnachbarin. Aber die Indizien gegen ihn belasteten ihn schwer. So wurde er nach einer erkennungsdienstlichen Behandlung, bei der dreiteilige Fotos gefertigt und Fingerabdrücke sowie eine Speichelprobe abgenommen worden waren, dem Bereitschaftsrichter wegen dringenden Mordverdachts vorgeführt, der auf Antrag des Bereitschaftsstaatsanwaltes Haftbefehl erließ. Brinker bestritt auch dem Haftrichter gegenüber entschieden die Tat und erklärte dem erstaunten Mann in Schwarz seinen plötzlichen »Reichtum« damit, dass er am Tage nach dem Mord in einer kleinen Grünanlage an der Friesenstraße/Ecke Columbiadamm in Berlin-Kreuzberg ein Portemonnaie mit 450 DM gefunden und eingesteckt habe. Deshalb konnte er auch seine Kneipenschulden bezahlen und einige Runden ausgeben. Ansonsten, so erklärte er dem Richter mit bekümmertem Gesicht, lebe er von 520 DM Sozialhilfe mehr als bescheiden und resümierte:

»Wissen se, Herr Richter, ick wollte endlich och mal een Macker machen. Ick hatte schon lange keene richtje Kohle mehr in 'ne Tasche gehabt. Mensch, da hab ick mir mal die Spendierhosen anjezogen und een ausjejeben. War'n geilet Gefühl, könn se mir glooben.«

Aber der Richter hatte aufgrund der vorliegenden Fakten wenig Verständnis und noch weniger Spielraum zur Verfügung. Schließlich ging es hier um Mord und nicht um die Befriedigung des Egos eines in der bürgerlichen Welt Gescheiterten.

Obwohl die 4. Mordkommission mit der Verhaftung von Brinker einen schnellen Erfolg zu verzeichnen hatte, wollte sich bei Gerhard Voss und seiner Truppe keine rechte Zufriedenheit einstellen. Trotz aller belastenden Fakten, die gegen Brinker sprachen, hatten die erfahrenen Ermittler leise Zweifel an seiner tatsächlichen Täterschaft. Deshalb hielt Voss, entgegen sonstiger Angewohnheit, nur eine kurze Rede vor versammelter Mannschaft und schloss mit den Worten:

»Männer, ich bin überzeugt davon, dass das noch nicht das Ende der Fahnenstange ist. Brinker ist zwar bisher der einzige Tatverdächtige, den wir haben, aber wir werden trotzdem mit Volldampf weiter zweispurig ermitteln. Und wir sollten unsere vietnamesischen Freunde nicht aus den Augen verlieren. Die Hände in den Schoß legen und auf die Spurenberichte warten, wäre jetzt das Falscheste, was wir tun könnten. Also, ran an die Arbeit, Männer!«

Es gab kein Murren, denn diesmal war das eingespielte Team einer Meinung.

Der Wirt des »Goten-Stübl«, in dem Brinker die meisten Lagen spendiert hatte, übergab den Beamten zwecks kriminaltechnischer Untersuchung sein gesamtes Papiergeld, das er seit der Tat eingenommen hatte. Vielleicht ergab sich hier eine neue Spur, und man fand ein oder mehrere Scheine aus der Beute mit den Fingerabdrücken des Ehepaars Rathmann und des mutmaßlichen Täters. Um die Abdrücke festzustellen, mussten die Scheine durch den Erkennungsdienst geschwärzt werden und waren deshalb anschließend nicht mehr zu verwenden. Als Ersatz erhielt der Wirt die gleiche Summe von der Landszentralbank zurück. Aber alle Mühe war umsonst. Auf den über einhundert Scheinen konnten weder die Abdrücke des Opfers und seines Ehemannes noch die von Brinker gesichert werden.

Vom zuständigen Polizeiabschnitt 52 wurde mitgeteilt, dass bisher niemand eine Verlustanzeige wegen einer verlorenen Geldbörse erstattet hatte. Dadurch hatte sich die Verdachtslage gegen Brinker weiter verstärkt, denn es war nicht nachzuvollziehen, dass jemand nach dem Verlust des vielen Geldes einfach zur Tagesordnung übergehen und auf eine Anzeige verzichten würde.

Am 10. Juli wendete sich jedoch das Blatt zugunsten von Rolf Brinker. Erste DNA-Untersuchungsergebnisse vom Institut für Gerichtliche Medizin der Charité lagen nun vor. Die in der Wohnung des Ehepaar Rathmanns gefundenen Spuren wie zum Beispiel an Zigarettenstummel und Kaugummi stimmten mit der DNA Brinkers nicht überein. Auch das Blut an seiner Strickjacke stammte nur von ihm. Aus einem Bericht des Erkennungsdienstes ergab sich zudem, dass keiner der am Tatort gesicherten Fingerabdrücke von Brinker stammte.

Trotz des nach wie vor verdächtigen Verhaltens des Beschuldigten nach der Tat sowie seiner als Tateingeständnis anzusehenden Äußerungen ließ sich ein dringender Tatverdacht gegen ihn nicht mehr aufrechterhalten. Daraufhin wurde der Haftbefehl gegen ihn sofort außer Vollzug gesetzt. Es war jetzt nur noch eine Frage der Zeit, bis er völlig rehabilitiert aus der Sache hervorgehen würde. Allerdings hatte er sich den unfreiwilligen Gefängnisaufenthalt durch seine völlig unverantwortlichen Sprüche und sein großspuriges Verhalten zum großen Teil selbst zuzuschreiben.

Nun musste die 4. Mordkommission auf der Jagd nach dem Mörder wieder ganz von vorn beginnen. Die schlechten Nachrichten nahmen kein Ende, und es schien, als ob die Mordkommission eine Pechsträhne hätte. Alle Personen aus dem persönlichen Umfeld des Ehepaares Rathmann, denen bis zum 30. Juli Speichelproben abgenommen worden waren – immerhin 26 –, schieden als weitere Spurenverursacher und somit als Tatverdächtige aus. Es stand also fest, dass tatsächlich ein Fremder der letzte Besucher und damit der Mörder von Hedwig Rathmann gewesen war.

Nach einigen Wochen traf endlich der langersehnte Bericht der AG »Vietnam« ein. Es war den Spezialisten gelungen, den Vietnamesen zu ermitteln, dessen Name auf dem Zettel stand, der im Telefonverzeichnis des Ehepaares Rathmann gefunden worden war. Dieser Mann, der angeblich wieder in Vietnam lebte, hatte das Rentnerehepaar mehrfach in der Wohnung mit Zigaretten versorgt. Es handelte sich um den 34-jährigen Sinh Thi Dung, der im September 1993 als Asylant in die Bundesrepublik eingereist war, dessen Asylantrag aber im November 1995 abgelehnt wurde. Er kehrte daraufhin wieder in seine Heimat zurück. Während seines Aufenthaltes in Deutschland betätigte er sich als illegaler Zigarettenhändler auf den Straßen Berlins. Etwa einen Monat vor seiner Rückkehr bot er seinem Landsmann, dem 35-jährigen Tuan Van Pham, einem abgelehnten Asylbewerber, an, sein »Geschäft« zu übernehmen. Dung hatte in der Gegend um die Yorkstraße herum – dazu zählte auch die Gotenstraße – illegal Zigaretten in Lokalen und auf der Straße verkauft und auch eine Vielzahl von »braven« Bürgern in ihren Wohnungen beliefert. Für die »Geschäftsübernahme« wurde ein Betrag von 3000 DM ausgehandelt. In der Folgezeit nahm Dung seinen Landsmann mit und stellte ihn seinen Kunden als Nachfolger vor. Pham hatte zuvor seine Tätigkeit als Straßenhändler im Ostteil der Stadt unfreiwillig aufgeben müssen, nachdem er von »Soldaten« einer am illegalen Zigarettenhandel beteiligten vietnamesischen Bande aus seinem Verkaufsgebiet vertrieben worden war.

Als aber ein anderer Vietnamese Dung mehr Geld bot, trat dieser von dem Geschäft zurück und zahlte Pham die Anzahlung von 1500 DM wieder zurück. Pham wollte sich das äußerst lukrative Geschäft aber nicht entgehen lassen und belieferte trotzdem die ihm bereits bekannten Kunden weiter mit Zigaretten.

Tuan Van Pham war der AG »Vietnam« im Rahmen der Ermittlungen zur Ermordung des Zigarettenhändlers Long

Hoang eher zufällig bekannt geworden. Er hatte zusammen mit anderen Vietnamesen, darunter dem späteren Opfer, in der Borkheider Str. 31 in Berlin-Marzahn gewohnt. Dort war Hoang am 7. August 1996 von einem unbekannten Killer in seinem Zimmer erschossen worden. Hintergrund der Tat war zweifellos ein unbarmherziger Revierkrieg zweier Banden um die besten Standorte in der Gegend. Im Verlauf einer Vernehmung gestand dann Pham die Bekanntschaft mit Dung und dessen kurzfristige »Geschäftsübernahme« ein. Seine Geschäfte liefen immer nach dem gleichen Schema ab. Datum, Ort und Zeitpunkt der nächsten Lieferung wurden immer bereits im Voraus vereinbart. So setzte sich dieses »Geschäft« von Lieferung zu Lieferung fort. Für die Zigaretten galten anerkannte Marktpreise. Für eine Stange musste der Kunde auf der Straße zwischen 27 und 28 DM und bei »Termingeschäften« lediglich 25 DM bis 26 DM bezahlen. In der Regel hatte der Verkäufer zehn bis zwölf Stangen in kleinen Taschen bei sich. In den Mittags- und Nachmittagsstunden wurde die Ware dann geliefert.

Am 3. Dezember 1996 suchten Beamte der AG »Vietnam« Karl Rathmann in seiner Wohnung auf und legten ihm sechs Lichtbilder, darunter auch die von Pham (Bild Nr. 1) und Dung (Bild Nr. 4) vor. Beide Personen erkannte er wieder und bezeichnete Pham als einen Zigarettenverkäufer, den er schon oft in der Gegend gesehen habe. Als die Beamten fragten, ob die beiden Männer auch schon in seiner Wohnung gewesen waren, blockte er regelrecht ab und konnte oder wollte sich nicht mehr genau erinnern. Er schien regelrecht einen Gedächtnisschwund erlitten zu haben, denn er wusste angeblich auch nicht mehr, ob er und seine Frau mit Zigaretten beliefert worden waren. Offensichtlich befürchtete er im Nachhinein noch eine Bestrafung wegen des illegalen Zigarettenankaufs.

Auch die Tochter Rathmanns und seine Enkelin, die beide mehrmals Vietnamesen in der elterlichen Wohnung gesehen hatten, erkannten Pham und Dung auf den Bildern Nr. 1 und Nr. 4 wieder. Damit stand fest, dass beide Vietnamesen mehrfach in der Wohnung der Rathmanns gewesen waren.

Bereits einen Tag später unternahmen Beamte der AG »Vietnam« mit Tuan Van Pham eine Ausfahrt durch die Bezirke Kreuzberg und Schöneberg. Pham hatte sich einverstanden erklärt, alle seine Zigarettenabnahmeplätze zu zeigen. Er zeigte den Beamten mehrere Kneipen und führte sie durch Straßen, die sich alle ganz in der Nähe der Gotenstraße befanden. Allerdings sparte er die Gotenstraße völlig aus. Das kam den Beamten natürlich verdächtig vor, denn bis zu diesem Zeitpunkt hatte er sie ohne Scheu von Haus zu Haus geführt und ihnen sogar die einzelnen Wohnungen der Zigarettenankäufer gezeigt. Der Aufforderung, eine freiwillige Speichelprobe abzugeben, kam er erstaunlicherweise ohne jedes Zögern nach.

In der anschließenden Vernehmung bestätigte er seine während der Ausfahrt gemachten Angaben und gab auf ausdrückliche Frage an, noch nie in der Gotenstraße Zigaretten verkauft zu haben. Anhand eines Kalenders nannte er auch die Tage, an denen er in Tatortnähe Zigaretten verkauft hatte, allerdings war der Tattag (14. Juni) nicht darunter.

Die aus dem Verhalten Phams gewonnenen Erkenntnisse waren natürlich für die vernehmenden Beamten Anlass genug, sofort Kontakt mit der Mordkommission aufzunehmen.

Lothar Eberhardt hörte KK Barthel von der AG »Vietnam« sehr aufmerksam zu, als dieser ihm telefonisch das merkwürdige Verhalten Phams schilderte. Damit hatte sich der Vietnamese verdächtig gemacht, denn es gab nach seiner bisher gezeigten Offenheit keinen vernünftigen Grund, die Gotenstraße als Absatzmarkt und das Ehepaar Rathmann als Kunden zu verschweigen – es sei denn, er hätte etwas zu verbergen gehabt. Und Eberhardt brauchte auch nicht lange zu überlegen, um zu wissen, was es denn sein könnte.

Irgendwie spürte er schlagartig eine Art Erregung in sich,

die ihn immer dann erfasste, wenn er auf der richtigen Spur war. Hastig erhob er sich, lief die paar Meter über den Flur zum Zimmer seines Chefs und betrat es, ohne anzuklopfen. Bevor der erstaunte Kommissariatsleiter etwas sagen konnte, sprudelte es nur so aus Eberhardt heraus:

»Gerhard, ich glaube, wir haben eine neue Spur, und ich bin überzeugt davon, dass wir jetzt auf dem richtigen Weg sind. Ich habe soeben mit Olaf Barthel von der AG ›Vietnam‹ gesprochen, der mir von seinen Ermittlungen im Mordfall Long Hoang berichtete. Ich teile voll und ganz seine Einschätzung, dass wir in unserem Mordfall in Tuan Van Pham einen neuen Tatverdächtigen haben. Pham ist zwar nur 1,69 Meter groß, aber Dung und andere waren mit 1,62 Meter noch ein ganzes Stück kleiner. Pham galt somit unter Vietnamesen als ungewöhnlich groß. Deshalb hat Rathmann den Vietnamesen auch als ›Langen‹ bezeichnet.«

Gerhard Voss sah seinen Mitarbeiter überrascht an:

»Das sind ja prima Neuigkeiten, Lothar. Los, erzähl und lass mich nicht so lange warten!«

Eberhardt zog sich einen Stuhl heran, setzte sich und berichtete seinem Chef über das soeben geführte Gespräch. Im Anschluss daran hängte er sich ans Telefon und sprach mit Dr. Riemer vom Institut für Gerichtliche Medizin der Charité, der mit den Vergleichsuntersuchungen der Speichelproben befasst war, und stellte ihm eine weitere Speichelspur in Aussicht. Er bat dabei um vorrangige Bearbeitung. Schon eine Stunde später hatte der Mediziner den Untersuchungsantrag und die Probe von Tuan Van Pham in den Händen.

Die Tage zwischen Weihnachten und Neujahr 1997 boten den Mitarbeitern der 4. Mordkommission endlich wieder die Gelegenheit, sich ihren Familien zu widmen und ein wenig auszuspannen. Jeder von ihnen hatte eine ganze Reihe von Überstunden »angesammelt« und dabei mehr oder weniger gespürt, dass die Kräfte langsam schwanden.

Das neue Jahr begann mit einem Knaller. Dr. Riemer von der Charité teilte fernmündlich mit, dass der Vergleich der Speichelspuren von Pham mit den am Tatort gefundenen DNA-Spuren ergeben hatte, dass drei Zigarettenkippen und der Kaugummi übereinstimmende Merkmale aufwiesen. Damit stand fest, dass Pham zur Tatzeit in der Wohnung gewesen war, Zigaretten geraucht und nach der Ermordung der alten Frau seine verräterischen Spuren erfolglos in den Müll geworfen hatte. Jetzt war auch klar, warum er bei der Vernehmung durch die AG »Vietnam« seine Besuche bei dem Ehepaar Rathmann eisern verschwiegen hatte.

Da neben Phams Spuren auch noch zwei weitere Zigarettenkippen (nachweislich vom Opfer), ein beblutetes Taschentuch (mit dem Blut des Opfers) und die leere Geldbörse (in der sich ursprünglich die 3500 DM Reisegeld befunden hatten) in der Mülltüte gefunden worden waren, wurde die Beweislage immer eindeutiger. Nachdem auch noch im Mordfall Long Hoang ein anderer Vietnamese bestätigte, dass Pham das Ehepaar Rathmann mit Zigaretten beliefert hatte, zog sich das Netz um Pham noch enger.

Damit war gleichzeitig Rolf Brinker voll rehabilitiert. Das gegen ihn eingeleitete Verfahren wurde von der Staatsanwaltschaft auch kurz darauf eingestellt.

Die Beantragung eines Haftbefehls gegen Pham am 11. Februar 1997 durch die Staatsanwaltschaft war nur noch reine Formsache.

Als Beamte der Mordkommission und der AG »Vietnam« den vermutlichen Täter festnehmen wollten, mussten sie erkennen, dass »der Vogel ausgeflogen war«. Aber er konnte sich nicht mehr lange seiner Freiheit erfreuen. Bereits am 19. Februar wurde er von der Spezialeinheit ermittelt und in einer Wohnung am Prenzlauer Berg festgenommen.

Bei der Vernehmung durch die Kripo gab Pham auf eindringlichen Vorhalt schließlich doch zu, das Ehepaar Rathmann zu kennen und ihm auch Zigaretten verkauft zu haben. Obwohl Lothar Eberhardt den Beschuldigten hart mit der Spurenlage und dem eindeutigen Ergebnis der gerichtsmedizinischen Untersuchungen konfrontierte, leugnete dieser hartnäckig, am Tattag in der Wohnung gewesen zu sein und Frau Rathmann getötet zu haben.

Noch am gleichen Tage wurde er dem Haftrichter vorgeführt, dem er weinerlich erklärte:

»Die Beschuldigung tut mir weh, weil ich in Wahrheit unschuldig bin. Ich habe das nicht gemacht.«

Am 2. Juli 1997 sprach die 36. Große Strafkammer des Landgerichts Berlin unter Vorsitz des Richters Eduard Weinhold das Urteil gegen Tuan Van Pham. Er wurde wegen Mordes aus Habgier zu einer lebenslangen Freiheitsstrafe verurteilt.

»Die Kammer«, so führte der Vorsitzende in seiner Begründung aus, »hat aufgrund der durchgeführten Beweisaufnahme die Überzeugung gewonnen, dass der Angeklagte Frau Hedwig Rathmann in der festgestellten Art und Weise getötet hat. Die Beweisaufnahme hat zweifelsfrei ergeben, dass sich der Angeklagte am Tattage in der Wohnung des Ehepaares Rathmann aufgehalten hat. Darüber hinaus ist die Kammer überzeugt davon, dass der Angeklagte während seiner Anwesenheit in der Wohnung Frau Rathmann getötet hat.«

In Bezug auf die Spurensituation führte der Vorsitzende weiter aus: »Die Kammer hat diesen Schluss insbesondere aufgrund der von KOK Weimann kurz nach der Entdeckung der Getöteten in der Küche vorgefundenen und in der Hauptverhandlung beschriebenen ›Müllsituation‹ (konsequente Mülltrennung) mit der erforderlichen Sicherheit ziehen können.«

Das Motiv der Tat nahm in der Urteilsbegründung einen breiten Raum ein. So hieß es im Urteil unter anderem:

»Die Kammer sah in dem Wunsch des Angeklagten, das in der Wohnung befindliche Geld unter allen Umständen an sich zu bringen, das Mordmotiv. Die Kammer konnte jedoch mit den zur Verfügung stehenden Beweismitteln nicht klären, ob sich der Angeklagte durch die Tötung erst in den Besitz des Geldes bringen oder sich den bereits erlangten Gewahrsam erhalten wollte.«

Schließlich schied auch nach dem insgesamt überzeugenden Gutachten des medizinischen Sachverständigen Prof. Dr. Schirmer, der die Obduktion der Getöteten durchgeführt hat, eine sexuelle Tatmotivation völlig aus.

Entlastungsfaktoren konnte das Gericht zugunsten des Angeklagten nicht feststellen. Er hatte auch noch vor Gericht hartnäckig die Tat abgestritten, obwohl er durch die Sachbeweise als Täter eindeutig überführt worden war. An seiner vollen Schuldfähigkeit bestand für die Richter ebenfalls keinerlei Zweifel. Obwohl er bisher noch nicht zu einer Freiheitsstrafe verurteilt worden war, sah das Gericht keine andere Möglichkeit, als für einen Mord aus Habgier eine lebenslange Freiheitsstrafe zu verhängen.

Nachzutragen bleibt noch, dass in diesem Fall allein der Polizeihauptkasse Kosten für Zeugen- und Dolmetschergebühren sowie für die Erstellung diverser Gutachten in Höhe von 25.998,69 DM entstanden sind.

Vater, was hast du mir nur angetan?

Bei der Kriminalpolizei im Norden Berlins häuften sich seit Dezember 1968 Anzeigen von empörten Frauen, die von einem offenbar psychisch gestörten Täter am Telefon belästigt wurden. Der Unbekannte stellte jedes Mal die gleiche Frage: »Willst du mit Scheiße beschmiert werden?«

Bereits nach kurzer Zeit lagen 80 Anzeigen in der Kriminalinspektion Reinickendorf vor.

Kriminalhauptkommissar Günter Freiberg, Leiter des 3. Kommissariats, hatte bereits nach der fünften Anzeige reagiert und eine Arbeitsgruppe von drei Beamten gebildet, die sich ausschließlich mit diesen Fällen zu befassen hatten. Eine kurze telefonische Rücksprache mit dem Gerichtsmediziner Prof. Dr. Brosius hatte ihm die Richtigkeit seiner getroffenen Entscheidung bestätigt. Der Gerichtsarzt war überzeugt davon, dass der offensichtlich an einer Sexualneurose leidende Täter mit ziemlicher Sicherheit seine Anrufe weiter fortführen würde.

Die Anzeigen gingen in immer kürzeren Abständen ein. So blieb es auch nicht aus, dass die Presse Wind von der Sache bekam und in größerer Aufmachung über die Straftatenserie berichtete.

Die Ermittlungen gestalteten sich sehr schwierig. Der Täter schien intelligent und in der Lage zu sein, seine Taten bewusst zu steuern. Dabei ging er äußerst sorgsam zu Werke. Nie wurde eine Frau das zweite Mal belästigt und nie ließ er sich auf irgendein Gespräch ein. In einem Falle hatte er, sicherlich ein Zufall, eine Psychologin angerufen. Als diese ihn geschickt in eine Unterhaltung verwickeln wollte, um verwertbare Einzelheiten aus seinem Lebensumfeld zu erhalten, legte er bereits nach einigen Sätzen wortlos den Hörer auf.

Die Herstellung eines Rasters war den Beamten nicht möglich. Es gab nur in einem einzigen Punkt eine Übereinstimmung, und zwar in der immer wieder gleichgestellten Frage: »Willst du mit Scheiße beschmiert werden?«

Die Opfer waren zwar ausnahmslos Frauen, aber unterschiedlichen Alters von 19 bis 71 Jahren. Die Tatzeiten ließen keine Häufung erkennen und waren beinahe gleichmäßig auf die verschiedenen Wochentage verteilt. Die Uhrzeiten lagen zwischen 8 und 21 Uhr. Die Opfer übten die verschiedensten Berufe aus und unterhielten keinerlei Beziehungen zueinander. Der Täter musste sich demnach ihre Nummern wahllos aus dem Telefonbuch herausgesucht haben.

Sorge bereitete Freiberg die düstere Prognose des Arztes, der behauptet hatte, dass mit der Zeit die Taten an Aggressivität zunehmen und sich möglicherweise auch körperliche Angriffe jedweder Art gegen Personen und Sachen richten könnten. Trotz der massiven Berichterstattung in den Zeitungen war bisher kein einziger konkreter Hinweis auf einen Tatverdächtigen eingegangen.

Und die Prognose von Prof. Brosius traf eher ein, als alle vermuteten. An einem tristen Dezembertag, kurz vor Weihnachten 1968, brannte in Tegel in einem Hausflur in der Gorkistraße ein abgestellter Kinderwagen. Was zunächst wie ein übler Scherz von Jugendlichen aussah, stellte sich alsbald als der Anfang einer Serie heraus, für die offenbar der gleiche Täter verantwortlich war. Der Brand wurde von Hausbewohnern schnell gelöscht und richtete keinen größeren Schaden an, wenn man mal von dem zerstörten Kinderwagen absah. Allerdings stellte der Hausmeister beim Entsorgen der Reste erschrocken fest, dass das ganze Fahrgestell mit Kot beschmiert war. Die Anzeige wegen Sachbeschädigung mit dem kleinen Hinweis auf Kotbeschmutzung flatterte Hauptkommissar Freiberg eher zufällig auf den Tisch. Ein aufmerksamer Streifenbeamter konnte sich an das Rundschreiben der Kripo an alle Dienststellen erinnern, in dem von einem Anrufer die Rede war, der per Telefon Frauen belästigte und ihnen mit Kotbeschmierung drohte. Nun ging es Schlag auf Schlag.

Parallel zu den Anrufen bis in den Februar 1970 hinein beschmierte der Täter zahllose Haus- und Autotüren mit Kot und setzte in 50 Fällen in Hausfluren und Hinterhöfen Kinderwagen in Brand. Gelang ihm die Brandstiftung nicht, beschmierte er sie ersatzweise ebenfalls mit Kot.

Hauptkommissar Freiberg vergrößerte die AG auf vier Beamte unter Führung des erfahrenen Kriminalhauptmeisters Ralf Sawitzki, der bereits seit über 25 Jahren im 3. Kommissariat seinen Dienst versah und die Bezirke Reinickendorf und Wedding wie seine Westentasche kannte. Längst hatte der Täter sein Betätigungsfeld über die Grenzen dieser Bezirke hinaus bis nach Charlottenburg ausgedehnt.

Am 24. August 1969 war die 35-jährige Hausfrau Lydia Lukaschek gegen 19 Uhr damit beschäftigt, in der Küche ihrer Dreizimmerwohnung, in der Amsterdamer Str. 8 in Wedding, das Abendessen vorzubereiten. Sie erwartete ihren Mann und ihren Sohn, die beide jede Minute von einer Radtour zurückkehren mussten. Die Küche lag nur einige Meter von der Wohnungseingangstür entfernt. Sie war allein in der Wohnung, und auch nur deshalb hörte sie das leise Klappern des Briefschlitzes an der Tür. Neugierig geworden, wer ihr in dieser Zeit noch eine Nachricht bringen könnte, betrat sie den Flur und zuckte erschreckt zusammen. Auf dem Läufer im Flur lag eine brennende Zeitung. Es roch nach Benzin. Einen Augenblick lang war sie starr vor Schreck, doch dann fasste sie sich, lief ins Badezimmer und kam mit einer Schüssel voll Wasser zurück und löschte den Brand. Außer einem Loch in ihrem Läufer und einem angekokelten Dielenbrett war kein Schaden entstanden. Nur am Rande vernahm sie Geräusche auf der Treppe und erinnerte sich später bei der

Befragung der Polizei daran, dass es Schritte gewesen sein müssen und jemand schnell hinuntergelaufen war.

Nachdem die Funkstreife Frau Lukascheks Wohnung wieder verlassen hatte, klingelte nach etwa einer Viertelstunde das Telefon. Am anderen Ende war eine ihr unbekannte Männerstimme, die lachend fragte:»Na, hat es schön gebrannt? Willst du mal mit Scheiße beschmiert werden?«, und, ohne eine Antwort abzuwarten, den Hörer auflegte.

Hauptkommissar Freibergs Sorgenfalten wurden immer tiefer. Jetzt hatte der nach wie vor unbekannte Täter seine Aggressionen erheblich verstärkt und, um seine abartigen Gelüste zu befriedigen, in Kauf genommen, dass ein Wohnhaus in Brand geriet. Er wollte sich gar nicht vorstellen, was passiert wäre, wenn Frau Lukaschek nicht in ihrer Wohnung gewesen wäre. Eigentlich musste er den Vorgang an das Branddezernat abgeben, denn vom Tatbestand her war es eine versuchte schwere Brandstiftung und demnach ein Verbrechen. Aber nach Rücksprache mit dem dortigen Kommissariatsleiter, dem er klarmachen konnte, dass diese Tat nahtlos in seine Serie passte, überließ dieser ihm die weitere Bearbeitung. Nun wurde es endgültig ernst, wobei Freiberg das Lachen schon längst verloren hatte. Er bekam von seinem Vorgesetzten, dem Inspektionsleiter, kräftig Druck. Aber das würde er schon aushalten. Viel größere Sorge bereitete ihm der immer unberechenbarer werdende Täter. Was würde er als Nächstes tun? Eine Frau oder ein kleines Mädchen überfallen? Alles war möglich.

Am folgenden Tag setzte er mit der AG eine Besprechung an. Sawitzki und seine Kollegen hatten in Freibergs Zimmer Platz genommen. Sie wussten, dass ihr Chef ganz schön unter Druck stand, und erwarteten gelassen, dass er einen Teil davon an sie weitergeben würde. Er hielt sich auch nicht lange bei der Vorrede auf.

»Ich will nicht wie die Katze um den heißen Brei herumreden. Ihr kennt mich, ich handle lieber, als dass ich rede. Aber wir müssen unsere Strategie neu überdenken. Ihr wisst ja, was gestern geschehen ist. Der Mann ist in der Tat brandgefährlich, weil er offenbar immer unkontrollierter handelt. Der ist eine tickende Zeitbombe. Prof. Brosius meinte, es sei nicht auszuschließen, dass er seine Attacken auch gegen Personen richten könnte. Womöglich überfällt er irgendwo irgendeine Frau und wir sind dagegen buchstäblich machtlos. Er agiert und wir reagieren. Ich möchte diese Erkenntnis ins Gegenteil umdrehen. Ist das klar?«, fragte Freiberg und blickte seine Männer der Reihe nach an.

Sie sahen betreten zu Boden, nur Sawitzki protestierte.

»Günter, wir tun alles, was in unserer Macht steht. Wir waren schon kurz nach Dienstanfang am Tatort und haben alle möglichen Leute befragt. Niemand hat aber eine verdächtige Beobachtung gemacht. Die Spurensuche am Briefkastenschlitz war zwar erfolgreich, aber der Fingerabdruck stammt von Frau Lukaschek selber. Ansonsten Fehlanzeige. Der Rest der Zeitung ist beim Erkennungsdienst. Vielleicht können die an den Resten noch etwas Brauchbares finden. Ich habe mir eben noch einmal den Stadtplan angesehen. Alle Tatorte haben wir mit verschiedenen Nadeln markiert. Es ergibt sich kein Schwerpunkt, wo wir durch verstärkte Streifentätigkeit in Zivil ansetzen könnten. Die Tatorte sind alle viel zu weit verstreut. Ich hatte auch schon daran gedacht, vielleicht die Bereitschaftspolizei einzusetzen. Die haben genug Leute und könnten im Rahmen der Ausbildung in Zivil Streife laufen. Bloß wen sollen sie suchen? Jeder könnte der Täter sein. Wir haben nicht einen einzigen brauchbaren Hinweis, nicht eine einzige verwertbare Personenbeschreibung. Wir wissen nicht einmal, ob es sich um einen jüngeren oder älteren Mann handelt. Im Prinzip wissen wir gar nichts. Das ist mehr als deprimierend.«

»Leute, so war das nicht von mir gemeint«, entgegnete Freiberg versöhnlich.

»Ich mache euch doch keine Vorwürfe. Ich weiß, dass ihr bisher gute Arbeit geleistet habt. Aber langsam werde ich nervös und die in den höheren Etagen erst recht, weil sich eben nichts tut, wie die Herren meinen. Die können einfach nicht begreifen, dass wir noch keine einzige Spur vom Täter haben. Es liegt etwas in der Luft. Ich spüre es. Ewig kann er seine gemeinen Spielchen nicht spielen. Irgendwann wird er einen Fehler machen und dann jagen wir ihn. Uns sind im Augenblick noch die Hände gebunden, aber ich bin guter Hoffnung, dass sich das schon bald ändern wird.«

Seine Hoffnung erfüllte sich leider auf bizarre Art und Weise und nicht so, wie er es sich vorgestellt hatte. Schon wenige Tage später beging der Täter die von Hauptkommissar Freiberg befürchtete und von Prof. Brosius vorausgesagte Tat, bei der er erstmals eine Frau körperlich attackierte.

Am 10. September 1969 befand sich die 40-jährige Büroangestellte Monika Krukowski auf dem Weg nach Hause. Es war gegen 19.45 Uhr, als sie aus der Buddestraße kommend in die Gorkistraße in Berlin-Tegel einbog. Nur wenige Menschen begegneten ihr in der zu Öffnungszeiten stark frequentierten Geschäftsstraße. Sie nahm die einzelnen Personen auch gar nicht bewusst war, denn ihre Gedanken galten ihrem Vater, der vor einigen Wochen einen leichten Schlaganfall erlitten hatte und seitdem das Haus nicht mehr verlassen konnte. Sie hatte ihm Essen zubereitet und ihm aus der Zeitung vorgelesen. Nun musste sie sich aber beeilen, weil sie noch vor ihrem aus der Tagesschicht heimkehrenden Mann zu Hause sein wollte. Deshalb fiel ihr auch nicht der schlanke, mittelgroße und mit einem grauen Trenchcoat bekleidete Mann auf, der ihr schon seit geraumer Zeit in einem Abstand von ungefähr fünf bis sechs Metern folgte. Sie fuhr plötzlich zusammen, als sie unmittelbar hinter sich ein leichtes Stöhnen wahrnahm und spürte, dass jemand direkt hinter ihr war. Sie war gerade im Begriff sich umzudrehen, als der Mann in die Innentasche seines Mantels griff und eine durchsichtige Plastiktüte herausholte. Wortlos holte er aus und klatschte der erschreckten Frau den mit dunklem Inhalt gefüllten Beutel mitten ins Gesicht. Vor Schreck schrie die Frau gellend auf, während sich der Unbekannte schweigend umdrehte und mit schnellen Schritten in der Dunkelheit verschwand. Der Beutel war beim Aufprallen auf das Pflaster aufgeplatzt, und ein übler Geruch drang sofort aus der offenen Stelle hervor. Es war menschlicher Kot, wie die Analyse der PTU wenig später ergab. Das Opfer brauchte geraume Zeit, ehe es sich wieder einigermaßen beruhigt hatte. Zum Glück hatte es nichts von dem Kot im Gesicht abbekommen. Allerdings musste es sich wegen des andauernden Ekelgefühls mehrmals erbrechen. Von der von Passanten alarmierten Funkstreife wurde die verstörte Frau zu ihrer Wohnung gebracht und dem besorgten Ehemann, der inzwischen heimgekehrt war und sich bereits Gedanken über das Ausbleiben seiner Frau gemacht hatte, übergeben.

Hauptkommissar Freiberg saß mit seiner Familie beim Abendbrot, als das Telefon klingelte. Es meldete sich ein Streifenbeamter des für die Gorkistraße zuständigen Polizeireviers und verwies auf das von Freiberg unterzeichnete Ersuchen, bei »Kotattacken gleich welcher Art« sofort informiert zu werden. Freiberg trommelte unverzüglich seine Arbeitsgruppe zusammen und eine halbe Stunde später traf man sich auf der Dienststelle. Der Vorgang lag inzwischen fertig vor ihm auf dem Tisch. Der Anzeigende, ein gehbehinderter Rentner, war durch das Schreien des Opfers auf den Vorfall aufmerksam geworden, der sich auf der gegenüberliegenden Seite in einiger Entfernung abgespielt hatte. Nun hatte man einen ersten Zeugen, der den Täter als »eher schmächtig, klein und mit einem hellen Mantel bekleidet« beschrieb. Ein Wiedererkennen schloss er von vornherein aus. Zwei Beamte der AG schickte Freiberg zum Tatort. Vielleicht hatte jemand aus dem Fenster geschaut und den Vorfall beobachtet. Mit Ralf Sawitzki suchte er die Wohnung des Opfers auf.

Frau Krukowski hatte inzwischen geduscht und auf Anraten ihres Mannes einen Schnaps getrunken. Sie hatte sich wieder gefasst und beantwortete ruhig die Fragen der beiden Beamten. Nein, sie habe nicht das Gesicht des Mannes, aber seine Hände gesehen. Der Daumen der rechten Hand des Täters sei mit einem frischen Verband umwickelt gewesen, und er habe einen schmalen Ehering getragen. Die Hand sei eher klein gewesen und habe der eines Jugendlichen geähnelt. Das Alter gab sie mit 25 Jahren, eher aber etwas älter, an. Freiberg war enttäuscht. Das war nicht viel für den Anfang, aber besser als gar nichts, tröstete er sich selbst.

Körperlichen Schaden hatte Frau Krukowski nicht davongetragen, wenn man mal von dem noch immer vorhandenen Ekelgefühl absah. Freiberg merkte ihr an, dass sie auch jetzt noch, zwei Stunden nach der Tat, damit kämpfen musste. Natürlich stellte sie Strafantrag wegen Körperverletzung und Beleidigung.

Auf der Dienststelle besprachen Freiberg und die Beamten der AG die ersten Ergebnisse. Viel war nicht zu berichten. Kein weiterer Zeuge hatte sich gemeldet und außer dem stinkenden Kothaufen hatte der Täter keine weiteren Spuren hinterlassen. Die Presse nahm den Fall zum Anlass provokativ zu fragen, ob denn der Fall in den richtigen Händen läge und ob es nicht besser wäre, das Landeskriminalamt in die Ermittlungen mit einzuschalten. Freiberg sah sich vielen Fragen ausgesetzt und konnte doch nur wenige befriedigende Antworten geben. Aber sein Inspektionsleiter, Kriminalrat Eiserbeck, nahm ihn zur Seite und versicherte ihm, dass er sein vollstes Vertrauen genoss. Aber auch er wollte endlich Ergebnisse sehen und Freiberg konnte ihn in gewisser Weise auch verstehen.

Von nun an ging es Schlag auf Schlag. Bereits am nächsten Tag schlug der perverse Täter wieder zu. Diesmal in Wedding, direkt im Herzen des Berliner Arbeiterbezirkes.

Gegen 6.50 Uhr verließ die 22-jährige Katrin Vollmer ihr Wohnhaus in der Uferstraße. Sie war gerade einige hundert Meter gegangen und im Begriff, die »Sechserbrücke« zu überqueren, als sie von hinten brutal an der Schulter herumgerissen und zu Boden gestoßen wurde. Mit aller Kraft, zu der sie in dieser Schrecksekunde imstande war, umklammerte sie mit beiden Händen ihre Handtasche, weil sie überzeugt davon war, dass es sich um einen Überfall handelte und ihr der Täter die Handtasche rauben wollte. Dies hatte der Unbekannte natürlich nicht im Sinn. Ihm ging es vielmehr darum, sich an dem Erschrecken und dem Ekel der Frau zu ergötzen, wenn er ihr den Plastikbeutel, den er versteckt unter seiner Windjacke trug, ins Gesicht stülpen würde. Sein Vorhaben konnte er auch ohne Schwierigkeiten ausführen, denn sein Opfer war wie paralysiert. Ohne Gegenwehr gelang es ihm, der Frau den Kot, der sich in der Tüte befand, in ihr Gesicht zu schmieren. Dabei stöhnte er laut auf und stürzte anschließend unerkannt und schweigend davon.

Katrin Vollmer war wie von Sinnen, als sie den Kotgeruch in ihrer Nase realisierte. Sie schrie und erbrach sich augenblicklich, als ihr bewusst wurde, dass ihr ganzes Gesicht mit Kot beschmiert worden war. Sie riss sich ihre Strickjacke vom Körper und versuchte sich, so gut es ging, zu säubern. So schnell sie konnte, lief sie zurück und achtete deshalb auch nicht auf den Täter, der nach einigen hundert Metern stehen blieb und sie aufmerksam beobachtete. Wegen der frühen Tageszeit war die Straße menschenleer, und er hatte nichts zu befürchten. Erst als die Frau in ihrem nahe gelegenen Wohnhaus verschwand, drehte er sich gemächlich um und tauchte in einer der vielen Seitenstraßen unter.

Karin Vollmer duschte fast eine Stunde lang in der Hoffnung, dadurch den unerträglichen Schmutz und das ekelhafte Gefühl von sich abwaschen zu können. Erst dann rief sie die Polizei.

Natürlich war der Täter inzwischen über alle Berge und Zeugen konnten nicht mehr gefunden werden. Aber es gab eine erste Übereinstimmung. Frau Vollmers Beschreibung des Täters glich der des ersten Opfers. Leider hatte auch sie den Unbekannten nur von hinten gesehen, war aber überzeugt davon, dass er keinesfalls älter als 30 Jahre war. Beide Tatorte lagen zu weit auseinander, um daraus weitere Rückschlüsse ziehen zu können. Eins schien allerdings sicher zu sein: Der Täter musste im Norden der Stadt wohnen. Seine Taten offenbarten in erschreckender Weise eine schwere abnorme Störung seiner Sexualität. Fraglich war nur das Motiv. Entweder spielten sexuelle Befriedigung oder ein abgrundtiefer Hass auf Frauen die beherrschende Rolle. Längst reichte es ihm nicht mehr aus, die erschreckten Reaktionen der Frauen am Telefon zu erleben, jetzt wollte er sogar auch noch in ihre Gesichter sehen, um seinen abartigen Trieb befriedigen zu können. Bereits mit der zweiten Tat hatte der Täter gezeigt, dass er künftig bereit war, zur Durchsetzung seines Ziels auch Gewalt gegen seine Opfer anzuwenden. Es genügte ihm nicht mehr, den Frauen lediglich einen geschlossenen Beutel ins Gesicht zu werfen, nun attackierte er sie auch noch und schmierte ihnen – offenbar zur Steigerung seines perversen Lustgefühls – den Kot ins Gesicht. Was würde er als Nächstes tun?

Über einen Monat lang kam es zu keinen weiteren Angriffen. Freiberg und seine Männer atmeten auf und gaben sich der trügerischen Hoffnung hin, dass die Serie abgerissen war und der Täter aus unbekannten Gründen seine Tatausführungen aufgegeben hatte. Aber bereits nach knapp fünf Wochen wurden sie leider eines Besseren belehrt.

In den frühen Morgenstunden des 13. und 20. Oktobers kam es in Hermsdorf, im Bezirk Reinickendorf, und in Wedding erneut zu zwei »Kotattacken«. Einer der Frauen drückte der Täter vor ihrem Wohngrundstück eine volle

Plastiktüte ins Gesicht, während er der zweiten, einer bereits in den Morgenstunden angetrunkenen Frau, die nach einem Lokalbesuch noch auf einer Parkbank saß, Kot mit der Hand in ihr Gesicht schmierte.

Schon zwei Tage später fiel er gegen 6.30 Uhr über die 51-jährige Barbara Schultes im Treppenhaus ihres Wohnhauses, in der Antwerpener Str. 10 in Wedding, her, umklammerte sie von hinten, würgte sie und versuchte, ihr eine volle Plastiktüte ins Gesicht zu drücken. Die Frau wehrte sich jedoch so heftig, dass beide die Treppe hinunterstürzten, dabei die Tüte aufplatzte und ihr Gesicht und ihre Bekleidung mit Kot besudelt wurden. Sie erlitt bei dem Sturz erhebliche Prellungen und Stauchungen und wurde für mehrere Wochen krankgeschrieben. Auch der Täter musste sich verletzt haben, denn er verließ humpelnd das Haus und konnte unerkannt entkommen. Eine sofortige Absuche der Gegend durch mehrere Funkstreifen wurde bald darauf erfolglos abgebrochen. Die bisherigen Täterbeschreibungen wiesen deutliche Übereinstimmungen auf und unterschieden sich lediglich in der Bekleidungsbeschreibung. Bei einigen Taten trug der Täter einen grauen Trenchcoat, während er bei anderen mit einer hellen Windjacke bekleidet war. Keine der Frauen konnte bisher sein Gesicht beschreiben. Er blieb ein Phantom, das blitzschnell auftauchte und spurlos wieder in den Straßenschluchten der Stadt verschwand.

Seit der Tat im Treppenhaus wurde der Täter immer brutaler. Von nun an griff er seine Opfer ausschließlich von hinten an, umklammerte ihren Hals und schlug auch gelegentlich zu, wenn er nicht sofort zu seinem erwünschten Erfolg kam. Es reichte ihm nicht mehr aus, die Frauen zu beschmieren, nun fing er auch noch an, ihnen Kot in Mund, Nase und Augen zu drücken.

Bis zum 28. Januar 1970 hatte er bereits elf Frauen überfallen und mit Kot beworfen bzw. beschmiert. Die Tatorte lagen immer weiter auseinander und gingen nun auch über die Grenzen von Charlottenburg hinaus. Längst war er auch schon in Zehlendorf, im Süden der Stadt, in Tiergarten (Bezirk mit dem gleichen Namen wie der größte innerstädtische Park) und in Kreuzberg tätig und deshalb zu einem ernsten Problem der ganzen Stadt geworden. In Bezug auf die Tatzeit hatte sich eine gewisse Beharrlichkeit ergeben. Bis auf die erste und dritte Tat, die in den frühen Abendstunden stattfanden, waren alle anderen Taten zwischen 6 Uhr und 7 Uhr begangen worden. Hier konnten die Männer der AG ansetzen und entsprechende Zivileinsätze im großen Umfang planen und durchführen. Bis zu 200 Beamte waren über mehrere Wochen hinweg im Einsatz – jedoch bisher ohne greifbares Ergebnis. Die Kriminalpolizei schien am Ende ihres Lateins angekommen zu sein. Mittlerweile war Freibergs AG auf sechs Beamte angewachsen und die Ermittlungsakten umfassten nun schon etwa tausend Seiten.

Die Abstände zwischen den einzelnen Taten wurden immer kürzer. In der Zeit vom 30. Januar 1970 bis zum 26. Februar 1970 verübte er sieben Taten, wobei er offenbar wahllos seine Opfer ausgesucht hatte. Ihm kam es jetzt immer mehr darauf an, den Frauen den Kot unter allen Umständen in Mund, Nase, Augen und Ohren zu drücken. Mehrmals folgte er seinen Opfern ins Haus und überfiel sie entweder auf der Treppe oder im Kellerbereich. Ein Widerstand leistendes Opfer schlug er so heftig mit dem Kopf gegen die Wand, dass es schwere Kopfprellungen erlitt und längere Zeit krankgeschrieben werden musste. Viele Frauen litten noch lange nach der Tat unter panikartigen Angstzuständen und mussten die Hilfe eines Psychologen über mehrere Monate in Anspruch nehmen.

Am 2. März 1970 überfiel der Täter gegen 6.45 Uhr auf der Verbindungsbrücke Sickingenstraße in Tiergarten die 33-jährige Büroangestellte Angelika Schröder, die auf dem

Weg zu ihrer Arbeitsstelle war. Er schlich sich von hinten an die ahnungslose Frau heran und quetschte ihr einen offenen Beutel mit Kot ins Gesicht. Sie drehte sich voller Schrecken um und schrie laut um Hilfe und sah dabei dem Täter ins Gesicht. Der wollte sie am Schreien hindern, griff nach ihrem Mantelkragen und drängte sie massiv gegen das Brückengeländer. Es kam zu einem heftigen Kampf. Sie wehrte sich mit aller Kraft und es gelang ihr schließlich, ein Rohr zu ergreifen und sich daran festzuklammern. Der Täter ließ von ihr ab, flüchtete in die Sickingenstraße und entkam. Später berichtete sie der alarmierten Polizei, sie hätte das Gefühl gehabt, dass der Täter sie von der Brücke hinunterstoßen wollte. Damit hatte seine Aggressivität eine neue Dimension erreicht.

Freiberg befragte selbst das noch immer wie unter Schock stehende Opfer. Endlich bekam er eine brauchbare Personenbeschreibung. Die Frau hatte dem Täter während des Kampfes ins Gesicht gesehen und konnte ihn detailliert beschreiben. Sie würde ihn auch bei einer Gegenüberstellung oder auf einer Lichtbildvorlage wiedererkennen. Freiberg fiel ein Stein vom Herzen, denn nun konnte er endlich agieren. Diese Spur hatte er so dringend gebraucht. Noch am selben Tage fuhren Sawitzki und Erler mit Angelika Schröder zum Erkennungsdienst, damit sie Einblick in die Täterlichtbildkartei nehmen konnte. Aber die Enttäuschung war nach knapp zwei Stunden riesengroß, denn Frau Schröder hatte den Täter unter den ihr vorgelegten Bildern nicht erkannt. Nun standen sie wieder am Anfang ihrer Ermittlungen. Sawitzki fluchte vor sich hin, als er zum Telefon griff, um seinem Chef vom negativen Verlauf der Einsichtnahme zu berichten.

»Ralf, geht doch mit der Zeugin zur Zeichenstelle und lasst eine Phantomzeichnung anfertigen. Die Zeichnung werden wir an die Presse und das Fernsehen weitergeben. Nun wirf mal nicht gleich die Flinte ins Korn. Irgendjemand wird ihn schon erkennen oder uns wenigstens einen Hinweis auf einen ähnlich aussehenden Mann geben«, tröstete Freiberg seinen engsten Mitarbeiter.

Freiberg hatte wieder einmal recht behalten. Es meldeten sich bereits am nächsten Morgen mehrere Personen, die glaubten, in dem abgebildeten Täter einen Bekannten oder einen Arbeitskollegen erkannt zu haben. Gegen 12.30 Uhr rief ein junger Mann an und erklärte, dass er den Unbekannten identifizieren könne. Es sollte sich dem Vernehmen nach um seinen Meister handeln, der mit ihm gemeinsam in einer Installationsfirma arbeitete. Der Hinweisgeber erschien dann auch sogleich auf der Dienststelle und wurde vernommen. In seiner Vernehmung bestätigte er seine zuvor gemachte Aussage. Es sollte sich um den 30-jährigen Elektromeister Johann Kehlbaum, wohnhaft in der Schluchseestraße 85 im Bezirk Tegel, handeln. Eine Überprüfung auf der polizeilichen Meldestelle seines zuständigen Reviers bestätigte diese Angaben.

Sawitzki griff zum Telefon und ließ sich mit der kriminalpolizeilichen Aktenhaltung verbinden. Doch wie sich herausstellte, lag von Kehlbaum keine Akte vor. Er war demnach kriminalpolizeilich noch nicht in Erscheinung getreten. Also war es auch kein Wunder, dass ihn das Opfer in der Kartei nicht hatte finden können. Er fuhr selber zur Meldestelle des Polizeireviers und holte sich den Ausweisantrag von Kehlbaum ab. Dann stellte er mit fünf anderen Fotos eine Lichtbildvorlage zusammen, die er eine Stunde später der zur Dienststelle eilig herbeigeholten Angelika Schröder vorlegte. Sie tippte sofort auf das Foto von Kehlbaum. Ihr Blick war voller Abscheu und Ekel, aber sie sagte mit fester Stimme:

»Ja, das ist der Mann, der mir den Kotbeutel ins Gesicht gedrückt hat. Ich bin mir hundertprozentig sicher.«

Sawitzki rannte sofort hocherfreut mit dem Ergebnis in Freibergs Zimmer. »Günter, wir haben ihn! Wir haben ihn endlich, diesen verdammten Schurken! Man bin ich froh.«

Er war so begeistert, dass er Freiberg heftig auf die Schulter schlug und dieser dabei leicht in den Knien einknickte. Freiberg drohte ihm symbolisch mit dem Finger.

»Ralf, das habt ihr prima gemacht«, erwiderte er anerkennend.

»Na, dann wollen wir uns diesen Burschen einmal näher ansehen. Sind Erler und Steinbach im Hause?«

»Ja, die schreiben ein paar Berichte.«

»Gut, dann gehe zu ihnen rüber und sage ihnen, dass wir vier zu Kehlbaum fahren, um ihn festzunehmen und um seine Wohnung zu durchsuchen. Aber besorge zwei Dienstwagen. Alles klar?«

Sawitzki nickte und stürzte voller Elan aus dem Zimmer. Während er die Festnahmeaktion vorbereitete, informierte Freiberg Kriminalrat Lothar Eiserbeck. Ein zufriedenes Lächeln überzog dessen Gesicht, als er die frohe Botschaft hörte.

»Mensch Günter, das wurde aber auch langsam Zeit. Ich hatte schon längst die Hoffnung aufgegeben, wenn ich ganz ehrlich bin. Ich freue mich vor allem für die Frauen und natürlich auch für euch, dass dieser Unhold identifiziert werden konnte. Das war eine lange Zeit. Wann begann eigentlich die Serie? Das muss doch schon länger als ein Jahr dauern oder irre ich mich?«

»Nein Lothar, es ist sogar noch länger her, nämlich etwa 15 Monate. Der erste Anruf des Täters erfolgte am 6. Dezember 1968 und dann ging es Schlag auf Schlag. Die Zahlen habe ich alle längst im Kopf. Es waren genau 80 Anrufe, 50 Mal wurden Kinderwagen in Brand gesetzt, Auto- oder Haustüren beschmiert, mehrere versuchte Brandstiftungen verübt und in 18 Fällen wurden Frauen drangsaliert. Da kommt eine Menge zusammen. Jetzt gilt es aber erst einmal, Kehlbaum festzunehmen und ihm die Taten nachzuweisen. Das wird ein hartes Stück Arbeit werden. Aber glaube mir, die Jungs sind jetzt alle doppelt motiviert. Um eins möchte ich dich noch bitten, behalte diese Information so lange zurück, bis wir Kehlbaum dingfest gemacht haben.«

»Ich verstehe, na du wirst mir ja per Funk mitteilen, ob ihr Erfolg hattet.«

Ein paar Minuten später verließen zwei Dienstwagen die Kriminalinspektion. Um 18 Uhr erreichten Freiberg und seine Männer das Haus in der Schluchseestr. 55, in dem Johann Kehlbaum mit seiner Ehefrau Gisela wohnte. Da die Wohnung im zweiten Stockwerk lag und nicht davon auszugehen war, dass Kehlbaum aus dem Fenster springen würde, um notfalls der Festnahme zu entgehen, war eine äußere Absperrung nicht erforderlich.

Kehlbaum öffnete selber die Wohnungstür und prallte erschreckt zurück, als er vier Männern gegenüberstand und einer von ihnen ihm eine kupferfarbene Marke vorhielt. Er wusste im gleichen Moment, dass es sich um die Kripo handelte, die gekommen war, um ihn festzunehmen. Nach dem ersten Schreck wusste er, es war aus und vorbei. Aber irgendwie spürte er auch augenblicklich eine große Erleichterung. Einer der Männer sagte zu ihm:

»Freiberg, Kriminalpolizei, sind Sie Johann Kehlbaum?«

»Ja, kommen Sie herein, ich habe Sie schon erwartet.«

»Dann nehme ich Sie hiermit vorläufig fest wegen des dringenden Verdachts der versuchten Brandstiftung, Beleidigung, Körperverletzung und Sachbeschädigung. Sind Sie allein hier in der Wohnung?«

Kehlbaum nickte.

»Meine Frau ist zur Nachtschicht. Sie können sie ja von meiner Festnahme benachrichtigen.«

Er nannte eine Firmenanschrift, die sich Sawitzki aufschrieb. Dann wurde Kehlbaum durchsucht, und ihm wurden Handschellen angelegt. Als er protestieren wollte, sagte Sawitzki zu ihm:

»Nur für alle Fälle, wir wollen doch nicht, dass Sie auf dumme Gedanken kommen.«

Dann begann eine gründliche Durchsuchung der Wohnung. In einem Werkzeugschrank im Flur fand Erler 21 offensichtlich neuwertige durchsichtige Plastiktüten (etwa von der Größe der heutigen Gefrierbeutel). Genau solche Tüten, allerdings mit unappetitlichem Inhalt, waren an den Tatorten zurückgeblieben. Steinbach fand in einem kleinen Sekretär, unter mehreren Schreibblöcken, einen DIN-A4-Briefumschlag, in dem sich eine ganze Reihe von Zeitungsberichten über den unheimlichen Kotwerfer befanden. Sawitzki kam mit einer beigefarbenen Windjacke und einem grauen Trenchcoat aus dem Schlafzimmer zurück.

Während der Durchsuchung hatten Kehlbaum und Freiberg am Wohnzimmertisch Platz genommen und Freiberg versuchte, einen ersten Kontakt zu ihm herzustellen. Als die Beamten ihn mit den Beweismitteln konfrontierten, wurde Kehlbaum aschfahl im Gesicht und wandte sich ab. Freiberg gab ihm einen Moment Zeit, dann fragte er ihn:

»Herr Kehlbaum, wollen Sie etwas zu den Vorwürfen sagen? Sie wissen, Sie müssen keine Angaben zur Sache machen. Sie können auch jederzeit einen Anwalt befragen.«

Kehlbaum schüttelte den Kopf.

»Ich sage erst einmal gar nichts. Fragen Sie mich nicht weiter.«

Auf der Dienststelle nahm ihn sich Freiberg vor und machte ihm nachdrücklich seine ausweglose Lage klar, in der er sich befand.

Aber Kehlbaum stellte sich stur und leugnete, auch nur einen einzigen Anruf – geschweige denn eine einzige Frau – überfallen zu haben. Langsam wurde es Freiberg zu dumm. Gut, dachte er sich, dann müssen wir eben andere Saiten aufziehen.

»Hören Sie zu, Herr Kehlbaum«, sagte er und seine Stimme hatte an Schärfe zugenommen, »wir werden jetzt das Opfer von gestern hierher holen und Ihnen gegenüberstellen. Die Frau hat Sie genau beschrieben. Was glauben Sie denn, warum wir so schnell auf Sie gestoßen sind? Sie wurden anhand des veröffentlichten Fahndungsfotos wiedererkannt. Hier, sehen Sie.«

Freiberg legte ihm die Phantomzeichnung vor. Kehlbaum schien beeindruckt.

»Und wenn Ihnen das noch nicht reichen sollte«, fuhr Freiberg fort, »werden wir Sie auch noch den anderen Frauen gegenüberstellen. Aber wir werden sowieso Ihre Jacke und Ihren Trenchcoat der PTU übergeben und sie auf Spuren überprüfen lassen. Bin sehr gespannt, was bei der Untersuchung herauskommt, wenn diese Spuren dann mit denen an der Bekleidung der Opfer verglichen werden. Auf der Innenseite Ihres Mantels sind einige braune Stellen. Nun raten Sie mal, was das sein könnte.«

Kehlbaum war viel zu intelligent, um nicht den Ernst der Lage zu erkennen, in der er sich jetzt befand. Es hatte keinen Sinn mehr. Die Beweislage war eindeutig. Sie würden ihm so oder so die Taten beweisen können. Es war aus. Er hatte verloren und das gestand er sich auch ein. Aber den Frauen wollte er nicht gegenübergestellt werden, das wäre zu peinlich geworden. Dazu war seine Scham zu groß.

»Es ist gut, Herr Freiberg, sparen Sie sich die Gegenüberstellung. Ich will es mir und vor allem den Frauen ersparen. Ich gebe die Taten zu. Fragen Sie mich nur, ich werde alle Fragen wahrheitsgemäß beantworten. Rufen Sie bitte meine Frau an, aber bringen Sie es ihr schonend bei. Sie hat von alledem keine Ahnung. Eins müssen Sie mir noch versprechen. Sagen Sie bloß nichts meinem Vater. Ich will das auf keinen Fall!«

Kehlbaum war jetzt sehr erregt, und Freiberg wunderte sich. Aber bald sollte er erfahren, warum Kehlbaum so hektisch reagiert hatte.

»Aber natürlich, Herr Kehlbaum, das geht soweit in Ordnung. Aber ob wir auf die Gegenüberstellungen verzichten können, entscheidet der Staatsanwalt. Es liegt also ganz bei

Ihnen. Wenn Sie alles rückhaltlos gestehen, wird es sicherlich nicht notwendig sein. Wir werden sehen. Herrn Sawitzki kennen Sie ja schon. Er wird Sie jetzt zu den Vorwürfen vernehmen. Wollen Sie vorher mit einem Anwalt sprechen?«

»Warum? Der kann mir jetzt auch nicht helfen. Ich weiß selbst, was ich jetzt zu sagen habe. Vielleicht später einmal.« Er machte eine kleine Pause und forderte erneut: »Und denken Sie daran, nichts meinem Vater zu sagen. Das wäre mir schon wichtig.«

»Warum sollte ich das tun? Sie sind doch erwachsen. Er wird es auf alle Fälle so oder so erfahren, wenn nicht von uns, dann aus der Presse. Das lässt sich leider nicht vermeiden, Herr Kehlbaum. Warum legen Sie denn so viel Wert darauf?«

Kehlbaum schüttelte resignierend den Kopf.

»Ach, Herr Freiberg, das würden Sie nicht verstehen. Da gibt es etwas …«

Er brach ab. Seine Augen füllten sich mit Tränen, wie Freiberg verwundert feststellte.

»Lassen wir es jetzt dabei. Sie haben recht, es wird sich nicht vermeiden lassen. Er muss dann eben damit leben.«

Und in der Tat, Kehlbaum war voll geständig. Er war ein intelligenter Mann mit einem ausgezeichneten Gedächtnis. Er konnte sich an fast alle Taten erinnern, ohne dass ihm Vorhalte gemacht werden mussten. Aber seine Aussagen offenbarten auch, dass die Motive seiner Taten ihren Ursprung in seiner Kindheit hatten und dass sein Vater in seinem bisherigen Leben eine überaus dominierende Rolle gespielt hatte.

Johann Kehlbaum wurde am 6. Juni 1941 geboren und wuchs als Einzelkind bei seinen Eltern auf. Sein Vater war ein selbständiger Installateurmeister, dessen Gewerbebetrieb sich auf dem eigenen Einfamilienhausgrundstück befand. 1947 wurde er eingeschult und ging dann später auf eine Oberschule technischen Zweiges, die er nach Abschluss der zehnten Klasse 1957 verließ. Seit frühster Jugend wurde er von seinem Vater überaus streng erzogen. Nichts konnte ihm der Junge recht machen und bei den geringsten Anlässen wurde er aufs heftigste gezüchtigt. Da ihm sein Vater verbot, mit Gleichaltrigen zu spielen, hatte er keine Freunde. Sein Vater scheute sich auch nicht, seinen Sohn – besonders wenn Fremde anwesend waren – entwürdigend zu behandeln. Obwohl sich Johann alle Mühe gab und es später sogar bis zum Elektromeister brachte, fand er bei seinem Vater nicht die Liebe und Anerkennung, die er sich so sehr wünschte. Bereits mit elf Jahren musste er im elterlichen Betrieb aushelfen oder den Garten pflegen. Johann war Linkshänder, was sein Vater nicht akzeptieren wollte und so zwang er ihn, die Arbeiten mit der rechten Hand zu erledigen. Dabei beaufsichtigte er ihn ständig und wenn sein Sohn dennoch die linke Hand benutze, wurde er ins Gesicht geschlagen. Seine Mutter, die ihn anfangs noch vor den Schlägen seines Vaters in Schutz genommen hatte und die er auch sehr liebte, resignierte im Laufe der Jahre, da sie oftmals selber, wenn sie sich vor ihren Sohn stellte, von ihrem jähzornigen Mann Schläge bekam. Schließlich duldete sie ohne jegliche Gegenwehr die brutalen Züchtigungen ihres Sohnes.

Aber all das erklärte noch nicht Kehlbaums abartige Vorliebe für menschlichen Kot und seine gewaltsamen Angriffe auf Frauen. Schlüsselerlebnis hierzu war sicherlich ein Ereignis, das er als Achtjähriger erlebte und an das er sich noch genau erinnern konnte.

Er hatte versehentlich beim Spielen auf dem Nachhauseweg von der Schule seine Schultasche in ein Gebüsch gestellt. Hierbei war Hundekot an die Mappe gekommen, was er aber nicht mitbekam. Als er dann die Mappe zu Hause auf den Tisch legte und die Tischdecke mit Kot beschmiert wurde, sei sein Vater ausgerastet und habe sein Gesicht zur Strafe in den Kot gedrückt. Das habe er auch sofort mit der Hauskatze getan und dabei behauptet, dass diese sich das sicherlich gemerkt habe. Kehlbaum erinnerte sich, dass er dabei Abscheu und Ekel, aber auch ein seltsames Gefühl der Erregung verspürt hatte. Bereits während der Volksschulzeit hatte er sich Lustgewinn dadurch verschafft, dass er sein Glied zwischen den Beinen rieb und gleichzeitig einen Finger in den After steckte. Diese Praktik behielt er etwa bis zum 14. Lebensjahr bei. In der Pubertät fing er an, während des Stuhlganges zu onanieren, wobei er den Kotaustritt aus dem After mit einem Spiegel beobachtete. Später begann er, Kot in Plastiktüten zu sammeln. Dabei stellte er sich in Gedanken vor, wie seine Musiklehrerin, für die er so sehr schwärmte – die aber sehr streng mit ihm war, weil er so schlecht singen konnte –, reagieren würde, wenn er ihr einen Plastikbeutel mit Kot an den Hals hängen würde.

Nach seiner Schulentlassung begann er eine Klempnerlehre, die er 1960 mit der Gesellenprüfung abschloss. Schon während der Lehrzeit musste er an den Wochenenden im Betrieb seines Vaters mitarbeiten. Als Geselle fand er eine Arbeit als Rohrleger in einem Installationsbetrieb in der Bielefelder Str. 14, in Wilmersdorf.

In diesem Betrieb war er bis zu seiner Festnahme als bauleitender Monteur tätig.

Im Alter von 19 Jahren versuchte er, in einem Kaufhaus Plastiktüten zu stehlen. Es kam zu einem Verfahren vor dem Jugendgericht, was mit einer Ermahnung und mehreren Stunden Sozialarbeit glimpflich für ihn ausging. Als sein Vater kurze Zeit später entdeckte, dass er Kot in Tüten unter seinem Bett gesammelt hatte, ging er mit ihm zu einem Arzt, der zu einer psychotherapeutischen Behandlung riet, welcher sich Johann von Februar 1961 bis Januar 1962 unterzog. Während der Behandlung trieb er intensiv Sport und lernte auch in einer Tanzstunde ein junges Mädchen kennen, mit dem er etwa drei Jahre zusammenblieb und mit dem es auch zu normalen intimen Kontakten kam. Während dieser Zeit ließ sein Drang, Kot zu sammeln, völlig nach. Aber diese Beziehung fand nicht die Zustimmung seines Vaters, so dass Johann die Beziehung schließlich 1964 im Alter von 23 Jahren aufgrund der ablehnenden Haltung seines Vaters beendete.

Kurz vor der Meisterprüfung lernte er im Oktober 1967 durch die Vermittlung seiner Mutter seine spätere Ehefrau kennen, mit der er, wie auch schon mit seiner ersten Freundin, normale sexuelle Kontakte hatte. Aber auch seine Ehefrau wurde von seinem überaus herrschsüchtigen Vater nicht akzeptiert und so kam es zu ständigen Streitigkeiten, bei denen Johann immer mehr versuchte, sich gegen seinen übermächtigen Vater durchzusetzen. So weigerte er sich schließlich, ein Buch weiterzuführen, in welches er Ausgaben, die über eine Mark lagen, einzutragen hatte und das von seinem Vater ständig kontrolliert wurde.

Im Frühjahr 1968 legte er endlich die Meisterprüfung ab, nachdem er zweimal zuvor gescheitert war, und zog aus dem elterlichen Haus aus. Danach wohnte er mit seiner Ehefrau bei deren Mutter zur Untermiete und zog mit ihr im Oktober 1970 in die Wohnung in der Schluchseestraße. Die Ehe war zunächst harmonisch, ehe erste Schatten auf das junge Glück fielen. Eines Tages steckte Johann während des Geschlechtsverkehrs einen Finger in den After seiner Frau und hielt ihn ihr dann unter die Nase. Dies verbat sie sich jedoch energisch für die Zukunft, woran sich auch Johann hielt. In der Folgezeit stellte er sich beim ehelichen Verkehr vor, wie es wäre, wenn er das Gesicht seiner Ehefrau mit Kot beschmieren würde. Diese Phantasien erregten ihn so stark, dass er bereits im Winter 1968 wieder anfing, seinen Kot in Plastiktüten zu sammeln.

Um sich von diesem immer stärker werdenden Drang zu befreien, begann er, wahllos Frauen per Telefon anzurufen, um sie zu erschrecken. Mit jedem Tag steigerte sich sein Verlangen mehr und er war kaum noch in der Lage, seine zunehmende Aggressivität willentlich zu steuern.

Seine Taten verübte er auf dem Weg zu seiner Arbeitsstätte. Meist suchte er zuvor einen Hausflur auf und kotete in einen mitgebrachten Beutel. Dann streifte er in den Straßen umher, bis er ein geeignetes Opfer entdeckte. Die zum Teil weit auseinanderliegenden Tatorte ergaben sich aus dem Umstand, dass er fast wöchentlich seine Baustellen wechseln musste.

Sawitzki und Freiberg waren erschüttert über den Lebenslauf Johann Kehlbaums, der offensichtlich zeitlebens seinem dominanten Vater hilflos ausgeliefert gewesen war. Letzterer hatte, wenn auch unwissentlich, einen nicht unwesentlichen Einfluss auf die sexuelle Fehlentwicklung seines Sohnes genommen.

Vor der 14. Großen Strafkammer des Landgerichts Berlin führte der als medizinischer Sachverständige benannte Prof. Dr. Brosius unter anderem aus:

»Der Angeklagte leidet an einer Sexualneurose mit sadistisch-masochistischer Neigung und verfügt zudem über eine biologische Abartigkeit in Form eines übergroßen Y-Chromosoms. Aus dieser hochgradigen Abnormität heraus folgt eine Geistesschwäche, so dass die Einsichtsfähigkeit des Angeklagten zur Tatzeit erheblich vermindert war.

Eine Unterbringung in einer Heil- oder Pflegeanstalt halte ich nicht für erforderlich. Ich bin überzeugt davon, dass der Angeklagte in der sozialtherapeutischen Abteilung der Strafanstalt psychotherapeutisch und chemotherapeutisch behandelt werden kann und nach Durchführung einer mehrjährigen Therapie die Erfolgsaussichten seiner Heilung günstig zu beurteilen sind und ein Rückfall nicht wahrscheinlich ist.«

Das Gericht stellte das Verfahren wegen Sachbeschädigungen und versuchter Brandstiftung ein und verurteilte Johann Kehlbaum am 6. Oktober 1970 wegen vorsätzlicher Körperverletzung in Tateinheit mit Beleidigung zu einer Gesamtfreiheitsstrafe von drei Jahren. Die Aussagen des Gutachters kamen Johann Kehlbaum bei der Strafzumessung zugute, weil das Gericht berücksichtigte, dass er die Straftaten im Zustand erheblich verminderter Zurechnungsfähigkeit gem. § 51 StGB begangen hatte.

Der letzte Tango

Am Abend des 4. Juli 1993 verabschiedete sich die attraktive 33-jährige Melanie Marquardt gegen 21.30 Uhr von ihrem Bekannten Ansgar Groß und verließ ihre Wohnung, Birkenstraße 3 in Berlin-Tiergarten, um zum Tanzen in das »Palais Madame« zu fahren. Es handelte sich dabei um eines der vielen Tanzetablissements in Berlin, in denen man schnell und unkompliziert Kontakte zum anderen Geschlecht knüpfen konnte. Es lag zentral in der Nürnberger Straße/Ecke Augsburger Straße und war nur wenige Minuten von der Gedächtniskirche und dem Kurfürstendamm entfernt.

Sie hatte es nicht weit bis zum U-Bahnhof und fuhr einige Stationen bis zum Wittenbergplatz. Von dort lief sie ein paar hundert Meter die Nürnberger Straße entlang und erreichte gegen 22 Uhr die Tanzbar.

Die Bar war an diesem warmen Sommerabend noch recht leer. Enttäuscht setzte sie sich an den Tresen und wurde herzlich von der Bardame, Janette Kowalski, begrüßt. Beide Frauen hatten sich durch die häufigen Besuche Melanies näher kennengelernt und sich im Laufe der Zeit einige sehr persönliche Dinge aus ihrem Leben erzählt. Melanie hatte nicht allzu viel Geld im Portemonnaie und bestellte sich deshalb neun Whisky-Cola auf einmal zum Sonderpreis von je 2 DM pro Drink, weil diese Regelung am Sonntag nur bis 23 Uhr Gültigkeit hatte. Die Getränke sollten ihr dann später, je nach Bedarf, gereicht werden.

Die junge Frau hatte sehr viel Sorgfalt auf ihre Frisur und ihre Kleidung gelegt. Sie trug rote Haare, in denen vorn Strähnen blond eingefärbt waren. Ihre schlanke und wohlgeformte Figur kam in dem schwarzen langen Rock aus Kunstleder, einem passenden schwarzen Oberteil und den roten hochhackigen Pumps gut zur Geltung. Um die Taille trug sie einen schwarzen Gürtel mit türkisfarbener Schnalle. Sie liebte diese häufigen Ausflüge in die »Glitzerwelt« und noch mehr die begehrlichen Blicke der Männer.

Nur langsam füllte sich die Tanzbar. Immer wieder ließ sie ihren Blick schweifen, aber keiner der Männer schien ihr zu gefallen. Kurz vor Mitternacht betrat ein großer, schlanker und gutaussehender Mann von etwa 45 Jahren die Bar. Er setzte sich zunächst an einen Tisch. Melanie war dessen Erscheinen nicht entgangen und betrachtete ihn wohlgefällig aus den Augenwinkeln. Wenig später suchte sie gezielt Blickkontakt zu ihm und begann mit ihm zu flirten. Es dauerte auch nicht allzu lange, bis sich der Fremde erhob und an die Bar trat. Natürlich gestattete sie ihm, neben ihr Platz zu nehmen und es entwickelte sich eine angeregte Unterhaltung, in deren Verlauf der Mann auch einige Drinks zu sich nahm. Nur zu gern ging sie mit ihm auf die Tanzfläche, als die Band einen Tango spielte. Er war ein guter Tänzer und sie gab sich ganz der Musik und seiner Führung hin. Eng umschlungen tanzten sie und sie spürte die aufkommende Erregung und wusste im gleichen Augenblick, dass das noch ein ganz amüsanter Abend werden würde …

Am 9. Juli meldete sich gegen 22 Uhr aufgeregt eine junge Frau per Telefon auf dem Polizeiabschnitt 33 in Berlin-Tiergarten und wollte ihre Freundin als vermisst melden. Polizeiobermeister Peters beruhigte zunächst die Anruferin und erfragte dann routiniert den Sachverhalt. Die junge Frau hieß Anne Kugler und war die Freundin von Melanie Marquardt, die seit dem 4. Juli, ohne sich seitdem bei ihr zu melden, spurlos aus ihrer Wohnung verschwunden war. Eine Verabredung mit ihr am Abend des 5. Juli zum Deutsch-Französischen Volksfest hatte Melanie nicht wahrgenommen. Eine Anzeige wollte sie auch deshalb erstatten, weil Melanies ehemaliger Freund immer wieder bei ihr angerufen und sich besorgt nach Melanie erkundigt hatte.

Der Beamte wurde erstmals stutzig, als Anne Kugler erwähnte, dass sie erfahren habe, dass Melanie am Abend des 4. Juli in das »Palais Madame« gegangen wäre. Dort sei sie zuletzt von der Garderobiere gesehen worden, als sie am frühen Morgen des 5. Juli in Begleitung eines Mannes die Tanzbar verließ, um mit ihm in das gegenüberliegende Lokal »Nürnberger Trichter« zu gehen. Angeblich wollte sie mit dem Mann nach Holland fahren.

Da der Verdacht bestand, dass die junge Frau Opfer einer Straftat geworden sein könnte, wurde von der Schutzpolizei sofort das örtlich zuständige Kriminalkommissariat eingeschaltet. Durch die Beamten konnte der Aufenthaltsort der jungen Frau jedoch nicht ermittelt werden. Daraufhin wurde der Vorgang an die zentrale Vermisstenstelle (Dir VB M II 4) abgegeben. Noch am 28. Juli glaubte Anne Kugler, dass ihre Freundin tatsächlich mit dem gerade kennengelernten Mann ins Ausland gereist war.

Die Kriminalbeamten der Spezialdienststelle befassten sich nun eingehend mit der Person der Vermissten und erfuhren bei ihren Ermittlungen, dass sie gern und oft tanzen ging und dabei manchmal auch zu viel Alkohol trank. So war zu erfahren, dass sie kurzfristigen Bekanntschaften mit Männern nicht abgeneigt war. Nach ihrer Scheidung lebte sie mit ihrem achtjährigen Sohn und zwei Katzen in einer kleinen und bescheiden eingerichteten Wohnung. Sie wurde arbeitslos und rutschte bald darauf in die Sozialhilfe ab. Das hielt sie jedoch nicht davon ab jede Mark, die sie übrig hatte, für Friseur, Kosmetik und Bekleidung auszugeben. Ihr leichtsinniger Lebenswandel blieb dem Jugendamt nicht allzu lange verborgen und so verlor sie schließlich das Sorgerecht für ihren Sohn, der in einem Heim untergebracht wurde. Ihre Freunde beschrieben sie als lebenshungrig und sie gestand ihnen gegenüber offen ein, dass sie sich nur noch amüsieren wolle und einem One-Night-Stand, sofern er sich nach dem Tanzen ergeben würde, nicht abgeneigt sei. Längerfristige Bekanntschaften lehnte sie aus Prinzip ab und daran war auch letztendlich ihr Verhältnis zu Ansgar Groß gescheitert, den sie vor rund zwei Jahren in eben diesem Etablissement kennengelernt hatte. Ihre einstmals intime Beziehung war inzwischen einer platonischen Freundschaft gewichen und er besuchte sie so oft es ging in ihrer Wohnung. Längst hatte er resignierend erkannt, dass er seine flatterhafte Freundin auf Dauer nicht länger hätte an sich binden können.

In Sachen »Geld verdienen« schien Melanie Marquardt völlig skrupellos zu sein. Und so wunderte es die Beamten nicht besonders, als sie erfuhren, dass sie sich nicht gescheut hatte, »anschaffen« zu gehen, wenn das Geld einmal zu knapp geworden war. Sie suchte sich dann aus der Zeitung einschlägige Annoncen heraus und ließ sich in entsprechenden Bars oder Privatclubs kurzfristig als Prostituierte anstellen.

Für die Beamten begannen die in solchen Fällen routinemäßigen Ermittlungen mit einem Fernschreiben an das Bundeskriminalamt und die Landeskriminalämter mit der Bitte um Mitfahndung. Daran schlossen sich Ermittlungen in Krankenhäusern, im sozialen Umfeld und im entsprechenden Milieu der Vermissten an. Aber alle Bemühungen, den Aufenthaltsort der lebenslustigen Frau zu ermitteln, schlugen fehl. Melanie Marquardt blieb, wie vom Erdboden verschluckt, spurlos verschwunden. Mit jedem Tag der Suche wuchs gleichzeitig die berechtigte Sorge, dass die junge Frau Opfer eines Verbrechens geworden sein könnte.

Am Vormittag des 8. August 1993 befand sich der Pilzsammler Herbert Sänger in einem Waldstück der Gemarkung Tietzow in Brandenburg, linksseitig der Bundesstraße 273, in Nähe der kleinen Ortschaft Börnicke, um seinem Hobby nachzugehen und Pilze zu suchen. Da die Schonung sehr dicht war, lief er gebückt durch das Unterholz. Er erstarrte vor Schreck, als er plötzlich unmittelbar vor sich in einer kleinen Kuhle eine halbverweste menschliche Leiche entdeckte. Nachdem er sich einigermaßen von seinem Schreck erholt hatte, alarmierte er die Polizei.

Die zuständige Kriminalpolizeidienststelle Nauen wurde in Kenntnis gesetzt, und schon knapp eine Stunde später erschienen die beiden Kriminalbeamten KM Krampitz und KOK Jagoda am bereits durch die Schutzpolizei abgesperrten Leichenfundort. Den beiden Beamten bot sich ein entsetzlicher Anblick. In einer etwa 1 Meter langen und zirka 10 Zentimeter tiefen ausgehobenen Mulde lag in Rückenlage eine völlig nackte, etwa 1,65 Meter große, weibliche Leiche. Infolge der Wärme und einer wahrscheinlich mehrwöchigen Liegezeit befand sie sich in einem fortgeschrittenen Zustand hochgradiger Verwesung mit bereits eingesetzter Teilmumifizierung und Skelettierung sowie weitgehend abgelaufenem Fäulnisstadium. Außerdem bestand ein weitgehender Weichteilverlust durch Maden- und Tierfraß. Die Halsweichteile, einschließlich Kehlkopf und Zungenbein, fehlten ganz. Die Knochen dagegen lagen vollständig vor. Aufgrund dieser Umstände war es den Beamten nicht möglich, Verletzungsspuren am Kopf, Hals oder Oberkörper festzustellen. Vereinzelt waren noch rötlich blonde, verfilzte Kopfhaare in kleinen Büscheln von etwa 10 Zentimeter Länge am fast skelettierten Schädel vorhanden. Im linken Ohr befand sich ein Ohrring, am linken Fuß in Höhe der Fessel eine Kette. Die Fußnägel waren rot lackiert.

Seitlich der Leiche, unterhalb der Beine, befanden sich mehrere Kleidungsstücke, darunter ein schwarzer seidenartiger Damenslip (in dessen Inlett blutsuspekte Anhaftungen sichtbar waren), ein langer schwarzer Rock, ein schwarzes Oberteil mit langem Arm, alle sämtlich linksgewendet, sowie ein Gürtel mit türkisfarbener Schnalle. Schuhe konnten nicht gefunden werden. Unter der Leiche, im Gesäßbereich, lag eine schwarze Damenhandtasche. Darin befanden sich neben anderen typischen Utensilien wie Lippenstift und Kamm, ein Schlüsselbund und ein Personalausweis auf den Namen Melanie Marquardt, wohnhaft in Berlin. Aufgrund der weit fortgeschrittenen Verwesung der Leiche war eine Identifizierung vor Ort nur anhand des Bildes nicht möglich.

Der Fundort der Toten befand sich etwa 20 Meter von einem unbefestigten Waldweg entfernt, der wegen seines festen Untergrundes und seiner Breite gut mit einem Fahrzeug zu befahren war. Er lag in der Nähe der Einfahrt zum Golfplatz Kollin.

Der entkleidete Zustand und der Fundort der Leiche – eine ausgehobene Kuhle – sprachen schon jetzt zu diesem frühen Ermittlungsstadium für ein Gewaltverbrechen und dafür, dass der Fundort nicht gleichzeitig Tatort war. Der Täter musste sein Opfer offensichtlich mit einem Pkw zum Ort verbracht, die Mulde ausgehoben und die Leiche darin abgelegt haben. Vielleicht hatte er seine ursprüngliche Absicht, dass Opfer vollständig zu begraben, vorzeitig aufgeben müssen, weil er sich gestört fühlte und daraufhin Hals über Kopf geflüchtet war. Die Liegezeit der Toten ließ sich schwer einschätzen. Verlässliche Daten erhofften sich die Kriminalisten von der Obduktion, die der alarmierte Staatsanwalt zur Feststellung der näheren Todesursache sofort anordnete.

Eine großangelegte Spurensuche in der Umgebung des Fundortes nach den verschwundenen Schuhen und anderer Spuren verlief erfolglos.

Während der Leichenwagen die sterblichen Überreste des Opfers zum Brandenburgischen Landesinstitut für Rechtsmedizin nach Potsdam brachte, fuhren die Kriminalbeamten zu ihrer Dienststelle zurück und begannen mit den Ermittlungen.

KOK Jagoda setzte sich an seinen Computer und führte anhand der Daten des gefundenen Personalausweises eine Fahndungsnachfrage durch und landete sogleich einen

Volltreffer. Eine Frau mit dem Namen Melanie Marquardt war vor genau einem Monat in Berlin als vermisst gemeldet worden. Daraufhin suchte er das entsprechende Fernschreiben aus der Ablage heraus, um nähere Einzelheiten zu erfahren. Die Beschreibung der Vermissten und deren Bekleidung stimmten mit der aufgefundenen Frauenleiche und deren Sachen überein.

Der Beamte griff sich den Telefonhörer und wählte die angegebene Telefonnummer der ausschreibenden Dienststelle.

Der Kommissariatsleiter von M II 4, KHK Reimann, saß gerade über einer Ermittlungsakte, als das Telefon klingelte. Am anderen Ende meldete sich KOK Jagoda aus Nauen.

»Herr Kollege, wir haben heute eine unbekleidete Frauenleiche in der Tietzower Heide, in der Nähe von Nauen, aufgefunden. Die näheren Umstände deuten auf ein Tötungsdelikt hin. Bei der Leiche haben wir unter anderem einen Personalausweis auf den Namen Melanie Marquardt gefunden. Und eben für diese Frau besteht bei euch eine Fahndung im INPOL. Ihre Beschreibung trifft auf die der Leiche zu. Auch die beschriebene Bekleidung scheint mit der der Toten übereinzustimmen.«

Dann berichtete er Reimann weitere Einzelheiten der Fundortsituation. Reimann ließ sich die Telefonnummer der Nauener Dienststelle und die Vorgangsnummer geben und erwiderte:

»Wir hatten hier auch schon so eine dunkle Ahnung, dass die Frau Opfer eines Verbrechens geworden sein könnte. Am Tage ihres Verschwindens war sie tanzen gegangen und hatte einen Mann kennengelernt, mit dem sie angeblich nach Holland reisen wollte. Seitdem ist sie spurlos verschwunden. Ich werde sofort mit der zuständigen Mordkommission sprechen, um zu klären, wer die weiteren Ermittlungen übernimmt. Ich melde mich so schnell ich kann. Wo befindet sich im Augenblick das Opfer?«

»Das ist bereits auf dem Wege in die Gerichtsmedizin.

Wenn wir Näheres über das Obduktionsergebnis erfahren, melden wir uns. Ansonsten ist bereits ein Fernschreiben zu euch unterwegs.«

KHK Reimann ließ sich vom zuständigen Sachbearbeiter den Vorgang bringen, um sich über die bisher geführten Ermittlungen in der »Vermisstensache Marquardt« sachkundig zu machen.

EKHK Gerhard Voss, Leiter der 4. Mordkommission in Berlin, war mit seinem Team seit einigen Tagen in »Mordbereitschaft«, was bedeutet, dass er den nächsten Mord oder Totschlag mit seiner Truppe übernehmen musste. In dieser Phase herrschte auf der Dienststelle immer eine spürbare Anspannung bei jedem seiner Mitarbeiter, weil keiner wusste, was die nächsten Stunden oder Tage bringen würden. Voss empfand diese Situation immer als recht belastend, denn um einen neuen Fall zu bearbeiten, musste erst ein Mensch durch fremde Hand sterben. So warteten sie alle buchstäblich auf den Tod. Mit dieser makabren Hypothek begaben sich Voss und seine Männer jedes Mal in Bereitschaft.

Am 9. August, es war so gegen 15 Uhr, öffnete sich die Tür seines Dienstzimmers und sein Inspektionsleiter, KOR Ulrich Mende, trat ins Zimmer.

»Na, Ulrich, hast du Langeweile und willst du ein kleines Schwätzchen mit mir halten?«, frotzelte Voss.

Mende schüttelte den Kopf und sagte:

»Wenn es nur das wäre. Aber ich habe Arbeit für euch. Eine unangenehme Sache, so scheint mir. Eine vermisste junge Frau ist etwa 50 Kilometer von uns entfernt, in der Nähe von Nauen, in einem Waldstück in halbverwestem Zustand aufgefunden worden. Dietrich Reimann von der Vermisstenstelle hat mich darüber informiert. Ich habe sofort mit Oberstaatsanwalt Weidenhorst vom Landgericht Berlin Verbindung aufgenommen und er hat schnell entschieden.

Die Übernahme durch die Berliner Kripo ist mit der Staatsanwaltschaft in Potsdam bereits abgesprochen worden. Und nun, lieber Gerhard, kommst du und deine Mannen ins Spiel. In knapp einer Stunde wird der Kurier aus Nauen mit dem Leichenvorgang bei dir eintreffen. Den Vorgang von Reimann habe ich schon hier.«

Er legte Voss den Vermisstenvorgang auf den Schreibtisch. »Hast du deine Leute alle hier auf der Dienststelle?«, fragte Mende seinen Kommissionsleiter.

Voss nickte. Zum Glück waren einige seiner Mitarbeiter vor kurzem von Nachermittlungen in alten Fällen zurückgekehrt.

»Wir sind vollständig und könnten sofort loslegen. Ich werde mich nur noch einlesen und auf den Kurier warten. Sag mal, Ulrich, haben die aus Nauen bereits eine Obduktion angeleiert?«

»Nicht nur das, die läuft bereits.«

Mende blickte auf die Uhr.

»Die müsste in der Zwischenzeit längst beendet sein. Na, du kannst ja selber mit den Leuten reden. Die werden dir das Protokoll per Fax übersenden. Na, dann viel Glück, Gerhard, das werdet ihr sicher gut gebrauchen können. So wie es aussieht, ist der Fundort nicht gleich Tatort. Der Täter ist im Augenblick noch im Vorteil, denn er hatte nach Lage der Dinge vier Wochen Zeit, um ihn gründlich zu säubern und sämtliche Spuren zu beseitigen.«

Etwa zur gleichen Zeit band sich der Gerichtsmediziner Dr. Sattler vom Institut für Rechtsmedizin in Potsdam nach Beendigung der Obduktion die Schürze ab und warf die Gummihandschuhe in den Abfall. Er nahm das Band aus dem Diktaphon und übergab es seinem Assistenten, damit das Protokoll der Leichenöffnung abgeschrieben werden konnte. Dann wandte er sich an KOK Jagoda, der die Obduktion aufmerksam verfolgt hatte.

»Wie ich vorhin schon sagte, Herr Oberkommissar, war die Todesursache aufgrund der fortgeschrittenen Leichenveränderungen nicht mehr festzustellen. Weder am vorhandenen Skelett, noch an den Weichteilresten konnten wir Verletzungsspuren nachweisen. Wir können aber zumindest grobe Gewalteinwirkungen, die mit Knochenbrüchen einhergehen, ausschließen. Anderweitige stumpfe Gewalteinwirkungen, wie auch jegliche Art des Angriffs gegen den Hals, zum Beispiel Würgen oder Drosseln, oder scharfe Gewalteinwirkung durch Stich oder Schnitt an den weichteilfreien Regionen am Hals oder oberen Thorax sind allerdings nicht auszuschließen.«

»Also ist alles möglich, Stich oder Schnitt, Würgen oder Drosseln. Na, das ist ja prima, Herr Doktor«, entgegnete der Beamte mit einer Spur Resignation in der Stimme.

»Tja, mehr war nicht drin, lieber Herr Jagoda. Dazu war die Leiche in einem zu schlechten Zustand. Aber wir haben ja einige Gewebeproben abgenommen, die im Labor noch ausgewertet werden müssen. Nun werfen Sie mal nicht gleich die Flinte ins Korn«, tröstete ihn der Gerichtsarzt.

»Wir haben ja nicht das Problem, Herr Doktor, aber die Berliner haben es, denn die übernehmen den Fall. Die sind wahrlich nicht zu beneiden. Sagen Sie, was können Sie uns über die Dauer der Liegezeit sagen? Gibt es da verlässliche Anhaltspunkte?«

»Das ist schwer zu sagen. Aber die fortgeschrittenen Leichenveränderungen belegen eine mehrwöchige Liegezeit. Der Tod dürfte nicht wesentlich später nach dem spurlosen Verschwinden der Frau um den 4. Juli herum eingetreten sein.«

»Wann können Sie denn die Leiche endgültig identifizieren?«

»Wenn wir eine forensisch-stomatologische Begutachtung des Gebisses vorgenommen haben. Dazu brauchen wir unbedingt die Zahnbehandlungskarten des Opfers. Sagen

Sie das mal den Berlinern, damit sie die besorgen können. Wir werden noch Gebissabdrücke vom Schädel abnehmen.«

»Gut, dann wäre ja alles klar. Dann brauchen wir nur noch das Protokoll. Ich glaube, dass die Mordkommission in Berlin schon ungeduldig darauf wartet.«

»Sobald das Protokoll fertig ist, werden wir es Ihnen gleich zufaxen. Ist das so in Ordnung?«

»Das ist prima, Herr Doktor, dann wäre ja alles geklärt.«

Am späten Nachmittag des 9. August versammelten sich sämtliche Mitarbeiter der 4. Kommission im Besprechungsraum der Dienststelle. Gespannt sahen sie ihren Chef an, der noch in der relativ dünnen Akte blätterte.

Gerhard Voss, der bekannt dafür war, dass er sich nicht lange bei der Vorrede aufhielt, kam auch gleich zur Sache. Kurz und knapp, so wie es seine Art war, setzte er seine Männer über den neuen Fall in Kenntnis. Inzwischen war auch das Protokoll der Obduktion eingetroffen. Daran hatte sich ein längeres Gespräch mit dem Nauener Kollegen Jagoda angeschlossen. Der Vortrag von Voss dauerte nur knapp zehn Minuten, den er mit den Worten schloss:

»Wir haben einen Vermisstenfall und eine aufgefundene Leiche, die große Ähnlichkeit mit der verschwundenen Frau aufweist. Ihre Identität steht noch nicht hundertprozentig fest, da bedarf es weiterer Ermittlungen. Der Tatort ist noch unbekannt. Aber wir haben einen guten Ansatzpunkt und der scheint mir sehr viel wert zu sein. Und genau da werden wir mit unseren Ermittlungen beginnen.«

Er wandte sich an einen seiner erfahrensten Mitarbeiter KHK Warnke:

»Bernd, du bist Sachbearbeiter des Falles. Kümmere dich bitte um den üblichen Papierkram wie Fahndungseinstellung, Vorgangsübernahme und so weiter. Befrage alle Freunde und Bekannten des Opfers über seine näheren Lebensumstände, vor allem die Freundin, die die Vermisstenanzeige erstattet hat, und den ehemaligen Lebenspartner, der es nach ihrer Trennung ständig in seiner Wohnung besucht hat, und lade sie, wenn du sie erreichst, noch heute zur Vernehmung vor. Der ehemalige Lebenspartner könnte als möglicher Täter in Betracht kommen, obwohl er nicht über einen Pkw verfügt. Aber es ist ja nicht besonders schwierig, einen Pkw anzumieten. Eifersucht ist schließlich ein treffliches Mordmotiv, wie wir alle aus Erfahrung wissen. Schließlich musste er immer mit ansehen, wie sich Melanie herausputzte, wenn sie tanzen ging, um wieder einmal einen anderen Mann abzuschleppen und schnell mit ihm intim zu werden. Das kann ungeheuer schmerzen, obwohl ihre Beziehung längst vorbei war. Denke auch an ihren geschiedenen Ehemann. Wir müssen unbedingt ihre behandelnden Ärzte, insbesondere den Zahnarzt, ermitteln, denn die Gerichtsärzte in Potsdam brauchen für die sichere Identifizierung dringend seine Unterlagen.«

Dann verteilte er einzelne Aufträge. Zwei Beamte sollten sich mit dem Geschäftsführer des »Palais Madame« in Verbindung setzten, um festzustellen, wer von den Angestellten am 4. Juli Dienst hatte. Ermittlungen vor Ort hatten jetzt keinen Sinn, da die Tanzbar zu diesem Zeitpunkt noch geschlossen war. Also sollten sie zuerst das Lokal »Nürnberger Trichter« aufsuchen und dort mit den Befragungen beginnen. Dieses Lokal war rund um die Uhr geöffnet und der Ort, an dem man das Opfer zuletzt lebend gesehen hatte.

Zwei weitere Beamte sollten mit den aufgefundenen Schlüsseln in die Wohnung von Melanie Marquardt fahren und sie nach weiteren sachdienlichen Hinweisen durchsuchen.

Obwohl bereits über ein Monat vergangen war, konnte sich der Zapfer des »Nürnberger Trichters«, Franz Dahlke, noch erstaunlich gut an den Morgen des 5. Juli erinnern. Gegenüber KHK Georg Gräbner erwähnte er, dass er zwischenzeitlich erfahren hatte, dass Melanie Marquardt vermisst wurde. Er kannte die attraktive Frau recht gut, weil sie regelmäßig nach ihren Besuchen im »Palais Madame« vorbeigekommen war, um noch gemeinsam mit einem neuen Begleiter einen Absacker zu trinken. Und was besonders wichtig war, er konnte sich noch gut an den bisher unbekannten Begleiter der jungen Frau erinnern, der sich zum Spaß mit Melanie auf Forderung anderer Gäste verlobt und deshalb eine Stubenlage geschmissen hätte. Melanie und der Unbekannte hatten in bester Laune und nicht mehr nüchtern das Lokal gegen 5 Uhr betreten, wobei Melanie einen leicht betrunkenen Eindruck bei Dahlke hinterließ. Beide nahmen auch weiterhin alkoholische Getränke zu sich. Nach etwa zwei Stunden bat ihn Melanies Begleiter, eine Taxe zu bestellen. Dessen Wunsch sei er nachgekommen und nannte in diesem Zusammenhang auch gleich das Taxiunternehmen. Kurz bevor beide Arm in Arm das Lokal im besten Einvernehmen verließen, hatte der Mann bei ihm noch eine Flasche Sekt gekauft. Dahlke hatte ein gutes Personengedächtnis und beschrieb den Mann als etwa 1,80 Meter groß, ungefähr 30 bis 35 Jahre alt, schlank, mit glatten, mittelblonden Haaren, der hochdeutsch mit rheinischem oder norddeutschem Akzent sprach und gepflegte Kleidung trug. Beim Verlassen des Lokals hörte Dahlke noch, wie der Mann zu Melanie sagte: »Heute um 16 Uhr fährst du mit mir nach Holland.«

Zum Glück konnte sich Dahlke auch noch an mehrere Stammgäste erinnern, die am fraglichen Morgen in der Kneipe waren. Er versprach, deren Personalien so schnell wie möglich zu beschaffen. Den unbekannten Begleiter Melanies würde er wahrscheinlich auf Lichtbildern wiedererkennen.

Das war ein erster guter und erfolgversprechender Ermittlungsansatz. Es war für den erfahrenen Kriminalbeamten ein Leichtes, den Taxifahrer zu ermitteln, der das verliebte Pärchen vom »Nürnberger Trichter« abgeholt hatte.

In der Zwischenzeit waren Gräbners Kollegen nicht untätig geblieben und hatten über den Geschäftsführer der Tanzbar die Garderobiere Nora Hamann ermittelt und befragt. In einer von KHK Warnke durchgeführten Vernehmung machte sie ausführliche Angaben zum Abend des 4. Juli und insbesondere zu Melanie Marquardt.

Zuletzt hatte sie Melanie am 5. Juli gegen 4 Uhr gesehen, als sie an der Bar saß und sich mit einem Mann mittleren Alters unterhielt. Der Mann war ihr deshalb so gut im Gedächtnis geblieben, weil er kurz vor Verlassen der Tanzbar beim Geschäftsführer noch eine Flasche Champagner kaufen wollte, letztendlich aber nach längerem Verhandeln wegen des hohen Preises darauf verzichtete. Gemeinsam hätten dann Melanie und der Unbekannte Arm in Arm die Bar verlassen, wobei der Mann ihre Handtasche über seine Schulter gehängt hatte. Frau Hamann nannte außerdem weitere Zeugen, darunter den Diskjockey Hans Nerlinger und die Bardame Janette Kowalski, die sicherlich ebenso wie sie sachdienliche Angaben würden machen können. Sie war auch neben dem Zapfer Dahlke aus dem »Nürnberger Trichter« bereits die zweite Zeugin, die glaubte, den »sympathischen« Mann wiedererkennen zu können. Außerdem beschrieb sie zum Erstaunen von KHK Warnke ziemlich genau die Oberbekleidung, die Melanie am Tage ihres Verschwindens getragen hatte, und konnte sich auch noch an einige Details erinnern. Besonders war ihr der Gürtel mit der türkisfarbenen Schnalle in Erinnerung geblieben. Obwohl das Ergebnis der Zahnuntersuchung noch nicht vorlag, bestand bei den Mitgliedern der Mordkommission zum jetzigen Zeitpunkt kaum noch ein Zweifel, dass es sich bei der in der Tietzower Heide aufgefundenen Toten um die vermisste Berlinerin handelte.

Ansgar Groß, der verflossene Liebhaber der Toten, bestätigte noch einmal ausdrücklich seine bereits vor den Beamten der Vermisstenstelle gemachten Angaben. Demnach hatte Melanie am 4. Juli, gegen 20.30 Uhr, ihre Wohnung verlassen, um zum »Palais Madame« zu fahren. So gab er an:

»Ich blieb allein in der Wohnung zurück und machte mir dann ab Montagmittag (5. Juli) Gedanken, weil sie nicht nach Hause gekommen war Ich machte mir deshalb Sorgen, weil sie ziemlich leichtsinnig war und mit fast jedem mitging. Sie wollte mich nicht dabei haben, wenn sie mit anderen Männern flirtete, insbesondere auch deshalb nicht, weil sie viel trank. Entweder kam sie angetrunken oder aber stockbesoffen nach Hause. Als ich mich nach ihrem Verbleib erkundigte, hörte ich von allen Seiten nur negative Sachen über sie. Man sagte mir, sie wäre eine Schlampe, eine Nutte, eine Frau, für die man sich schämen müsste und ich sollte froh sein, dass sie weg ist. Vor ihrem Tode haben dieselben Leute noch ganz anders über sie gesprochen. Jetzt, nach ihrem Tode, machen sie alle schlecht und das Schlimme ist, sie kann sich nicht mehr wehren.«

Warnke war bei Gott kein Moralist und es lag ihm fern, unter moralischen Gesichtspunkten ihr Verhalten zu bewerten. Aber fest stand auch, dass ihr leichtsinniger Lebenswandel ihr letztendlich zum Verhängnis geworden war. Wahrscheinlich wollte Groß das nicht wahrhaben und hatte sich seine eigene Wahrheit, oder was er zumindest dafür hielt, bereits zurechtgezimmert.

Positiv für die weiteren Ermittlungen war, dass Ansgar Groß konkrete Angaben zu den Ärzten von Melanie machen konnte. Nun brauchte man nur noch mit ihnen Kontakt aufzunehmen, um die nötigen Unterlagen für die endgültige Identifizierung zu beschaffen.

Die Aussagen des Taxifahrers Rainer Kleiber brachten die Ermittler bei der Aufklärung des Gewaltverbrechens ein gewaltiges Stück weiter nach vorn. Auch er konnte sich noch ziemlich genau an die Fahrt am Morgen des 5. Juli erinnern. So sagte er in seiner Vernehmung:

»Ich kann mich deshalb so gut an den Tag entsinnen, weil ich Geburtstag hatte. Ich bin mir ganz sicher, dass ich das

Pärchen zur Meraner Straße/Ecke Ehrwalder Straße in Schöneberg gefahren habe. Der Fahrpreis betrug genau 10 DM. Sie sind dann in Richtung der dort zurückgesetzten Häuser gegangen. Die junge Frau war ganz in schwarz gekleidet und hatte einen auffälligen türkisfarbenen Gürtel um. Für mich waren die beiden einfach nur ein ganz normales Pärchen, das sich amüsiert hatte und nun nach Hause fuhr.«

KHK Warnke legte ihm ein Bild von Melanie Marquardt vor.

»Ja, ich glaube, das ist sie gewesen.«

»Würden Sie ihren Begleiter wiedererkennen?«

»Dazu müsste ich den Mann sehen. Es könnte sein, dass ich ihn dann wiedererkenne.«

Kleiber griff in seine Hosentasche, holte ein blaues Feuerzeug hervor und legte es auf den Tisch.

»Als ich mich später nach hinten umdrehte, entdeckte ich es auf der Sitzbank. Hätte es vorher dort gelegen, wäre es mir bestimmt aufgefallen.«

Warnke nahm es in die Hand und betrachtete es. Es war ein wertvolles »Dupont«-Feuerzeug mit einer Seriennummer. Wie sich wenig später nach Rücksprache mit der Herstellerfirma herausstellte, war das Feuerzeug im März 1989 hergestellt worden und hatte einen damaligen Verkaufswert von rund 800 DM. An wen es verkauft worden war, ließ sich nicht mehr feststellen. Vielleicht gehörte es Melanies Begleiter und war ihm während der Fahrt aus der Hosentasche gerutscht. Immerhin, dachte Warnke, könnte das eine weitere gute Spur zur Identifizierung des unbekannten Begleiters sein.

Nach der Vernehmung zeigte der Taxifahrer dem Beamten die Stelle, wo das Pärchen seine Taxe verlassen hatte. Die Meraner Straße war eine ruhige Seitenstraße in einer gutbürgerlichen Gegend, nicht weit vom Schöneberger Rathaus entfernt. Als möglicher Zielort der beiden kamen in erster Linie die Häuser Nr. 36 – 40 in Frage.

In der Zwischenzeit waren Warnkes Kollegen aus der Wohnung des Opfers zurückgekehrt. Die Schlüssel passten zur Wohnung, in der trotz sorgfältiger Suche keine Tatspuren oder andere beweiserheblichen Gegenstände gefunden werden konnten. Nach Lage der Dinge konnte ausgeschlossen werden, dass hier das Opfer getötet worden war. Auch schied nach diesen neuen Erkenntnissen mit großer Wahrscheinlichkeit Ansgar Groß als Tatverdächtiger aus. Vielmehr stand jetzt zu befürchten, dass Melanie am 5. Juli gegen 7.15 Uhr gemeinsam mit ihrem späteren Mörder das Taxi verlassen hatte.

Gerhard Voss hörte gespannt zu, als ihm Warnke den aktuellen Stand der Ermittlungen berichtete. Ein junger Kollege erhielt den Auftrag, alle vom Alter her in Frage kommenden männlichen Anwohner der drei Häuser in der Meraner Straße kriminalpolizeilich zu überprüfen und ausfindig zu machen, ob bereits Erkenntnisse über sie vorlagen. Außerdem sollte er eine Lichtbildmappe erstellen.

Aus diesem Grund wurden über das EWW (Datei des Landeseinwohnermeldeamtes) alle Personen von 25 bis 50 Jahren, die gegenwärtig dort amtlich gemeldet waren, ermittelt und deren Personalausweisanträge herangezogen. Von den auf den Anträgen befindlichen Bildern wurden Reproduktionen gefertigt und diese in einer Lichtbildmappe zusammengefasst, wobei jedes einzelne Bild mit einer Nummer versehen wurde.

Das Bild des Hausbewohners Michael Lackner aus Haus Nr. 38 musste zweimal aufgenommen werden, weil sein in Berlin vorliegendes Bild bereits aus dem Jahre 1986 stammte und aller Wahrscheinlichkeit nach nicht mehr sein aktuelles Aussehen zeigte. Er war hier in Berlin mit zweitem Wohnsitz gemeldet. Da sein Hauptwohnsitz in Löningen/Kreis Cloppenburg im Emsland bei seinen Eltern war, wurde ein neueres Bild von ihm über die Kripo Cloppenburg angefordert und gleichzeitig darum gebeten, kriminalpolizeiliche

Erkenntnisse über ihn mitzuteilen, denn in Berlin war dieser Mann ein bisher unbeschriebenes Blatt.

Bernd Warnke erledigte an diesem Tag ein enormes Pensum. Kaum hatte der Taxifahrer das Vernehmungszimmer verlassen, erschienen nacheinander der Discjockey des »Palais Madame«, Hans Nerlinger, und die Bardame Janette Kowalski. Nerlinger hatte die Aufgabe Platten aufzulegen, wenn die Band eine Pause machte.

Er kannte Melanie von ihren häufigen Besuchen und hatte am Abend des 4. Juli beobachtet, dass sie im Beisein des Unbekannten ungewöhnlich viel Alkohol getrunken hatte. Sie trank sowohl Wein und Tequila als auch Whisky-Cola – und das alles durcheinander – so dass sie alsbald stark betrunken war. In einem Punkt war seine Aussage enttäuschend: er verneinte ein Wiedererkennen des Mannes kategorisch.

Da hatte Warnke bei der Bardame mehr Erfolg. Sie antwortete auf die entscheidende Frage:

»Wenn ich den Mann sehe, erkenne ich ihn auf alle Fälle wieder. Ich glaube auch, dass ich ihn auf Lichtbildern wiedererkennen würde.«

Im Anschluss an ihre Vernehmung fuhr Warnke mit Frau Kowalski sofort zum Erkennungsdienst, wo man ihr die Lichtbildkartei zeigte. Aber die Einsichtnahme verlief erfolglos. Warnke war enttäuscht und tröstete sich mit dem Gedanken, dass der Verdächtige aller Wahrscheinlichkeit nach bisher noch nicht in Berlin erkennungsdienstlich behandelt worden war und deshalb sein Bild nicht einliegen konnte. Aber sie hatten ja noch ein As im Ärmel, und das waren die Bilder der Lichtbildmappe, die sein Kollege, KK Jens Stark, gerade erstellte.

Einige Stunden später ging ein Fernschreiben des LKA Niedersachsen mit den Erkenntnissen über Lackner ein. Als Bernd Warnke das Fernschreiben las, blieb ihm buchstäblich die Spucke weg. Das war ja der absolute Hammer. Lackner war ein vorbestrafter Krimineller und nicht nur das, er war mehrfach wegen Vergewaltigung in Erscheinung getreten und zu langjährigen Haftstrafen verurteilt worden. Er stürmte sofort in das Zimmer von Gerhard Voss.

»Chef«, rief er aufgeregt, »wir haben einen Sechser im Lotto gezogen!« Er wedelte Voss mit dem Fernschreiben vor der Nase herum. »Hier, lies! Du wirst vor Freude einen Handstand machen.«

Voss blickte überrascht hoch. Solche Gefühlsausbrüche waren bei einem seiner erfahrensten Mitarbeiter äußerst selten. Aber er wusste auch, mit welch großem Engagement Warnke bei der Sache war. Er setzte sich seine Lesebrille auf und nahm das Fernschreiben zur Hand. Das war in der Tat recht starker Tobak, den er lesen musste.

Mit 17 Jahren wurde Michael Lackner bereits das erste Mal wegen schweren Diebstahls und fortgesetzten Zechbetruges vom Amtsgericht Cloppenburg zu sechs Monaten Jugendstrafe verurteilt, die zur Bewährung ausgesetzt wurden.

Bereits zwei Jahre später wurde er wegen einer begangenen Einbruchsserie in Hamburg unter Einbeziehung des ersten Urteils zu zwei Jahren Jugendstrafe verurteilt, die kurz darauf noch einmal vom AG Cloppenburg wegen mehrerer schwerer Diebstähle um weitere vier Monate aufgestockt wurde.

In der Nacht zum 27. Juli 1971 stieg er in alkoholisiertem Zustand in ein Einfamilienhaus in Oldenburg ein, fiel im Schlafzimmer über eine Frau her und versuchte sie zu vergewaltigen. Er ließ erst von seinem Opfer ab, als er von dem plötzlich heimkehrenden Ehemann überrascht wurde. Für diese Straftat wurde er vom Landgericht Oldenburg zu vier Jahren Freiheitsstrafe verurteilt.

Nach weiteren Verurteilungen, unter anderem 1974 wegen Diebstahls zu einer Freiheitsstrafe von zwei Jahren und vier Monaten durch das AG Cloppenburg, hielt sich Lackner nach seiner Haftentlassung von 1976 bis 1978 in Rotterdam unter dem Falschnamen Reinhold Schmalz auf. Dort wurde er erneut straffällig, denn er drang eines Nachts in die Wohnung einer Frau ein und führte unzüchtige Handlungen an ihr durch. Er wurde daraufhin am 31. Oktober 1978 vom Landgericht Rotterdam in Unkenntnis seines richtigen Namens und seiner Vorstrafen lediglich zu fünf Monaten Freiheitsstrafe auf Bewährung verurteilt.

Danach kehrte er wieder nach Deutschland zurück und lebte zunächst in Hamburg. Dort verlobte er sich, kehrte der Hansestadt aber bald den Rücken und zog mit seiner Verlobten nach Celle. Im November 1980 zwang er im betrunkenen Zustand unter Vorhalt eines Messers seine Verlobte zum Geschlechtsverkehr. Nach einer Feier im Mai 1981 erzwang er erneut im alkoholisierten Zustand unter Vorhalt einer Rasierklinge den Geschlechtsverkehr mit der jungen Frau, die aus Angst um ihr Leben seiner Forderung nachkam. Als er ihr in der selben Nacht sogar noch ein Messer an den Hals hielt und sie erneut zum Geschlechtsverkehr zwingen wollte, widersetzte sie sich heftig und rief um Hilfe. In einem anschließenden Handgemenge stürzte er sich auf sie und würgte sie. Ihr gelang es jedoch, sich zu befreien und aus der Wohnung zu flüchten. Aufgrund dieser Taten wurde er erneut zu einer zweijährigen Freiheitsstrafe verurteilt.

Im Oktober 1986 erfolgte wiederum eine Verurteilung wegen Diebstahls zu fünf Monaten Freiheitsstrafe.

Seit dieser Verurteilung war er nicht mehr strafrechtlich in Erscheinung getreten.

Gerhard Voss schüttelte ungläubig den Kopf. Da hatten sie ja einen wirklich dicken Fisch an Land gezogen. Er legte das Fernschreiben auf den Tisch und sagte:

»Mensch Bernd, das ist ja ein Ding. Da wohnt in einem der fraglichen Häuser tatsächlich ein Mann, der bereits unter Alkoholeinfluss gegenüber Frauen äußerst gewalttätig geworden ist. Das passt ja alles wie die Faust aufs Auge.«

»Tja, Gerhard, ich bin mir fast sicher, dass das unser Mann ist. An Zufälle glaube ich nicht, dazu sind wir zu lange im Geschäft. Wir brauchen dringend das Lichtbild von Lackner aus Cloppenburg, damit wir die Lichtbildmappe endlich unseren Zeugen vorlegen können.«

»Habt ihr denn schon mit der Kripo da drüben Kontakt aufgenommen?«

»Na klar. Jens Stark hat das Bild schon angefordert. Es wird spätestens morgen per Brief eintreffen. Ich habe schon vorsorglich alle Zeugen, die den letzten Begleiter des Opfers wiedererkennen könnten, über eine eventuelle kurzfristige Vorladung informiert.«

Gerhard Voss wurde vor Erregung der Hals trocken, denn der Fall schien eine sensationelle Wendung zu nehmen. Er spürte mit einem Mal wieder diesen »Jagdinstinkt«, der ihn immer wieder dann überfiel, wenn er glaubte, auf der richtigen Spur zu sein.

»Wenn ihn die Zeugen als letzten Begleiter identifizieren, dann haben wir ihn. Und vor allem müssen wir in seine Wohnung, denn die ist aller Wahrscheinlichkeit nach der Ort, wo er Melanie umgebracht hat«, sagte Bernd Warnke entschlossen.

»Das sehe ich auch so«, erwiderte Voss und fuhr fort: »Das passt alles irgendwie zusammen. Der Mann ist ledig, 44 Jahre alt und wohnt noch bei seinen Eltern. Er pendelt zwischen Berlin und seinem Heimatort hin und her. Berufstätig scheint er auch zu sein, vielleicht ist er ein Vertreter oder Monteur mit wechselnden Arbeitsstellen. Der Fundort der Leiche liegt in der Nähe der Autobahn Richtung Hamburg, und Lackner wohnt bei seinen Eltern im Emsland. Ich würde jedenfalls über Hamburg fahren, wenn ich ins Emsland müsste. Auf der Autobahn nach Hannover ist viel zu viel Verkehr, und ich glaube auch, dass der Weg über Hamburg kürzer ist. Geh doch bitte mal ins Geschäftszimmer und hol den Straßenatlas.«

Das Schicksal meinte es gut mit der 4. Mordkommission. Im Laufe des Tages meldete sich – auf Bitten des Zapfers Dahlke – mit Charlotte Nebel, eine weitere Zeugin aus dem »Nürnberger Trichter«. Sie hatte Melanie Marquardt in dem Lokal kennengelernt, weil diese in den frühen Morgenstunden häufig mit ständig wechselnden Begleitern hineinkam und stellte ihr einen ziemlich schlechten Leumund aus. Glaubte man ihren Worten, dann hatte es die Tote zu Lebzeiten mit ihren häufigen Männerbekanntschaften nicht sehr genau genommen und ein regelrechtes »Lotterleben« geführt. Wichtiger als die Schilderungen ihrer sexuellen Ausschweifungen war für die Beamten allerdings die Tatsache, dass auch Charlotte Nebel davon überzeugt war, den Begleiter wiedererkennen zu können.

Voller Ungeduld sah Gerhard Voss am nächsten Morgen die eingegangene Post durch. Er atmete erleichtert auf, als er den Brief der Kripo Cloppenburg entdeckte. Die Kollegen hatten tatsächlich ein neueres Foto von Lackner aufgetrieben. Damit war die Lichtbildmappe endlich vollständig und konnte den Zeugen vorlegt werden. Die morgendliche Runde fiel aus und stattdessen machten sich Bernd Warnke und Jens Stark am 14. August auf den Weg, um die Zeugin Janette Kowalski aufzusuchen.

Konzentriert sah sich die junge Frau die einzelnen Bilder an. Sie war es, die als Bardame im »Palais Madame« von allen Zeugen in der Nacht zum 5. Juli den längsten und intensivsten Kontakt zum Begleiter von Melanie Marquardt hatte. Wenn sie ihn in der Lichtbildmappe identifizieren könnte, hätte dieser Umstand einen besonders hohen Beweiswert vor Gericht. Als sie das Bild Nr. 8 (älteres Foto von Michael Lackner aus dem Jahre 1986) sah, stutzte sie einen Augenblick, blätterte dann aber weiter und sagte beim Bild Nr. 13 (neueres Foto von Michael Lackner aus dem Jahre 1992) spontan:

»Das ist der Mann, der mit Melanie zusammen war!«

»Sagen Sie, sind Sie sich wirklich sicher, dass das tatsächlich der Begleiter ist, der mit Melanie das ›Palais Madame‹ verlassen hat?«, fragte Bernd Warnke mit eindringlicher Stimme.

»Ja, das ist er!«, wiederholte sie entschlossen.

Er spürte keinen Triumph, aber ein Gefühl von Genugtuung. Sie waren auf dem richtigen Weg und wenn nun auch noch der Taxifahrer Michael Lackner als letzten Begleiter des Opfers identifizieren könnte, dann hatte der ein wirklich ernstes Problem.

Warnke hielt die folgenschwere Aussage in einer sofortigen handschriftlichen Vernehmung fest. Diese Aussage würde für einen Haftbefehl ausreichen und damit war auch klar, dass sie die Wohnung von Lackner in der Meraner Str. 38 durchsuchen und auf den Kopf stellen konnten.

Als Warnke und sein junger Kollege Stark das Zimmer ihres Chefs betraten, sah dieser sie erwartungsvoll an.

»Na, wie ist es gelaufen?«, fragte er.

»Prima, Gerhard, jetzt haben wir ihn. Die Kowalski hat ihn mit Sicherheit wiedererkannt. Und ich habe es bereits schriftlich.«

Warnke schlug mit der Hand triumphierend gegen seine Schreibmappe.

»Gut, dann starten wir das ganz große Programm. Wir brauchen alle Informationen über Lackner, die ihr nur kriegen könnt. Ihr wisst ja ... Auto, Wohnorte, Arbeitsstellen, persönliches Umfeld und so weiter. Hängt euch ans Telefon und nehmt Verbindung mit den Kollegen aus Cloppenburg auf. Aber die sollen um Gottes willen nur verdeckt ermitteln«, ordnete Voss an. »Wir wollen doch nicht die Pferde scheu machen.«

Gerhard Voss und sein Vorgangsführer Bernd Warnke sprachen dann noch einmal kurz die Verdachtslage durch. Aufgrund der Aussage der Bardame hatte sich gegen

Michael Lackner der dringende Verdacht ergeben, dass er Melanie in seiner Wohnung getötet und die Leiche im Anschluss daran mit seinem Fahrzeug zum späteren Fundort nach Brandenburg transportiert hatte.

Wenig später griff er zum Telefonhörer und informierte seinen unmittelbaren Vorgesetzten, KOR Ulrich Mende, über den letzten Stand der Dinge und erläuterte ihm seine nächsten Maßnahmen.

Schon wenige Minuten später wurde eine bundesweite Sofortfahndung nach Lackner und seinen auf ihn zugelassenen weißen VW Jetta mit dem Ziel eingeleitet, ihn festzunehmen und seinen Pkw zur Beweissicherung sicherzustellen.

Durch weitere Nachforschungen hatten die Ermittler in Erfahrung gebracht, dass Lackner zeitweilig als Vertreter für Bratpfannen gearbeitet hatte, in der Zwischenzeit aber bei einer anderen Firma angestellt war. Wie der Zufall es wollte, wohnte sein früherer Arbeitgeber, Werner Gransee, ganz in seiner Nähe, nämlich nur drei Häuser entfernt in der Meraner Str. 44. Durch dessen Ehefrau erfuhren sie, dass Lackner etwa fünf Jahre diese Tätigkeit überwiegend auf Messen ausgeübt hatte und deshalb auch ständig im ganzen Bundesgebiet unterwegs gewesen war. Lackner hatte zu seinem ehemaligen Arbeitgeber auch Kontakte, die über das Berufliche hinausgingen. So gab ihm dieser für die Zeit seines Urlaubs die Schlüssel für seine Parkbox in der Tiefgarage, obwohl Lackner gar nicht mehr für ihn arbeitete.

Vom Wohnhaus Lackners aus konnte man über eine hintere Tür zum Innenhof des gesamten Gebäudekomplexes gelangen und von dort über eine Treppe die Tiefgarage betreten. Wie die Beamten erfuhren, hatte Lackner während dieser Zeit, sofern er in Berlin war, die Unterstellmöglichkeit genutzt und bisher auch noch nicht die Schlüssel zurückgegeben. Und das war in der Tat ein wichtiges Indiz für die Möglichkeit eines relativ problemlosen Abtransportes der Leiche.

Wie Frau Gransee weiter berichtete, hatte Lackner eine Nachricht für ihren Mann in der Box hinterlassen. Aus der war zu ersehen, dass er mit seiner jetzigen Arbeit nicht zufrieden war und deshalb wieder bei ihm anfangen wollte. Außerdem teilte er in dem Schreiben mit, dass er zurzeit auf der Messe »Stoppelmarkt« in Vechta/Niedersachsen ebenfalls Bratpfannen verkaufe und hinterließ für einen Rückruf die Telefonnummer seiner Eltern. So war es nicht sonderlich schwer in Erfahrung zu bringen, dass er sich täglich bis zum 17. August auf dieser Messe aufhalten würde.

Am selben Tag gegen 14 Uhr suchten vier Beamte der Mordkommission, darunter die beiden erfahrenen KHK Georg Gräbner und Bernd Warnke, sowie Mitarbeiter der PTU und des Erkennungsdienstes das Wohnhaus des Verdächtigen auf, um dessen Wohnung nach möglichen Tatspuren zu durchsuchen. Es machte den Beamten keine besonderen Schwierigkeiten, die Wohnungstür zu öffnen, denn nach Abbau des Langschildes konnte mit Hilfe einer Zange der »Schnapper« betätigt und die Tür geöffnet werden.

Die Wohnung machte einen sauberen und gepflegten Eindruck. In der Küche lagen auf einem Schrank zwei Rollen Klebeband. Der Kühlschrank war ausgeräumt, die Kühlschranktür geöffnet und der Stecker aus der Steckdose herausgezogen. Bernd Warnke erinnerte sich, dass Lackner zuletzt von Frau Gransee Ende Juni/Anfang Juli gesehen worden war. Vermutlich hatte er seine Wohnung nach der Tötung Melanies und anschließender Säuberung nicht mehr betreten und sich bei seinen Eltern aufgehalten. Hier waren noch weitere Ermittlungen notwendig.

In der Diele, in einer Kommode, wurden zwei Paar Schuhe entdeckt, an denen sich Sandanhaftungen befanden. Auf dem Handwaschbecken im Bad stand ein Aschenbecher, in dem sich ein filterloser Zigarettenstummel befand. In einem Mülleimer lagen mehrere Kippen von Filterzigaretten. Im

Schlafraum wurden in einem Schrank ein Paar Handschuhe entdeckt, an dem sich Haare befanden. Auf der Doppelliege war offensichtlich frisches Bettzeug aufgezogen. In der gesamten Wohnung konnte keine gebrauchte Bettwäsche aufgefunden werden. An der Zimmertür hing innen eine Jacke, die neben den Schuhen, den Kippen und den Handschuhen als möglicher Spurenträger sichergestellt wurde. Der Fund der Zigarettenkippen im Mülleimer war deshalb so interessant, weil Melanie Marquardt nachweislich Zigaretten der Marke »Marlboro« geraucht hatte.

Die Spurenspezialisten der PTU entdeckten nach akribisch durchgeführter Spurensuche insgesamt sechs blutsuspekte Spuren, und zwar an der Oberseite der Badgarnitur vor dem WC (Spur 09), auf einem textilen Bodenbelag im Schlafraum vor dem Bett im Bereich des Zuganges (Spur 10), am rechten Türrahmen – vom Korridor aus gesehen – zum Wohnraum in einer Höhe von 121 Zentimetern (Spur 11), im WC im vorderen Bereich einer weißen Plastikbrille – etwa stecknadelgroß (Spur 12), im Bad, teils verwässert, im Bereich des Auslaufventils des Waschbeckens (Spur 13) und am oberen Rand des Brauseknopfes an der Badewannenarmatur (Spur 14). Im Anschluss daran begannen die Spezialisten des Erkennungsdienstes mit ihrer Arbeit, Fingerabdrücke zu suchen und zu sichern.

Als Bernd Warnke mit seinem Kollegen Gräbner zur Dienststelle zurückkehrte, überreichte ihm Gerhard Voss wenig später wortlos ein Fernschreiben der Kripo Westerstede.

»Das ist doch nicht möglich, was macht der denn da?« Er ließ das Blatt sinken und schüttelte den Kopf. »Ich fass' es nicht. Lackner hat am 22. Juli versucht sich umzubringen? Das ist ja ein Ding! Er schneidet sich mit einem Rasiermesser die Pulsadern auf und nennt als Grund einen Streit mit seiner Freundin? Das nehme ich ihm nicht ab, das glaube ich ihm nicht.«

»Ich auch nicht«, erwiderte Voss. »Weißt du, was ich vermute? Er hat den Druck, der seit der Tötung auf ihm lastet, nicht mehr ausgehalten, weil sich bei ihm das schlechte Gewissen gemeldet hat. Vielleicht hat er auch gespürt, dass wir ihm auf den Fersen sind. Es wird Zeit, dass wir ihm ein endlich einmal so richtig auf den Zahn fühlen.«

»Ich weiß nicht, ob das so stimmt, Gerhard. Er ist doch bereits einen Tag später nach Hause entlassen worden. Tief können die Schnitte nicht gewesen sein, denn er arbeitet ja bereits wieder auf einer Messe. Das könnte alles auch nur ein bisschen Theater gewesen sein. Aber mal was anderes. Hast du schon was wegen seiner Festnahme in Vechta geregelt?«

»Aber ja. Denkst du denn, ich sitze hier nur rum und lerne die ›Berliner Zeitung‹ auswendig? Aber Spaß beiseite, ich habe inzwischen mit der Dienstleistung gesprochen und einen Eilantrag für eine Dienstreise gestellt. Mende hat gleich sein O.K. gegeben, was sollte er auch sonst machen? Mit den Kollegen in Cloppenburg habe ich bereits im Großen und Ganzen das Nötigste durchgesprochen. Unter ihrer Federführung soll die Festnahme erfolgen. Ich dachte mir, dass du als Vorgangsführer unbedingt dabei sein solltest. Aber du fährst nicht allein. Werner Prause und Georg Gräbner begleiten dich. Der Dienstwagen steht ab morgen früh für euch bereit. Ihr müsst euch nur noch einigen, wer den Wagen fährt. Oder gibt es da bei dir irgendwelche Schwierigkeiten?«

»Nee, nee, Gerhard, das ist schon in Ordnung. Ich wollte sowieso schon immer einmal ins schöne Emsland fahren. Warum also nicht morgen? Hoffentlich ist der Wagen nicht so eine ausgelutschte Schrippe, die bei achtzig den Geist aufgibt«, frotzelte er zurück.

»Keine Sorge, Bernd. Ich habe schon mit dem Fahrdienst gesprochen und unbedingten Wert auf ein vernünftiges Auto gelegt. Wir wollen uns doch als Hauptstädter nicht in der Provinz blamieren.«

»Na, dann bin ich ja beruhigt. Mensch Gerhard, wenn wir dich nicht hätten …«

Trotz der ernsten Lage mussten beide schmunzeln. Es war gut, dass zwischen den Mitgliedern der Kommission ein recht lockerer Ton herrschte, der allen ein wenig dabei half, an der manchmal brutalen und unbarmherzigen Wirklichkeit nicht zu verzweifeln.

Am nächsten Tag machten sich die drei erfahrenen Kriminalisten auf den Weg nach Cloppenburg. In ihrem Gepäck hatten sie eine Kopie der kompletten Ermittlungsakte und als Gastgeschenk ein schönes Bild vom Gendarmenmarkt in Berlin-Mitte.

Am frühen Nachmittag erreichten sie das Kriminalkommissariat in der Bahnhofstraße und wurden dort vom Leiter, KHK Schubert, empfangen. Daran schloss sich sofort eine längere Sitzung an, in der der Einsatzplan für die Festnahme des Tatverdächtigen und die anschließende Durchsuchung seiner Hauptwohnung in Löningen sowie die Sicherstellung seines Pkws besprochen und abgestimmt wurde. Als Festnahmedatum wurde der nächste Tag (16. August) festgesetzt, da noch einige personelle und taktische Vorbereitungen erforderlich waren. Nach Erkenntnissen der heimischen Ermittler war Michael Lackner bisher jeden Tag auf der Messe im rund 25 Kilometer entfernten Vechta an seinem Stand erschienen und hatte Bratpfannen zum Kauf angeboten.

In der Zwischenzeit hatte Gerhard Voss mit dem zuständigen Staatsanwalt Hamann den aktuellen Ermittlungsstand telefonisch erörtert. Der Staatsanwalt sah die Verdachtslage genauso und wollte sofort einen Haftbefehl gegen Lackner beim Haftrichter beantragen. Dazu benötigte er allerdings die komplette Akte. Nach der vorläufigen Festnahme Lackners sollte dieser sofort zur Verkündung des Haftbefehls beim Amtsgericht Berlin-Moabit vorgeführt werden.

Gerhard Voss nahm den Ordner mit dem Vorgang unter den Arm und betrat das Vernehmungszimmer, in dem seine Stenotypistin Gerda Manske saß. Er schrieb mit ihr einen zusammenfassenden Bericht, in dem er die bisherige Personal- und Sachbeweise professionell und in bestechender Form in Beziehung zur Tat und zum vermutlichen Täter setzte. Anschließend ließ er die Akte zur Staatsanwaltschaft beim Landgericht bringen.

Bereits zwei Stunden später – seine Mitarbeiter waren noch nicht in Cloppenburg angekommen – klingelte bei ihm das Telefon und der Staatsanwalt meldete sich.

»Herr Voss, der Haftbefehl liegt auf meinem Schreibtisch. Sie können die Akte wieder abholen lassen. Sagen Sie ihren Leuten, dass sie mit Lackner eine kurze Vernehmung machen und ihm dabei den genauen Tatvorwurf erläutern sollen. Lackner muss auf alle Fälle die Gelegenheit bekommen, Stellung zu nehmen. Alles Weitere machen Sie bitte so, wie wir es bereits abgesprochen haben. Gutes Gelingen, Herr Voss.«

Voss rieb sich zufrieden die Hände. Das hatte ja alles problemlos geklappt. Er hätte sich auch gewundert, wenn es bei der augenblicklichen Beweislage mit dem Haftbefehl anders gelaufen wäre. Aber er wusste auch, dass noch eine Menge Arbeit auf sie wartete, bis die Beweiskette gegen Lackner so dicht geschlossen war, dass eine Anklageerhebung und damit sehr wahrscheinlich auch eine sichere Verurteilung erfolgen konnte. Andererseits standen sie gerade erst am Anfang der Ermittlungen und er war deshalb guten Mutes, dass die Spurenauswertung weitere belastende Sachbeweise ergeben würde. Vor allem gab es noch einige Zeugen, darunter der Taxifahrer, denen die Bilder Lackners noch nicht vorgelegt worden waren.

Am 16. August erreichte der Festnahmetrupp gegen 10.50 Uhr den »Stoppelmarkt« in Vechta. Er war bereits gut besucht und vor dem Stand von Michael Lackner stand eine größere Anzahl von Personen, die gespannt seinen Ausführungen lauschten. Es war ein groteskes Bild, das sich den Kriminalbeamten bot. Michael Lackner, der eine Kochmütze auf dem Kopf und eine entsprechende Schürze trug, hantierte vor einem Kochherd mit einer Bratpfanne.

KHK Schubert wollte sofort auf Lackner zugehen, aber Bernd Warnke fiel ihm in den Arm.

»Warten Sie bitte einen Augenblick, Herr Kollege, wir wollen mal zuhören, was er zu sagen hat. Er kann uns ja jetzt nicht mehr weglaufen.«

Und in der Tat, Lackner hatte wirklich Talent. Nach seinem überzeugenden Vortrag zückten einige Frauen sofort ihre Geldbörse, um die wirklich nicht billigen Haushaltsgeräte zu kaufen. Nachdem sich die Menge wieder verlaufen hatte, band sich Lackner die Schürze ab, nahm die Mütze ab und wischte sich den Schweiß von der Stirn.

KHK Schubert trat an ihn heran. Bevor er etwas sagen konnte, fragte Lackner arglos:

»Wollen Sie auch noch eine Pfanne kaufen?«

»Das nicht gerade, Herr Lackner, ich bin schon über zwanzig Jahre verheiratet, da besteht in unserer Küche kein Mangel mehr.«

»Ja, was wollen Sie dann?«

KHK Schubert zog seine Kripomarke aus der Tasche und hielt sie dem verdutzten Mann unter die Nase.

»Herr Lackner, Sie sind hiermit vorläufig festgenommen. Sie stehen im Verdacht, in Berlin eine Frau getötet zu haben.«

Dann folgte die übliche Belehrung über seine Rechte.

»Haben Sie alles verstanden, Herr Lackner?«

Lackner war leichenblass geworden.

»Was? … Kriminalpolizei? … Was wollen Sie? … Ich verstehe Sie nicht«, stammelte er sichtlich verwirrt.

Aber Schubert ließ sich nicht lange auf Diskussionen ein.

Mit Routine legte er dem völlig konsternierten Mann Handschellen an.

»Wir bringen Sie jetzt zu unserer Dienststelle nach Cloppenburg. Da haben Sie die Gelegenheit, mit Beamten der Berliner Mordkommission zu sprechen.«

»Was wird denn jetzt mit meinem Stand?«

»Machen Sie sich da mal keine Sorgen. Einer meiner Kollegen bleibt so lange hier, bis Ihr Chef den Laden hier übernimmt. Und jetzt kommen Sie!«

Lackner wurde, sichtlich geschockt, abgeführt und zum Dienstwagen gebracht. Wenig später konnte auch sein Pkw auf dem nahe gelegenen Parkplatz sichergestellt und durch einen Abschleppwagen abtransportiert werden.

Während der Fahrt nach Cloppenburg versuchte Lackner verzweifelt, Haltung zu bewahren, und schwieg eisern. Georg Gräbner, der mit im Wagen saß, bemerkte natürlich, wie es in ihm brodelte. Die Fassungslosigkeit über seine Festnahme stand ihm buchstäblich ins Gesicht geschrieben. Gräbner wusste aus Erfahrung, dass er den sogenannten »Festnahmeschock« ausnutzen musste, um vielleicht ein Geständnis zu erlangen. Wenn der Festgenommene erst mit einem Anwalt gesprochen hatte, war es zu spät und jeder weitere Vernehmungsversuch verlorene Liebesmühe. Also musste er das Eisen schmieden, solange es heiß war.

Inzwischen waren seine beiden Kollegen Prause und Warnke mit zwei weiteren Cloppenburger Kollegen auf dem Weg zu Lackners Meldeanschrift in Löningen und trafen dort gegen 14 Uhr ein. Vorsichtig erklärten die Beamten der 70-jährigen Mutter des Verdächtigen den Durchsuchungsgrund. Die alte Frau nahm diese Nachricht erstaunlich gelassen auf und erklärte, dass ihr Sohn die letzten drei Wochen in ihrem Haus in seinem Zimmer gewohnt habe und seiner Arbeit nachgegangen wäre. In dieser Zeit sei er nicht nach Berlin gefahren. Ansonsten konnte sie keine verwertbaren Angaben hinsichtlich seines Aufenthaltes Anfang Juli machen.

»Wissen Sie, ich führe ja nun keinen Kalender darüber, wann mein Sohn mich mal besucht, um hier zu arbeiten«, erklärte sie den Beamten mit einem Schulterzucken.

Bei der Durchsuchung seines Zimmers konnten keine verwertbaren Informationen oder Spuren gefunden werden. Lediglich eine verschlossene Kassette und ein Anschriftenverzeichnis wurden beschlagnahmt.

Nachdem Georg Gräbner zur Cloppenburger Dienststelle zurückgekehrt war, unterrichtete er Gerhard Voss von der erfolgreichen Festnahme und dem Auffinden von Lackners VW Jetta. Nach einigen Telefonaten wurde entschieden, dass der Pkw sofort nach Berlin überführt werden sollte, damit er dort intensiv auf Tatspuren untersucht werden konnte.

Gegen 13 Uhr ließ Gräbner sich Michael Lackner vorführen. Er kannte sich bestens im Vorgang aus und hatte sich deshalb auch keine weiteren Notizen gemacht. Er wollte zuerst einmal Kontakt zu seinem Gegenüber gewinnen und eine gewisse persönliche Atmosphäre schaffen. Deshalb lag auch die Akte geschlossen vor ihm. Er wusste, wie wichtig es war, dem Verdächtigen den Eindruck zu vermitteln, dass dieser es mit einem aufrichtigen und korrekten Beamten zu tun hatte, der sich nicht zum Moralapostel erhob oder sogar zum Richter aufspielte. Bestand erst einmal ein gewisses Vertrauensverhältnis zueinander, war auch der Verdächtige eher bereit, sich zu öffnen und zum Tatvorwurf Stellung zu beziehen oder sogar ein Geständnis abzulegen. Denn hier ging es für ihn nicht nur um einen lapidaren Taschendiebstahl, sondern um Mord oder Totschlag mit der Konsequenz, dass ihm eine langjährige Freiheitsstrafe oder sogar »lebenslänglich« drohte.

Georg Gräbner empfand jede erste Vernehmung wie eine Art intellektuelles Duell, in dem jeder versuchte, dem anderen in die Karten zu schauen, um im passenden Augenblick einen Überraschungsangriff starten zu können. Er hatte schon einer ganzen Reihe von Mördern und Totschlägern gegenübergesessen und aufgrund seiner angeborenen Sensibilität alsbald gespürt, wo sich deren Schwachstellen befanden. Nicht nur eine ausgefeilte Vernehmungstaktik, auch ein gerütteltes Maß an Psychologie und Beobachtungsgabe waren nötig, um erfolgreich bei der Mordkommission arbeiten zu können.

Zögernd setzte sich Michael Lackner ihm gegenüber auf den Stuhl und wich zunächst seinem Blick aus. Sein Gesicht war bleich und Gräbner konnte sich vorstellen, wie es jetzt in ihm rumorte. Wahrscheinlich hatte er sich seit der Festnahme den Kopf darüber zermartert, was die Kripo wusste und was sie ihm beweisen konnte. Lackners Blick wanderte durch das karge Zimmer, in dem es weder Gardinen noch Pflanzen gab. Lediglich ein großer Kalender der Polizeigewerkschaft hing an der Wand. Er hatte noch längst nicht seine Fassung wiedergewonnen, obwohl er seine Nervosität nonchalant zu überspielen versuchte. Schweigend taxierten sich beide Männer einen Augenblick lang und versuchten, in den Augen des anderen zu lesen, was dieser gerade dachte.

In einem knapp 30 Minuten dauernden Vorgespräch erläuterte Georg Gräbner dem Verdächtigen den Tatvorwurf, ohne zunächst auf Details einzugehen. Lackner bestritt vom ersten Moment an, zur Tatzeit überhaupt in Berlin gewesen zu sein und die Tote zu kennen. Auch das Lokal »Nürnberger Trichter« sei ihm gänzlich unbekannt. Allerdings gab er zu, das »Palais Madame« zu kennen, weil er dort bereits in der Vergangenheit mehrfach tanzen gegangen war. Als ihn Gräbner mit der Tatsache konfrontierte, dass er eindeutig am Tattag sowohl im »Palais Madame« als auch im »Nürnberger Trichter« von mehreren Zeugen gesehen und zweifelsfrei wiedererkannt worden war, zuckte er merklich zusammen.

Aber es gelang ihm, seine Fassung wiederzugewinnen. Und dann fragte Warnke ihn so ganz beiläufig, ob er denn jemals ein recht teures, blaufarbenes »Dupont«-Feuerzeug besessen hätte. Lackner überlegte nicht lange und erklärte dem überraschten Beamten:

»Ja, ich habe mal ein dunkelblaues Feuerzeug dieser Marke gehabt, das stimmt. Das habe ich von meinem Chef Gransee vor drei oder vier Jahren zu Weihnachten geschenkt bekommen.«

»Haben Sie es noch?«

»Nein, das habe ich verloren, muss mir mal aus der Tasche gerutscht sein.«

»Seit wann vermissen Sie es denn?«

»Das muss schon fast ein Jahr her sein.«

»Sind Sie sich da ganz sicher?«

»Aber ja.«

Der gestartete Versuchsballon hatte ins Schwarze getroffen. Daran dass ein anderer Fahrgast an diesem Tage ebenfalls zufällig ein solches Feuerzeug verloren haben könnte, glaubte Gräbner nicht. In Berlin würde er Lackner das Feuerzeug vorlegen, das der Taxifahrer in seiner Taxe gefunden und der Kripo übergeben hatte. Und wenn er es identifizieren würde, wäre das ein weiteres Indiz dafür, dass er der letzte Begleiter des Opfers war und mit ihm kurz vor seinem Wohnhaus die Taxe verlassen hatte.

Ansonsten aber stellte er fest, dass bei seinem Gegenüber wenig Neigung bestand, wahrheitsgemäß auszusagen. Bei den entscheidenden Fragen blockte Lackner regelrecht ab und wirkte verstockt und uneinsichtig. Deshalb sagte Gräbner leicht genervt:

»Hören Sie, Herr Lackner, so kommen wir nicht weiter, wenn Sie sich beharrlich weigern, die Fakten anzuerkennen, die Sie nun einmal belasten. Ich werde deshalb jetzt die Vernehmung abbrechen und Ihnen die Gelegenheit dazu geben, in aller Ruhe noch einmal nachzudenken, ob es nicht besser wäre, hier die Wahrheit zu sagen. Es steht eindeutig fest, dass Sie am Tattage im ›Palais Madame‹ die Bekanntschaft einer Frau machten, mit ihr die Tanzbar verließen und anschließend im ›Nürnberger Trichter‹, schräg gegenüber, einkehrten. Dann sind Sie gemeinsam mit ihr in einer Taxe zu Ihrer Wohnung gefahren. Diese Frau ist später getötet aufgefunden worden. Alles klar?«

Lackner nickte schweigend und unterschrieb das Vernehmungsprotokoll.

Gegen 14.40 Uhr saßen sich beide erneut gegenüber. Im Gegensatz zu seiner ersten Vernehmung gab er nun doch zu, während des Tatzeitraums in Berlin gewesen zu sein. Er hatte offenbar inzwischen eingesehen, dass es bei der eindeutigen Beweislage keinen Sinn mehr ergab, diese Tatsache abzustreiten.

»Ich war bis zum 4. Juli in Aschersleben auf einer Messe. Gegen 20 Uhr bin ich dann nach Berlin gefahren. So gegen 23 Uhr bin ich vor meinem Haus in der Meraner Str. 38 eingetroffen. Anschließend habe ich meine Sachen in die Wohnung gebracht.«

»Sind Sie noch einmal weggegangen?«

»Nee, das habe ich nie gemacht, wenn ich von einer Ausstellung gekommen bin.«

»Wie haben Sie denn den weiteren Abend verbracht?«

»Ich habe ferngesehen.«

»Wann haben Sie dann Ihre Wohnung wieder verlassen?«

»Am nächsten Tag (5. Juli), so gegen 11 Uhr, bin ich zu meiner Mutter nach Löningen gefahren. Am späten Nachmittag, so zwischen 16 und 18 Uhr, war ich dann da.«

»Herr Lackner, Sie bleiben also dabei, dass Sie in der Nacht zum 5. Juli nicht im ›Palais Madame‹ gewesen sind?«

»Ich? Das ist ausgeschlossen.«

Auf mehr ließ er sich nicht ein, und deshalb wurde die Vernehmung bereits nach 20 Minuten beendet.

Am 17. August, kurz vor seiner Rückführung nach Berlin, zeigte sich Lackner aggressiv und abweisend zugleich. Er weigerte sich, schriftliche Angaben zu machen und sagte lediglich:

»Ich bin mir keiner Schuld bewusst. Ich kenne die Dame nicht und damit fertig. Am besten ich sage überhaupt nichts mehr, nur noch beim Staatsanwalt oder in Gegenwart meines Rechtsanwaltes.«

Die Rückfahrt nach Berlin verlief ohne Zwischenfälle. Lackner schwieg sich aus und starrte die ganze Zeit aus dem Fenster. Kurz vor 14 Uhr stand er dem Haftrichter gegenüber, der ihm den Haftbefehl verkündete. Auf dessen Vorhalt hin leugnete er energisch, Melanie Marquardt getötet zu haben und verwies auf die bereits bei der Kriminalpolizei gemachten Angaben. Anschließend wurde er in die Untersuchungshaftanstalt Moabit gebracht.

Währenddessen waren die drei Kriminalbeamten müde und erschöpft zu ihrer Dienststelle zurückgekehrt, hatten den Dienstwagen abgegeben und ihrem Chef Bericht erstattet.

Gerhard Gräbner fühlte sich am nächsten Morgen topfit und ausgeruht und konnte es kaum erwarten, bis Lackner erneut vor ihm saß. Der erste Tag in der Untersuchungshaft war immer der schwerste, obwohl Lackner durch seine vielen Inhaftierungen bereits genug Knasterfahrungen gesammelt haben musste. Er war gespannt, wie sich der Mordverdächtige heute verhalten würde. Zeigte er sich wie am Vortage völlig uneinsichtig oder war er zu einem Geständnis bereit?

Der erfahrene und ausgefuchste Ermittler behielt recht mit seiner Vermutung. Bei Lackner musste wohl in der Nacht ein Sinneswandel stattgefunden haben, denn er war wie ausgewechselt. Er hatte offenbar begriffen, dass er sich in einer prekären Lage befand und nur noch die Flucht nach vorn antreten konnte. Also gab er scheibchenweise zu, was sowieso schon bewiesen war. Nachdem ihm Gräbner auch noch einige Auszüge aus den Vernehmungen der Bardame des »Palais Madame« und des Zapfers des »Nürnberger Trichters« vorgelesen hatte, entgegnete er resignierend:

»Streichen Sie alles, was ich bisher gesagt habe. Ich werde jetzt die Wahrheit sagen.« Dann folgte ein fast tränenloser Wutausbruch Lackners und er schrie plötzlich: »Ich habe Angst, dass Sie mir die Tat nur deshalb anhängen wollen, weil ich vorbestraft bin!«

Gräbner ließ sich von Lackners Verhalten nicht beeindrucken. Wahrscheinlich war auch ein bisschen Schauspielerei mit dabei.

»Hören Sie, wir hängen hier niemand etwas an. Und nun fangen Sie endlich an und beantworten Sie meine Fragen!«

Und dann gestand Lackner zerknirscht, dass er gegen Mitternacht das »Palais Madame« betreten und Melanie kennengelernt habe. Seine Angaben über die weiteren Stunden in der Tanzbar deckten sich ziemlich genau mit denen der Zeugen. Auch seine Anwesenheit im »Nürnberger Trichter« gab er zu. Später habe er dann ein Taxi gerufen und sei mit seiner neuen Bekannten zu seinem Wohnhaus in der Meraner Straße gefahren. Schon im Lokal sei man sich einig geworden, dass der Abend bei ihm in der Wohnung gemeinsam enden sollte. Aber dann stockte er plötzlich und sagte:

»Vor der Haustür hat sie mir dann gesagt: ›Weißt du, ich gehe doch nicht mit dir nach oben.‹ Ich habe sie dann noch zwei- oder dreimal gefragt. Sie hat aber immer wieder gesagt. ›Lass es gut sein, ich gehe noch woanders hin.‹ Sie ist jedenfalls nicht mit in meine Wohnung gekommen.«

»Was tat die Frau anschließend?«

»Sie drehte sich einfach um und ging.«

»Und Sie haben sie einfach gehen lassen, nach diesem für Sie so anregenden Abend? Haben Sie sich vielleicht gestritten oder was?«

»Na ja, es gab da eine Meinungsverschiedenheit, nichts

Bösartiges. Erst wollte sie nicht, dann wieder doch, dann wieder nicht … Ich weiß nicht mehr, aber ich sage es Ihnen noch einmal. Ich habe mit ihrer Tötung nichts zu tun!«

So sehr Gräbner auch immer wieder nachhackte, Lackner schaltete auf stur und blieb dabei, dass sich beide vor seiner Haustür getrennt hatten. Nun gut, dachte Gräbner, wenn erst die Blutspuren in seiner Wohnung ausgewertet waren, würde er ihn nochmals in die Zange nehmen. Obwohl das Ergebnis noch nicht vorlag, hatte er keinen Zweifel daran, dass die Spuren die Anwesenheit Melanies in Lackners Wohnung beweisen würden. Lackners Einlassungen hatten die bisherigen Ermittlungen nicht nur bestätigt, sondern auch noch den Tatverdacht gegen ihn erhärtet. Sie waren auf einem guten Weg. Eins hatte die Vernehmung aber auch mit aller Deutlichkeit gezeigt: Sowohl Lackner als auch Melanie hatten in dieser verhängnisvollen Nacht mehr getrunken, als ein normaler Mensch vertragen konnte. Und was das hieß, konnte sich jeder in der Kommission an seinen zehn Fingern abzählen. Verminderte Zurechnungsfähigkeit war das Mindeste, was ein gewiefter Anwalt für den Mordverdächtigen herausholen konnte.

Bei Lackner war am Tage seiner Festnahme an seinem Stand in Vechta ein Funktelefon gefunden und sichergestellt worden. Für die weiteren Ermittlungen war es von wesentlicher Bedeutung, wann, wo und vor allem mit wem Lackner im Tatzeitraum telefoniert hatte. Um die entsprechenden Unterlagen von der Bundespost zu erhalten, war ein richterlicher Beschluss erforderlich, der auch alsbald erlassen wurde. Danach wurde die Oberpostdirektion Berlin verpflichtet, sowohl Auskunft über die Orte, von denen Gespräche mit dem Funktelefon in der Zeit vom 4. bis 8. Juli geführt wurden, als auch über die Telefonnummern, die bei diesen Gesprächen angewählt bzw. von denen das Funktelefon des Beschuldigten angewählt wurde, zu erteilen.

Zur Erklärung sei hinzugefügt, dass es im gesamten Bundesgebiet eine Vielzahl von festen Einrichtungen der Telekom, sogenannte »Funkzellen«, gibt, die in einem bestimmten Bereich alle Vorgänge eines Funktelefons speichern. Die somit erlangten Erkenntnisse über die Nutzung eines mobilen Gerätes gestatten einer zentralen Dienststelle der Post eine detaillierte Gebührenrechnung, die dann dem Anschlussinhaber übersandt wird.

Aufgrund dessen konnte festgestellt werden, dass Lackner am 4. Juli bereits gegen 21 Uhr, von Aschersleben kommend, in Berlin eingetroffen war und nicht, wie von ihm behauptet, erst gegen 23 Uhr. Am 5. Juli hatte er Berlin vermutlich erst in den frühen Abendstunden verlassen, denn er hatte gegen 20.41 Uhr ein Telefonat im Bereich Neuruppin geführt. Die Stadt liegt an der Bundesautobahn 24, welche Richtung Hamburg führt und die Lackner eigenen Angaben zufolge zu Heimfahrten nie benutzt haben wollte. Der Fundort der Leiche befand sich – von Berlin aus gesehen – ungefähr 35 Kilometer vor Neuruppin, zirka 2 bis 3 Kilometer von der Autobahnabfahrt Börnicke entfernt. Knapp 40 Minuten später unternahm er zwei Gesprächsversuche im etwa 30 Kilometer entfernten Bereich Wittstock, ebenfalls an der gleichen Autobahn gelegen. Diese Telefonversuche ließen erkennen, dass er auf dem Weg in Richtung Hamburg war.

Also hatte Lackner gelogen, als er in seinen Vernehmungen steif und fest behauptet hatte, er wäre bereits gegen 11 Uhr in Berlin losgefahren und zwischen 16 und 18 Uhr zu Hause bei seiner Mutter im Emsland eingetroffen. Was hatte er zu so später Stunde in der Nähe dieses verschlafenen Provinzstädtchens Neuruppin zu suchen? Die Frage ließ sich leicht beantworten, denn einen nachvollziehbaren Grund gab es für die Ermittler allemal: die Beseitigung der Leiche, die im Schutze der hereinbrechenden Dunkelheit im Waldgelände gefahrloser erfolgen konnte.

Der extreme psychische Druck, der auf Lackner lastete, hinterließ bei ihm offensichtlich tiefe Spuren. Wenige Tage nach seiner letzten Vernehmung bei der Mordkommission hatte er sich in seiner Zelle Schnittverletzungen an der linken Pulsader zugefügt. Nach Meinung des Arztes war die Handlung als ernst anzusehen. Somit hatte er innerhalb von wenigen Wochen das zweite Mal einen Selbsttötungsversuch unternommen. Wegen seiner akuten Gefährdungslage wurden besondere Sicherungsmaßnahmen angeordnet. Waren diese beiden Suizidversuche Indizien dafür, dass er mit der auf ihm lastenden Schuld, für den Tod eines Menschen verantwortlich zu sein, nicht mehr fertig geworden war oder gehörte das bereits zu seiner ausgeklügelten Verteidigungsstrategie? Einiges sprach für letztere Vermutung, denn er hatte nach dem angeblichen Suizidversuch das Personal selber alarmiert und sich beim ersten Mal nur leichte Schnitte zugefügt. Was aber tatsächlich dahinter steckte, musste zweifellos ein Psychiater herausfinden.

Bernd Warnke entschloss sich, sofort zu Michael Lackner zu fahren, der sich in der Krankenstation des Untersuchungsgefängnisses Moabit befand, und zu versuchen, etwas Licht in das Dunkel zu bringen. Lackner ging es den Umständen entsprechend gut und er befand sich in psychologischer Betreuung. Er wies darauf hin, dass er schon längere Zeit heimlicher Alkoholiker sei, ohne dass es seine Umwelt wahrgenommen habe. Ihm sei durch längere Gespräche mit der Psychologin klargeworden, dass er in der Vergangenheit ein Doppelleben geführt hatte. Nach außen hin war er ein netter und höflicher Mann, der jedoch seine Probleme im Innern durch Alkohol zu lösen versuchte. Dann sprach er einen Vorfall vom März an, bei dem er seine damalige Freundin Amelie Sparfeld eines Nachts angegriffen hatte. Nach einem Gaststättenbesuch sei er nach Hause gekommen, habe sich ins Bett gelegt und sei dann eingeschlafen. Amelie habe ihm später berichtet, er sei plötzlich aufgesprungen und habe auf sie eingeschlagen. Daraufhin sei es zur Trennung gekommen. Als Lackner auf den Morgen des 5. Juli (Tattag) angesprochen wurde, erklärte er, dass sein Erinnerungsvermögen in dem Augenblick ausgesetzt habe, als er und seine Begleiterin vor dem Wohnhaus eingetroffen waren. Er könne sich nicht mehr erinnern, ob die Frau mit nach oben gekommen sei und in der Wohnung etwas passiert wäre. Als er jedenfalls wieder nüchtern war, sei in seiner Wohnung alles wie immer gewesen.

Bernd Warnke witterte Morgenluft und schlug ihm vor, dass alles in einer weiteren Vernehmung ein paar Tage später festzuhalten, wenn es ihm besser gehen würde. Lackner stimmte nach längerem Zögern seinem Vorschlag zu und erwähnte dabei, dass ihm sein Anwalt eigentlich geraten habe, nicht mehr mit der Kriminalpolizei zu sprechen.

Schon einen Tag später traf ein Schreiben seines Anwaltes bei Gerhard Voss ein, in dem er sich über Voss' »ständigen Versuche, Herrn Lackner gegen seinen erklärten Willen zu einem Gespräch zu veranlassen«, beschwerte. Und er schrieb weiter: »Ich erkläre es noch einmal, er wird keine weiteren Angaben zur Sache machen.«

Bernd Warnke ärgerte sich in Grund und Boden, als ihm sein Chef den Brief zum Lesen übergab. Er war felsenfest überzeugt davon, dass er Lackner zu einem Geständnis hätte bewegen können. Aber diese Chance war nun ein für allemal vertan. Nun musste er den Wunsch des Anwaltes akzeptieren und Lackner künftig in Ruhe lassen.

Am 1. September wurde von Mitarbeitern der PTU die vermutliche Tatwohnung in der Meraner Str. 38 aufgesucht und erneut einer gründlichen Spurensuche unterzogen. Ziel war es, Faserspuren zu finden, die beweisen konnten, dass sich das Opfer in der Wohnung von Lackner aufgehalten hatte. Von einem aufmerksamen Kriminalbeamten wurde im Wohnzimmerschrank in einem offenen Fach, auf einem

Schreibset unter einem Korkenzieher, ein rotes Haar gefunden. Natürlich erinnerte sich der Beamte daran, dass das Opfer rote Haare hatte und stellte es als mögliche Tatspur sicher.

Bei der flächendeckenden Abklebung des Sitzmobiliars im Wohnzimmer wurden tief im Stoff einer cyclamfarbenen Decke, die auf einer dreisitzigen Couch lag, mehrere kleine Blutspritzer entdeckt. Waren das Haar und die Blutspritzer weitere Indizien für die Anwesenheit Melanies in Lackners Wohnung?

Die Medien berichteten natürlich ausführlich über den Mordfall. Trotzdem hatte sich bisher kein einziger Zeuge gemeldet, der das Opfer beim Betreten des Wohnhauses des Verdächtigen gesehen hatte. Auch die Befragungen der Hausbewohner waren eher erfolglos verlaufen. Nur wenige Mitbewohner kannten Lackner und auch seine Nachbarn konnten keine sachdienlichen Hinweise geben. Vor allem hatte niemand zur fraglichen Tatzeit Schreie oder sonstigen Lärm aus der Wohnung gehört.

Ein weiterer wichtiger Zeuge war der ehemalige Arbeitgeber von Lackner, Werner Gransee, der nach Rückkehr aus seinem Urlaub vernommen wurde. Er kannte Lackner seit mehreren Jahren und wusste über dessen Lebenswandel bestens Bescheid. Er hatte ihn trotz der Kenntnis seiner Vorstrafen eingestellt und schilderte ihn als zuverlässigen und vertrauenswürdigen Mitarbeiter. KHK Warnke, der ihn vernahm, horchte zum ersten Mal auf, als Gransee auf das Sexualleben von Lackner zu sprechen kam.

»Er hatte beim Sex manchmal Schwierigkeiten. Besonders dann, wenn er Alkohol getrunken hatte, konnte er nicht mehr. Das hat er mir mal erzählt.«

»Wie verhielt er sich denn, wenn er Alkohol getrunken hatte?«

»Er wurde manchmal etwas aggressiv. Er hat dieses Verhalten auch in meinem Beisein gezeigt. Ich habe ihn dann immer wieder daran erinnert, dass er wegen einer Schlägerei vorbestraft ist und sich zurücknehmen soll. Daran hat er sich dann gehalten.«

»Sagen Sie, Herr Gransee, welche Fahrtstrecken hat denn Herr Lackner benutzt, wenn er nach Löningen gefahren ist?«

»Er ist immer über Hamburg und Bremen gefahren. Untenrum, also über Hannover, fuhr er sehr ungern, weil dort immer starker Verkehr war. Das hat er mir ausdrücklich bestätigt.«

Und dann kam Bernd Warnke auf das blaue »Dupont«-Feuerzeug zu sprechen.

»Haben Sie ihm mal teure Geschenke gemacht?«

»Ich habe ihm gelegentlich von mir getragene Bekleidung geschenkt. Das letzte Geschenk war ein ›Dupont‹-Feuerzeug. Das habe ich in seinem Beisein in einem Secondhandshop im Ku'damm-Karree gekauft. Ich glaube, es hat 350 DM gekostet.«

Warnke griff in eine Plastiktüte, holte das im Taxi gefundene Feuerzeug hervor und legte es auf den Tisch.

»Kennen Sie dieses Feuerzeug?«

»Ja, das ist es doch. Es hat die gleiche Farbe.«

»Wann haben Sie es denn bei Herrn Lackner zum letzten Mal gesehen?«

»Das war am 23. Mai 1993, als wir beide abrechneten.«

»Sind Sie sich sicher?«

»Natürlich, das war damals in Bremen.«

Warnke atmete tief durch. Wieder eine Lüge von Lackner, der bei seiner Vernehmung in Cloppenburg dreist behauptet hatte, er hätte das Feuerzeug schon vor einem Jahr verloren.

»Wann haben Sie Herrn Lackner zum letzten Mal gesehen?«

»Warten Sie, das muss am 4. Juli am frühen Abend gewesen sein. Er kam in unsere Wohnung und wollte mit mir sprechen. Er wollte wieder bei mir anfangen, weil er mit seiner jetzigen Arbeit unzufrieden war. Ich habe ihn aber nicht empfangen, sondern meine Frau, weil ich gerade von einer Reise zurückgekommen war. Am nächsten Tag, so gegen 10 Uhr, ging ich aus dem Haus, um mit einem Freund zu frühstücken. Da sah ich sein Auto vor seinem Wohnhaus stehen. Ich kenne sein Auto sehr gut. Ich habe noch hineingeschaut und die Prospekte seiner neuen Firma gesehen.«

»Sagen Sie, ist Herr Lackner unter Alkoholeinfluss mit seinem Auto gefahren?«

»Nein, niemals. Ich hatte ihm damals schon gesagt, dass er für seine Tätigkeit unbedingt ein Auto bräuchte. Ohne Führerschein hätte ich ihn sofort entlassen. Er sagte mir mal, dass er nach ausgiebigen Alkoholgenuss lange schlafen müsse, um wieder klar zu werden.«

Zufrieden beendete Bernd Warnke die Vernehmung. Alles das, was er gehört hatte, passte genau ins Bild und würde helfen, Lackner als Täter zu überführen.

Um die in der Wohnung des Tatverdächtigen sowie in seinem Pkw gesicherten Spuren zu untersuchen, war es erforderlich, von ihm entsprechendes Vergleichsmaterial wie Blut, Speichel und Haare abzunehmen. Da davon auszugehen war, dass Lackner freiwillig dazu nicht bereit war, wurde ein entsprechender richterlicher Beschluss erwirkt. Ein Gerichtsarzt nahm Lackner im Beisein von KHK Warnke die Vergleichsproben ab. Damit war ein wichtiger Grundstein für die Spurenauswertung gelegt. Die Ergebnisse würden noch einige Zeit auf sich warten lassen.

Gerhard Voss war gerade von einer Pressekonferenz zurückgekehrt, als sein Telefon klingelte. Ein Mitarbeiter der PTU meldete sich bei ihm und teilte ihm mit, dass die in der Wohnung von Lackner gefundenen Blutspuren nicht von ihm stammten. Das war die positive Meldung, aber die negative folgte sogleich auf dem Fuße. Es war den Gerichtsärzten nicht gelungen, aus dem Leichnam Melanies brauchbares DNA-Material zu isolieren und ein entsprechendes Profil für Vergleichszwecke zu erstellen, da der Verwesungsgrad des Muskelfleisches zu weit fortgeschritten war. Deshalb war es unbedingt nötig, die engsten Verwandten des Opfers – Eltern und Kind – zu ermitteln und ihnen Blutproben abzunehmen. Mit diesem Hinweis verabschiedete sich der Wissenschaftler und ließ einen überraschten Kommissionsleiter zurück. Aber Voss war ein Praktiker ersten Ranges, den so leicht nichts aus der Ruhe bringen konnte. Er setzte sofort eine Besprechung an und stellte beruhigt fest, dass genügend Mitarbeiter, darunter auch Bernd Warnke, seiner »Einladung« Folge geleistet hatten.

Mit wenigen Worten setzte er seine Männer in Kenntnis und verteilte auch gleich die nötigen Aufträge. Einer von ihnen musste über das zuständige Bezirksamt den Vormund des achtjährigen Sohnes Fred ausfindig machen und eine Genehmigung zur Blutentnahme einholen. Ein anderer erhielt den Auftrag, die Eltern des Opfers zu ermitteln, um von ihnen ebenfalls eine Blutprobe abnehmen zu lassen. Wie sich wenig später herausstellte, war die Mutter bereits verstorben, der Vater dagegen lebte in der Nähe von Düsseldorf. Die zuständige Kripo in Mettman wurde gebeten, alles Erforderliche zu veranlassen und die Blutprobe so schnell wie möglich per Flugzeug nach Berlin bringen zu lassen.

Noch am gleichen Tage übergab ein Kriminalbeamter einem Flugkapitän der Lufthansa auf dem Flughafen Düsseldorf die Blutprobe des Vaters. Bereits am nächsten Morgen standen beide Blutproben der PTU zur Verfügung.

Die nächste Kommissionsrunde wurde von den Mitarbeitern mit Spannung erwartet, denn Gerhard Voss hatte durchklingen lassen, dass er noch einige interessante Details auf Lager hatte. Und er erfüllte in vollem Umfange ihre Erwartungen. Kaum hatten sie Platz genommen, begann er auch schon zu reden. Man hatte das Gefühl, dass er so richtig Dampf ablassen wollte.

»So Männer, es gibt eine Menge zu berichten. Der erste Spurenbericht vom ED liegt vor und betrifft die Fingerspuren in Lackners Wohnung und in seinem Auto. Vom Opfer war keine einzige Spur darunter. Ein Überkreuzvergleich mit den gesicherten Fingerabdrücken in der Tatort- und in der Opferwohnung war ebenfalls negativ. Auch die Sandspuren an den Schuhen von Lackner stammen nicht vom Tatort. Tja, das ist nicht besonders berauschend, aber was soll's, damit müssen wir eben fertig werden«, sagte er mit einem resignierten Unterton in der Stimme. Er trank einen Schluck Kaffee und fuhr dann verschmitzt lächelnd fort: »Aber es gibt weitere interessante Neuigkeiten. Dem Gutachten der Gerichtsmedizin ist zu entnehmen, dass der Ethanolwert im Muskelgewebe des Opfers eine Blutalkoholkonzentration in Höhe von 0,66 mg/g ergab, was auf eine Alkoholisierung bei Eintritt des Todes hinweist. Es handelt sich um einen relativen Wert, der sowohl nach oben als auch nach unten abweichen kann. Aufgrund des erheblichen Alkoholeinflusses von 2,8 Promille gegen 7 Uhr, der sich aus den Angaben der Angestellten im ›Palais Madame‹ und im ›Nürnberger Trichter‹ errechnen ließ, muss das Opfer daher anschließend noch mindestens zehn Stunden gelebt haben. Außerdem steht jetzt fest, dass es sich bei der Toten eindeutig um Melanie Marquardt handelt. Das haben die zahnmedizinischen Untersuchungen ohne jeden Zweifel ergeben. Und jetzt, Leute, …«, er machte gekonnt eine Pause, »kommt der Hammer. Alle Mühe hat sich in diesem Fall gelohnt. Die Spurensicherung hat in der Wohnung von Lackner exzellent gearbeitet. Nach dem Vergleich der dort gefundenen Blutspuren mit denen des Sohnes und des Vaters des Opfers kommt die PTU zu der Schlussfolgerung, dass die Blutspuren von Melanie Marquardt stammen. So, jetzt seid ihr dran.«

Einen Augenblick war es mucksmäuschenstill. Keiner sagte ein Wort und alle sahen sich ungläubig an.

»Das ist ja ein Ding, Gerhard«, staunte Bernd Warnke nicht schlecht, der als Erster die Sprache wiedergewonnen hatte, und Georg Gräbner ergänzte:

»Dann müssen wir ja noch einmal völlig neue Überlegungen zum Todeszeitpunkt anstellen. Dann ist ihr Tod also erst nach 17 Uhr eingetreten. Was ist nur in diesen zehn Stunden in der Wohnung geschehen?«

»Eins ist sicher«, warf Werner Prause in die Debatte, »die Tötung muss aufgrund der Blutspuren – ich denke da an die Wischspur am Türrahmen – auf alle Fälle in der Wohnung geschehen sein. Fragt sich nur wann? Was haben die beiden denn den ganzen Tag veranstaltet? Lackner ist doch, soviel wir wissen, nur immer unter Alkoholeinfluss ausgerastet. Gegen 17 Uhr müsste er doch bereits wieder so nüchtern gewesen sein, dass er sich hätte kontrollieren können. Ich verstehe das nicht.«

Gerhard Voss schaltete sich ein.

»Ich könnte mir vorstellen, dass Lackner bereits kurz nach Betreten der Wohnung Melanie – aus welchem Grund auch immer – mit einem Messer oder einem anderen scharfen Gegenstand attackiert hat.«

»Vielleicht hat sie sich über ihn lustig gemacht, als er keinen mehr hochgekriegt hat, wäre doch möglich, oder?«, warf Georg Gräbner nachdenklich ein.

»Nun ja, das könnte sein, aber wir werden wohl nie erfahren, warum er auf sie eingestochen oder sie geschnitten hat«, erwiderte Voss. »Lasst mich mal den Faden weiterspinnen«, forderte er seine Männer auf. »Ich glaube, er hat sie in seiner Rage so schwer verletzt, dass er dachte, sie wäre tot, was sie aber tatsächlich nicht war. Vielleicht hat er sie zuvor auch noch gewürgt. Dadurch könnte sie ohnmächtig geworden sein. Vielleicht befand sie sich zu diesem Zeitpunkt bereits am Rande des Todes und ist schließlich gegen 17 Uhr an den

Folgen der Verletzungen noch in der Wohnung oder auf der Fahrt zum späteren Fundort verstorben.«

»Mein Gott«, fuhr Bernd Warnke erregt dazwischen. »Dann hat sich die arme Frau ja stundenlang zu Tode gequält, während er einfach daneben saß. Mensch, also, da fehlen mir einfach die Worte. Wie können Menschen nur so was tun?«

Der sonst so hartgesottene und abgeklärte Beamte war sichtlich erschüttert. Die anderen sahen sich betreten an.

Gerhard Voss ergriff wieder das Wort.

»Nicht nur du bist erschüttert, Bernd, auch wir sind alle über das menschenverachtende Verhalten des Täters tief empört. Aber es hilft nun mal alles nichts. Wir dürfen uns nicht von Emotionen leiten lassen und müssen bei klarem Verstand bleiben, verstehst du?« Er blickte ernst. »Im Übrigen bin ich mit meinen Überlegungen noch nicht am Ende. Also, er hat dann sein Opfer möglicherweise in das Bettzeug eingewickelt und es am frühen Abend unbemerkt zu seinem Auto gebracht, welches er vermutlich zuvor in der Tiefgarage abgestellt hatte. Hinein kam er ja ohne Schwierigkeiten, denn, wie wir wissen, hatte er den Schlüssel der Familie Gransee noch nicht wieder zurückgegeben. Von seiner Wohnung aus ist es nicht weit bis zum Stadtring und von dort nicht weit bis zur Autobahn in Richtung Hamburg. Ich schätze mal, dass er von seiner Wohnung aus bis zum Fundort etwa 50 Kilometer gefahren ist. Die kann man sonntags leicht in einer guten halben Stunde schaffen. Dann hat er sich im Schutze der einsetzenden Dämmerung der Leiche entledigt. Warum er die Leiche nicht völlig vergraben hat, weiß nur er allein. Aber das war sein großer Fehler, den jeder Täter früher oder später macht. Ohne Leiche hätten wir ihm die Tat nur schwerlich nachweisen können.«

Werner Prause war wie immer sehr skeptisch.

»Gerhard, da sind in deinen Schlussfolgerungen eine Menge ›hätte‹, ›wenn‹ und ›aber‹ enthalten. Wo ist zum

Beispiel das Bettzeug oder die Decke, in der er die Leiche eingewickelt hatte? Soweit ich weiß, lag nichts davon in der Leichenkuhle, geschweige denn in der näheren Umgebung. Kannst du mir das mal erklären?«

»So dämlich ist Lackner nicht, dass er die Decke oder das Bettlaken aus seiner Wohnung bei der Leiche hätte liegen lassen. Er musste doch damit rechnen, dass die Leiche irgendwann gefunden wird und dann hätte es eine nachvollziehbare Verbindung zu seiner Wohnung gegeben. Die Sachen wird er auf dem Wege nach Löningen irgendwo weggeworfen haben, was weiß ich.«

»Die nachvollziehbare Verbindung gibt es ja auch durch die Blutspuren des Opfers in der Wohnung, Gerhard.«

»Da hast du recht, Werner, aber nur deshalb, weil er sich nicht die Zeit genommen hatte, gründlich sauber zu machen. Er hat in Panik gehandelt und zudem noch unter Zeitdruck gestanden, weil er unbedingt die Leiche fortschaffen musste. Die Blutspritzer, zum Beispiel in der Toilette, dürfte er selber verursacht haben, als er sich nach der Tat das Blut des Opfers von seinem Körper abwusch. Dafür sprechen die Spuren am Brausekopf und im Ablauf des Handwaschbeckens. Wir können über all das, was wirklich geschah, nur spekulieren, denn Lackner wird den Teufel tun und jetzt noch auspacken, wo ihm das Wasser sowieso schon bis zum Halse steht. Sein Anwalt versteht sein Geschäft«, sagte er anerkennend.

»Ich muss gestehen, Gerhard, der von dir konstruierte Tatablauf hat tatsächlich etwas Zwingendes an sich. Nach allem was wir wissen, könnte es tatsächlich so gewesen sein. Allerdings könnte es sich auch ganz anders abgespielt haben. Nehmen wir mal an, beide waren viel zu betrunken, um intim zu werden und hätten sich stattdessen schlafen gelegt. Vielleicht ist es erst am frühen Abend zwischen beiden zu einem verhängnisvollen Streit gekommen, in deren Verlauf er sie angegriffen und im Affekt getötet hat. Wäre zumindest auch möglich, oder?«

Da mussten ihm die anderen recht geben.

»Nun gut, Leute, wir haben genug spekuliert«, sagte Voss und wandte sich an Werner Prause.

»Es stimmt schon, was du sagst. Es gibt da viele Eventualitäten in diesem Fall. Aber genau die gleichen Fragen wird sich der Staatsanwalt stellen, wenn er die Anklageschrift verfasst. Auch er muss sich Gedanken über den möglichen Tatablauf machen, denn die Obduktion der fast verwesten Leiche hat uns in dieser Hinsicht keinen Schritt weitergebracht. Auch das Gericht wird sich eingehend mit dieser Thematik befassen müssen. Wahrscheinlich wird der genaue Tatablauf niemals geklärt werden. Wir haben jedenfalls alles getan, was wir konnten. Nun muss das Gericht die Beweise bewerten, die der Staatsanwalt bei der Gerichtsverhandlung präsentieren wird. Auch die Richter werden sich natürlich Gedanken machen müssen, ob die Blutspuren vom Opfer in der Wohnung ausreichen, um Lackner lebenslang hinter schwedische Gardinen zu bringen. Unsere Arbeit ist jedenfalls beendet. Ich habe vorhin mit Staatsanwalt Hamann telefoniert. Er will unbedingt den Vorgang haben, um Anklage erheben zu können. Ich werde noch mit Ulrich Mende sprechen. Ab morgen gehen wir wieder in Bereitschaft.«

Einige Stunden später betrat KHK Warnke das Gerichtsgebäude in Alt Moabit und übergab Staatsanwalt Hamann die zwei dicken Ermittlungsbände der »Mordsache Melanie Marquardt« persönlich.

Am 24. Januar 1994 war die Anklageschrift fertig und wurde sowohl dem Gericht als auch dem Beschuldigten und seinem Anwalt zugestellt. Staatsanwalt Hamann hatte Michael Lackner, wie zu erwarten war, nicht wegen Mordes, sondern nur wegen Totschlags angeklagt. Gerhard Voss und seine Mannen sahen sich in ihren Schlussfolgerungen bestätigt. Die Beweiskette war aufgrund der Zeugenaussagen, der Einlassungen des Beschuldigten und der Spurenauswertung nahezu geschlossen. Dennoch dauerte es nochmals zehn weitere Monate, bis das Hauptverfahren gegen Lackner vor der 32. Großen Strafkammer des Landgerichts Berlin (Schwurgericht) am 1. November 1994, über anderthalb Jahre nach der Tat, eröffnet werden konnte.

Das Medieninteresse an diesem Fall war gewaltig und der Zuschauerraum bis auf den letzten Platz gefüllt.

Schon nach wenigen Tagen fasste das Gericht den Beschluss, die Leiche von Melanie Marquardt exhumieren zu lassen, um festzustellen, ob sich das vorhandene Knochenmaterial für DNA-Vergleichsuntersuchungen noch eignen würde. Im Falle der Eignung sollten mit größtmöglicher Beschleunigung Proben entnommen und DNA-Profile erstellt werden und mit den noch vorhandenen Blutspuren bzw. deren DNA-Profilen verglichen werden, wobei sich die Untersuchungen auch auf die Blutanhaftungen im gesicherten Slip erstrecken sollten. Mit der Untersuchung wurde Dr. Pahlke vom Institut für Rechtsmedizin der FU Berlin beauftragt.

Am 1. Dezember 1994 trafen sich auf dem Städtischen Friedhof Reinickendorf um 6.30 Uhr ein Gerichtsarzt, EKHK Voss, KHK Warnke, der Friedhofsvorsteher, zwei Angestellte des Leichenschauhauses und drei Arbeiter eines Bestattungsinstitutes vor dem Grab von Melanie Marquardt. Es war ein gespenstiger Anblick, als die drei Männer im gleißenden Scheinwerferlicht zu ihren Schaufeln griffen und den Sarg ausbuddelten. Jede Phase der Aktion wurde akribisch auf Fotos festgehalten. Die sterblichen Überreste wurden aus dem Sarg entnommen und zur Untersuchung ins Leichenschauhaus überführt. Noch am gleichen Tage wurden die Knochenreste wieder zurückgebracht und zur wirklich letzten Ruhe gebettet.

Die Untersuchungen des Rechtsmediziners Dr. Pahlke von der FU Berlin ergaben eine eindeutige Identität zwischen den jetzt gesicherten DNA-Spuren aus den Knochenresten und denen der Blutproben des Vaters und des Sohnes des Opfers. Damit stand nun endgültig fest, dass die Tote Melanie Marquardt war.

Das Gerichtsverfahren endete nach 16 Verhandlungstagen mit einer regelrechten Sensation, als der Vorsitzende Richter Landsberg das Urteil verkündete. Der an sich recht klare Fall hatte plötzlich eine verhängnisvolle Wendung genommen und sich zu einem regelrechten Duell der Gutachter entwickelt, wobei Richter und Angeklagter zeitweilig zu Randfiguren degradiert wurden.

Zunächst war von der Sachverständigen der PTU Berlin, Frau Dr. Friedberg, überzeugend dargelegt worden, warum die Blutspuren in der Wohnung des Angeklagten vom Opfer stammten. Die Analyse erfolgte unter Erstellung eines Profils von »Minisatellitgenorten« am Erbmolekül DNA mit Hilfe der Single-Locus-Gensonden MS1, MS31, MS43A und G3. Sie ergab, dass die Blutspuren von einer Person verursacht wurden und dass in den Blutspuren jeweils vier Banden vom DNA-Profil des Vaters und des Sohnes des Opfers übereinstimmten. Damit war der wissenschaftliche Nachweis erbracht. Professor Bergmann vom Institut für medizinische Statistik der Universität in Bonn hatte die Bewertung dieses Befundes übernommen und berechnete in diesem Zusammenhang die Wahrscheinlichkeiten für die Zuordnung der Tatortspuren zum Vater und Sohn des Opfers. Auf der Basis der DNA-Typisierungsergebnisse bezüglich der vier Single-Locus-Gensonden berechnete er, dass die Blutspuren aus der Wohnung des Angeklagten mit einer Wahrscheinlichkeit von 99,9% in einem postulierten Verwandtschaftsverhältnis zum Vater bzw. Sohn des Opfers standen.

Insofern schien zunächst alles im Sinne der Anklage zu verlaufen, denn das Ergebnis der PTU war von diesem anerkannten Wissenschaftler ohne wenn und aber bestätigt worden. Dann aber trat Dr. Pahlke von der FU Berlin in den Zeugenstand.

Die Gesichter des Angeklagten und seines Anwaltes hellten sich zunehmend auf, als sie gebannt den Ausführungen des renommierten Gutachters lauschten. Es war regelrechte Musik in ihren Ohren, was sie aus dem Munde des Gutachters zu hören bekamen.

Dr. Pahlke berichtete klar und in nachvollziehbarer Weise, wie er mit Hilfe der »Polymerase chain reaction« (PCR-Technik) eine erneute DNA-Analyse der Blutanhaftungen im Slip, der Blutspur an der Oberseite der Badgarnitur vor dem WC sowie des Blutes des Vaters, des Sohnes und des Angeklagten vorgenommen und jeweils die DNA präpariert und die Proben mit der »PCR-Technik« amplifiziert hatte. Danach konnte nach seinen Ausführungen jedenfalls ausgeschlossen werden, dass das Blut im Slip sowie auf der Badgarnitur vom Opfer stammte und dass der Angeklagte Spurenverursacher für die Blutanhaftungen im Slip war. Des Weiteren stellte er fest, dass die Blutspur im Badezimmer nicht identisch war mit den Blutanhaftungen im Slip.

Das war ein einmaliger Fall in der deutschen Justizgeschichte und natürlich nicht nur ein »Fressen« für die Boulevard-Presse.

Es lagen somit zwei sich widersprechende Gutachten vor, die beide nach wissenschaftlich anerkannten Methoden erstellt worden waren. Beide Sachverständige, Dr. Pahlke und Dr. Friedberg, hatten keine Erklärungen für die unterschiedlichen Ergebnisse.

Das Gericht unter Vorsitz von Richter Landsberg stand jetzt vor einem kaum lösbaren Dilemma. Welchem der Gutachter sollte das Gericht Glauben schenken und auf welches Gutachten sollte es sein Urteil stützen? Die Blutspuren waren der zentrale Punkt für den Nachweis der Anwesenheit des Opfers in der Wohnung des Angeklagten. Konnte dieser nicht eindeutig erbracht werden, so konnte das Gericht dem Angeklagten seine Aussage auch nicht widerlegen, Melanie wäre vor der Haustür plötzlich umgekehrt und weggegangen. Weitere belastende Spuren gab es nicht. Natürlich stellte sich das Gericht die Frage, wo der Fehler liegen könnte, wenn zwei so renommierte Wissenschaftler zu solchen unterschiedlichen Ergebnissen gekommen waren. Beide Gutachter bestanden auf der Richtigkeit ihrer Ergebnisse. Aber wo sollte sonst der Fehler liegen, wenn nicht bei ihnen? Oder war der Slip letztendlich gar nicht der, den Melanie getragen hatte? Das Gericht nahm diese Frage auf und forderte eine genaue Überprüfung des Weges, den der Slip innerhalb der verschiedenen Behörden genommen hatte. Möglicherweise war der Kriminalpolizei beim Asservieren der Bekleidung des Opfers ein Fehler unterlaufen und versehentlich der falsche Slip zur Untersuchung übergeben worden.

Nun kam die 4. Mordkommission wieder ins Spiel. Voss und seine Mannen waren fassungslos, als sie erfuhren, dass eine Verurteilung Lackners auf des Messers Schneide stand. Bernd Warnke klemmte sich selber hinter die Sache und zeigte in einem längeren Bericht minutiös auf, welchen Weg der Slip vom Fundort bis hin zur gerichtsärztlichen Untersuchung zurückgelegt hatte. Er kam zu dem Ergebnis, dass es sich ohne jeden Zweifel um den Slip handelte, der unter der Leiche von Melanie Marquardt in der Tietzower Heide gefunden worden war. Wer hatte aber dann letztendlich die Spuren im Slip verursacht, wenn nicht das Opfer selber oder der Angeklagte?

Ein Obergutachten, das endgültige Gewissheit hätte bringen können, war nicht mehr möglich, da die übrigen, in der Wohnung des Angeklagten gefundenen Blutspuren durch die vorangegangenen Untersuchungen bereits verbraucht waren.

»Aufgrund fehlender, eindeutig dem Opfer zuzuweisender Blutspuren waren gewalttätige Einwirkungen, die zu ihrem Tode hätten führen können, nach Ansicht des Gerichts nicht belegbar«, legte der Vorsitzende in seiner Urteilsbegründung dar.

Obwohl das Gericht davon ausging, dass Melanie dem

Angeklagten am Morgen des 5. Juli 1993 in seine Wohnung gefolgt war, konnte es nicht ausschließen, dass Melanie diese auch wieder lebend verlassen hatte.

Trotz der Widersprüche, in die sich der Angeklagte während der gesamten Ermittlungen verwickelt hatte, und der anderen ihn belastenden Indizien kam das Gericht letztendlich zu dem Ergebnis, dass durch die beiden unterschiedlichen Gutachten vernünftige Zweifel an seiner Täterschaft entstanden waren.

Der Vorsitzende Richter Landsberg erwähnte in diesem Zusammenhang einen in der Rechtsprechung unverzichtbaren Grundsatz.

»Ergeben sich nach der durchgeführten Beweisaufnahme solche vernünftigen Zweifel an der Täterschaft des Angeklagten, hat das Gericht keine andere Möglichkeit, als nach dem Grundsatz ›in dubio pro reo‹ – also ›im Zweifel für den Angeklagten‹ – zu entscheiden. Daran führt in einem Rechtsstaat kein Weg vorbei, auch wenn das Urteil nicht jedermann befriedigen kann, Unbehagen auslöst oder sogar auf heftige Kritik stößt«, resümierte er nachdrücklich.

Michael Lackner wurde am 28. Februar 1995 mangels hinreichender Beweise freigesprochen. Für die erlittene Untersuchungshaft vom 16. August 1993 bis zum 24. Januar 1995 wurde er aufgrund gesetzlicher Regelungen entschädigt.

Der gewaltsame Tod der jungen Melanie Marquardt blieb damit ungesühnt.

Ein mörderischer Hinterhalt

An dem nasskalten Nachmittag des 13. Januar 1999 fiel der erste Schnee des neuen Jahres, der im Laufe der nächsten Stunden in einen leichten Sprühregen überging. In der Rostocker Straße, einer ruhigen Seitenstraße in einem typischen Wohngebiet des Berliner Bezirks Tiergarten, war die dünne Schneedecke bereits wieder bis auf wenige kleine Inseln geschmolzen. In den Abendstunden herrschte hier gewöhnlich kaum Verkehr und nur gelegentlich wurde die Stille durch ein fahrendes Auto unterbrochen. An den erleuchteten Fenstern konnte man erkennen, dass die Anwohner jetzt in ihren Wohnungen waren, zu Abend aßen und in Ruhe und Beschaulichkeit den Feierabend genießen wollten. Ein nur trügerisches Zeichen …

Um 20.44 Uhr öffnete sich die Tür des Hauses Nr. 6 und eine Gruppe von vier Männern trat auf die Straße. Diese wurde angeführt von einem großen, kräftigen, jungen Mann mit fast kahlem Schädel, der mit einem offenen, auffällig schwarzen, knielangen Ledermantel bekleidet war. Die rechte Hand hatte er in die Manteltasche gesteckt und es sah so aus, als ob er den Arm fest an seinen Körper presste. Die drei anderen Männer blieben dicht hinter ihm. Auf der Mitte des Bürgersteiges blieb die Gruppe stehen. Die Gesichter der Männer wirkten angespannt und ernst. Einer von ihnen, ein etwa 1,90 Meter großer Mann, ging mit langsamen Schritten auf die gegenüberliegende Straßenseite und blieb vor einer Filiale von »Penny« auf dem Bürgersteig stehen und blickte angestrengt in Richtung Huttenstraße, als ob er auf jemanden warten würde.

Wenige Augenblicke später tauchte ein kleiner japanischer Pkw auf, in dem sich drei Insassen befanden, und fuhr in eine Parklücke direkt neben ihm. Der Fahrer und der Beifahrer stiegen aus, während die auf der hinteren Bank befindliche Frau im Wagen sitzen blieb. Der Fahrer, ein junger, schwarzhaariger und gutaussehender Türke, schien den Wartenden zu kennen, denn sie wechselten ein paar Worte miteinander. Der Türke nickte mit dem Kopf und gemeinsam mit seinem Begleiter ging er langsam über die Straße auf die andere Gruppe zu, während der Hüne einige Schritte hinter ihnen zurückblieb.

Der glatzköpfige Mann hatte sich inzwischen hinter einem parkenden Fahrzeug postiert. Als sich ihm der Türke bis auf rund vier Meter genähert hatte, trat er aus dem Schatten hervor und zog plötzlich und ohne jede Vorwarnung eine Pumpgun aus seiner Manteltasche, hob die Langlaufwaffe in Brusthöhe, zielte kurz und gab einen Schuss auf den völlig überraschten und wehrlosen Mann ab. Durch die Wucht der aufprallenden Geschosse wurde der junge Türke wie von einer unsichtbaren Faust etwa 1,50 Meter zurückgeschleudert und fiel, von mindestens neun Kugeln aus der abgefeuerten Schrotpatrone in der Brust und am Hals getroffen, rücklings neben einem Audi 80 auf die nassglänzenden Pflastersteine der Fahrbahn. Sein Begleiter reagierte nach einer Schrecksekunde blitzschnell, drehte sich um und versuchte, sich in Sicherheit zu bringen. Der Schütze hob erneut seine Waffe, zielte und gab auf den Fliehenden zwei Schüsse ab, die ihn jedoch verfehlten, weil er sich beim ersten Schuss bereits geduckt hatte und unmittelbar darauf hinter einem geparkten Pkw Schutz finden konnte. Jetzt trat der Schütze an sein am Boden liegendes Opfer heran und fragte den direkt hinter ihm stehenden Hünen: »Ob der noch lebt?«, worauf der sich über das Opfer beugte und erwiderte: »Ja, der zappelt noch.« Daraufhin hielt der Schütze die Waffe direkt an den Kopf seines Opfers und schoss ihm zwischen die Augenbrauen. Der Schuss war sofort tödlich und zerstörte einen Teil des vorderen Schädels und das gesamte Gehirn. Aber der Glatzköpfige hatte noch immer nicht genug. Wild entschlossen, auch die Augenzeugin im Pkw zu töten, trat er an das Fahrzeug heran und legte seine mörderische Waffe auf die sich in

Panik befindliche junge Frau an. Der Hüne rief ihm jedoch beschwörend zu: »Nicht schießen, ist doch 'ne Olle!« Durch diesen Ausruf schien der Mörder zur Besinnung gekommen zu sein, denn er ließ die Waffe sinken, drehte sich spontan um und floh zu Fuß über den die Rostocker Straße und Berlichingenstraße verbindenden Parkplatz, wo er im Dunkel der Nacht verschwand. Seine drei Begleiter flüchteten die Rostocker Straße entlang in Richtung Huttenstraße und entkamen unerkannt.

Zur gleichen Zeit saß das Ehepaar Hertel gemütlich mit ihrer Tochter Manuela und deren Lebensgefährten Thomas Vogel im Wohnzimmer am Tisch ihrer im ersten Stockwerk gelegenen Wohnung in der Rostocker Str. 7. Sie besprachen gerade ihre gemeinsamen Urlaubspläne. Manuela und Thomas waren beide Polizisten und arbeiteten auf der gleichen Dienststelle. Plötzlich wurde das Gespräch durch drei schussähnliche Geräusche unterbrochen, die unzweifelhaft von der Straße, direkt unter ihnen, kamen. Überrascht sahen sich alle an. Wenige Augenblicke später zuckten sie wieder zusammen, als erneut das gleiche knallende Geräusch zu hören war.

»Mensch Manuela«, rief Thomas erregt, »das waren doch Schüsse!«, und sprang auf. Er blickte auf die Wanduhr. Es war genau 20.45 Uhr. Gemeinsam mit seiner Lebensgefährtin betrat er hastig den Balkon, um die Ursache zu erkunden.

Direkt unter ihnen liefen völlig außer sich ein junger Mann und ein junges Mädchen auf der Straße hin und her und riefen immer wieder:

»Hilfe, Polizei, hier ist jemand abgeknallt worden! Wir brauchen einen Arzt!«

Auf dem Parkplatz, über den man die Berlichingenstraße erreichen kann, entdeckten die beiden Polizisten eine männliche Person in leichtem Laufschritt, die mit einem länglichen dunklen Ledermantel bekleidet war. Irgendjemand rief ihnen von der Straße aus zu, dass das der Täter sei. Der junge Polizist handelte sofort und wählte den Polizeinotruf 110. Er gab sich als Kollege zu erkennen, teilte routiniert seine Beobachtungen mit und forderte zudem noch einen Notarztwagen an. Der Beamte in der Fubz teilte ihm mit, dass bereits mehrere Anwohner den gleichen Sachverhalt angezeigt hätten und ein Funkwageneinsatz angelaufen sei. Was der junge Beamte nicht wusste, war, dass bereits fünf Funkwagen und ein Zivilfahrzeug zum Tatort unterwegs waren. Nach dem kurzen Gespräch begab er sich mit seiner Freundin auf die Straße, um erste Maßnahmen wie Hilfeleistung für das Opfer, Absperrung des Tatortes und Feststellen von Zeugen einzuleiten. Wenige Augenblicke später traf der erste Dienstwagen mit zwei Zivilfahndern des zuständigen Polizeiabschnittes 33 (Streifendienst Verbrechensbekämpfung) ein. Zusammen mit dem erfahrenen Polizeikommissar Jeschke beugten sie sich über das Opfer, um festzustellen, ob Lebensrettungsmaßnahmen erforderlich waren. Mit geübtem Blick erkannten sie, dass das Opfer schwerste Verletzungen am Kopf und im Gesicht erlitten hatte. Auch im Hals waren mehrere Einschüsse erkennbar. Einen Pulsschlag konnte man weder an der Halsschlagader noch am Handgelenk spüren. Hier konnte kein Arzt der Welt mehr helfen. Der junge Türke vor ihnen auf der schmutzig nassen Fahrbahn war tot.

Schnell setzte der junge Polizist seine beiden Kollegen ins Bild, die nicht lange zögerten und sofort die Verfolgung des Täters aufnahmen. In diesem Augenblick traf auch der erste Funkwagen und kurz dahinter der Notarztwagen ein.

Nach kurzer Absprache mit seinem jungen Kollegen, PM Schröder, entschloss sich PK Jeschke, dem vermutlichen Täter, der inzwischen längst aus dem Blickfeld verschwunden war, hinterher zu eilen, während sein Kollege mit dem Fahrzeug in Richtung Huttenstraße fahren und von dort in die Berlichingenstraße einbiegen sollte, um dadurch dem Flüchtenden den Weg abzuschneiden.

Die Besatzung eines weiteren Funkwagens hörte auf dem Weg zum Tatort über Funk die Beschreibung des vermeintlichen Täters und über dessen Fluchtrichtung über die Berlichingenstraße. Die Beamten entschlossen sich nach Rücksprache mit der Fubz, nicht zum Tatort zu fahren, sondern gleich die Verfolgung des Täters aufzunehmen. Als der Funkwagen von der Huttenstraße in die Berlichingenstraße einbog, sahen die Beamten einen Mann in einem schwarzen Ledermantel vor dem Grundstück Nr. 12 in eine Taxe einsteigen. Sofort stoppten sie die Taxe und forderten den fast glatzköpfigen Fahrgast auf, mit erhobenen Händen auszusteigen. Der junge Mann kam der Aufforderung ohne jeden Widerstand nach und wurde vorläufig festgenommen. Bei der Durchsuchung seiner Bekleidung wurde eine größere Menge Bargeld entdeckt. Die Tatwaffe konnte im Taxi nicht aufgefunden werden. Wahrscheinlich hatte sie der Verdächtige auf seiner Flucht weggeworfen.

In diesem Moment erreichten der atemlose PK Jeschke und sein Teamkollege Schröder fast gleichzeitig den Funkwagen. Zufrieden nahmen sie zur Kenntnis, dass ihre Kollegen den Verdächtigen bereits festgenommen hatten. Während der Verfolgung zu Fuß über den dunklen Parkplatz hatte Jeschke die Tatwaffe nirgendwo liegen sehen. Nachdem der Funkwagen mit dem Verdächtigen zum Polizeiabschnitt abgefahren war, gingen beide noch einmal den Fluchtweg zurück, um nach der Waffe zu suchen. Als sie beinahe wieder die Rostocker Straße erreicht hatten, rief ihnen eine Mieterin des Hauses Nr. 41 zu, dass sie beobachtet hätte, wie ein Mann mit langem Mantel einen länglichen Gegenstand in einen Müllcontainer auf einem angrenzenden Grundstück geworfen habe.

Erleichtert bedankten sie sich bei der Frau für den konkreten Hinweis und wurden tatsächlich fündig. In dem mittleren von drei dicht beieinanderstehenden Containern fanden sie eine Pumpgun.

»So viel Glück gibt's nur einmal«, murmelte Jeschke überrascht, »erst 'nen Tatverdächtigen in einem Mordfall noch in Tatortnähe festzunehmen und dann auch noch die Tatwaffe zu finden. Das ist ja wie ein Sechser im Lotto.«

Er nahm sein Funkgerät zur Hand und teilte seinen Fund den Kollegen im Lagedienst mit.

In der Zwischenzeit waren auch die anderen Funkstreifen am Tatort eingetroffen und hatten ihn weiträumig mit einer Flatterleine abgesperrt. Auch die Rostocker Straße wurde für den Durchgangsverkehr gesperrt. Es war für die eingesetzten Beamten nicht leicht, die immer größer werdende Zahl von Schaulustigen, die alle einen Blick auf das Opfer erhaschen wollten, zurückzudrängen. Der Tote war inzwischen längst mit einem Leichentuch zugedeckt worden, so dass man nur noch seine Schuhspitzen sah – ein wahrlich makaberes Bild. Mehrere Reporter und Fernsehteams erschienen nacheinander am Ort dieses schrecklichen Verbrechens, denn natürlich hatten sie längst Wind von der Geschichte bekommen.

Unter den Anwohnern, die in großer Anzahl aus ihren Wohnungen auf die Straße gekommen waren, wurde heftig und erregt über die soeben stattgefundene Schießerei diskutiert. Dabei waren Aussprüche wie »Das ist ja beinahe wie in Chicago«, »Al Capone lässt schön grüßen« oder »Jetzt wird hier schon von Kriminellen in einer Wohngegend herumgeballert. Was ist nur aus unserer schönen Stadt Berlin geworden?« zu hören, die treffend die Empfindungen der empörten Menschen widerspiegelten.

Natürlich wurde auch die VB I (kriminalpolizeiliche Sofortbearbeitung der Polizeidirektion 3) informiert, um die Bearbeitung des Falles bis zum Eintreffen der Mordkommission zu übernehmen. Der Schichtleiter entsandte unverzüglich drei Beamte zum Tatort, die Zeugen feststellen und befragen, Spuren der Tat – vier Patronenhülsen und eine Schrotkugel – auf der Straße und auf dem Gehweg sichern und die mutmaßliche Tatwaffe übernehmen sollten. Außerdem wurden sie angewiesen, die Fahndung nach den drei flüchtigen Mittätern bei Vorliegen neuerer Erkenntnisse ständig zu aktualisieren.

Bei der aufgefundenen und schussfertigen Waffe handelte es sich um eine etwa 75 Zentimeter lange Vorderschaftrepetierflinte der Firma »Mossberg«/USA, Modell 500 A, Kaliber 12/70 Magnum. Sie befand sich in einem äußerlich guten und gebrauchstüchtigen Zustand und war mit einem Pistolengriff und einer umklappbaren Schulterstütze ausgestattet. Die Waffe funktioniert so, dass nach einem Schuss bei Rückwärtsbewegung des Vorderschaftes die leere Hülse aus dem Patronenlager entfernt und bei Vorwärtsbewegung eine neue Patrone in den Lauf zugeführt wird. Das unterhalb des Laufes angeordnete Röhrenmagazin fasst fünf Patronen. Eine Patrone befand sich noch im Patronenlager der schussfertigen Waffe. Durch das große Kaliber verfügt diese äußerst gefährliche Waffe neben einer großen Streuung auch über eine enorme Durchschlagskraft.

Die Waffe wurde von einem VB I-Beamten vorsichtig aufgenommen, um keinerlei Spuren daran zu verwischen. Von der Mordkommission würde sie später zum LKA-PTU zur waffentechnischen Inspektion gebracht werden.

Der Tote wurde anhand seines türkischen Ausweises, den man in seiner Gesäßtasche fand, als der 22-jährige Mehmet Yilderim identifiziert.

Bei dem Festgenommenen handelte es sich um den 24-jährigen Thomas Pankow aus Dallgow-Döberitz, der bei seiner Freundin Svenja Meinert in der Rostocker Str. 6 wohnte. Demnach hatte er unmittelbar vor seiner Haustür den Mord verübt. Die Wohnung wurde von der Kripo sofort aufgesucht, jedoch wurde niemand angetroffen. Von Nachbarn erfuhren die Beamten, dass sich die Mieterin zurzeit stationär in einem Krankenhaus aufhalten würde.

Gegen 21.15 Uhr klingelte bei dem Leiter der 4. Mordkommission, EKHK Gerhard Voss, das Telefon. Der diensthabende Kriminalbeamte vom Lagerdienst berichtete ihm von der in der Rostocker Straße stattgefundenen Schießerei. Seine Miene hellte sich zusehends auf, als er erfuhr, dass der mutmaßliche Todesschütze bereits nach kurzer Flucht noch in Tatortnähe festgenommen werden konnte und sich zurzeit im Polizeigewahrsam befand.

Gegen 22 Uhr erreichte Voss den Tatort und übernahm mit seinen Männern die weiteren Ermittlungen. Nacheinander folgten die Beamten vom LKA 6214 (Erkennungsdienst und Fotograf), vom LKA 6224 (Zeichenstelle) und vom LKA-PTU (Spurensicherung). Damit die Spezialisten mit der Spurensuche beginnen konnten, wurde eine »Lichtgiraffe aufgestellt und der Tatort ausgeleuchtet«.

Gemeinsam mit seinem Mitarbeiter, KHK Eberhardt, schlug Voss die Leichendecke zurück und betrachtete betroffen den Leichnam. Trotz der vielen Toten, die sie beide in den langen Jahren ihrer Tätigkeit bei der Mordkommission gesehen hatten, war dies einer der schrecklichsten Anblicke. Da, wo einmal die Augenpartie war, klafften jetzt zwei tiefe Löcher, und darüber konnte man direkt in den offenen Schädel blicken.

»Mein Gott, Gerhard«, sagte Lothar Eberhardt sichtlich erschüttert zu seinem Chef, »das sieht ja regelrecht aus wie eine Hinrichtung. Ich fass es nicht.«

Er schüttelte ungläubig den Kopf.

»Tja Lothar, da fällt mir auch nichts mehr ein. Der Täter ist mit unvorstellbarer Brutalität vorgegangen. Aber wir wissen ja aus Erfahrung, dass Schrotgewehre, aus der Nähe abgefeuert, fürchterliche Wunden verursachen. Was ich allerdings nicht verstehe ist, dass der Täter direkt vor seiner Haustür einen jungen Türken erschießt. Er musste doch damit rechnen, dass er bei seiner Tat beobachtet wird. Wieso setzt er sich einer solchen Gefahr aus? Da muss mehr dahinterstecken als nur Ausländerfeindlichkeit, obwohl der Schütze als fast kahlköpfig beschrieben wurde.«

Gerhard Voss stellte zufrieden fest, dass die Schutzpolizei und die Kripokollegen von der Sofortbearbeitung gute Arbeit geleistet hatten. Der Tatort war ausreichend abgesperrt worden, und die Schusswaffenspuren waren mit kleinen Nummerntafeln fixiert worden. Außerdem war eine ganze Reihe von Zeugen ermittelt worden, von denen allerdings keiner die eigentliche Tat gesehen hatte. Einer von ihnen berichtete:

»Ich wohne im Haus Nr. 18 und wollte heute kurz vor 21 Uhr noch einen Besuch machen. Als ich auf die Straße kam, sah ich eine junge Frau und einen jungen Mann, die – ein Stück entfernt von mir – aufgeregt auf der Straße hin und her liefen. Auf der Fahrbahn, dicht neben einem Auto, sah ich eine dunkle Gestalt am Boden liegen. Der junge Mann schrie immer wieder ›Helft, helft doch!‹. Da waren auch viele Leute an den Fenstern, die neugierig herausschauten. Dann hörte ich einen älteren Mann sagen, dass die Polizei schon alarmiert sei. Ich dachte noch, dass der am Boden Liegende besoffen oder auf der glatten Straße ausgerutscht war. Erst später rief einer, dass er wohl erschossen worden wäre.«

Voss nahm seine beiden jungen Kollegen, KK Marco Hohberg und KK Jens Kersten, zur Seite.

»Marco, du bist Sachbearbeiter des Vorganges, kümmere dich um die Zeugen und um die beiden Geschädigten, die, wie wir von den Schupos bereits wissen, glücklicherweise mit dem Leben davongekommen sind, und denke auch an die Tatwaffe. Fordere mal einen kleinen VW-Bus an, damit wir all die Zeugen zur Dienststelle bringen können. Und gib die Namen aller Tatbeteiligten durch. Dann können die Kollegen auf der Dienststelle schon mal die Personen abklären. Jens, du bist für den Tatortbericht verantwortlich. Lass dir alle nötigen Daten von den Schutzpolizisten und den Kripo-kollegen von VB I geben. Na, du weißt ja.«

Routiniert gingen die Mitglieder der Mordkommission zu Werke und begannen im leichten Nieselregen mit ihren Ermittlungen. Nachdem die Lage des Opfers eingehend fotografiert worden war, wurde der Leichnam ins Leichenschauhaus überführt, damit eine sofortige Obduktion durchgeführt werden konnte.

Die beiden einzigen Tatzeugen, der junge Mann und das junge Mädchen, saßen noch in einem Funkwagen. Die 18-jährige Elena Walther war noch immer in Tränen aufgelöst und schluchzte vor sich hin. Nachdem sie langsam ihre Fassung wiedergewonnen hatte, gab sie tapfer Auskunft über das Tatgeschehen. Sie war rein zufällig in die ganze Geschichte hineingeraten und um ein Haar erschossen worden. Da hatte jeder für ihren augenblicklichen seelischen Zustand vollstes Verständnis. So sagte sie in ihrer ersten Vernehmung später auf der Dienststelle unter anderem:

»Ich habe Michael Schabert, das ist der Mann, der mit mir gemeinsam im Funkwagen saß, vor meiner Fahrschule getroffen. Das war ein echter Zufall. Wir kennen uns von früher. Er bot mir an, mich gemeinsam mit seinem Freund nach Hause zu fahren. Der Freund war ein junger Türke namens Mehmet. Es war der, der später erschossen wurde. Mehmet fuhr dann den Wagen, ein japanisches Modell. Michael saß auf dem Beifahrersitz und ich hinten. Bevor sie mich nach Hause brachten, wollte Mehmet noch schnell mal nach Moabit fahren, um dort eine bestimmte Person zu treffen und sich mit ihr zu unterhalten. Einen Namen hat er mir nicht gesagt, auch nicht, worum es ging. Kurz bevor wir dann in die Rostocker Straße eingebogen sind, nahm Mehmet sein Handy und rief jemand an. Dabei sagte er: ›Komm runter, wir sind jetzt gleich da.‹«

»Hatten Mehmet oder Michael den Grund für das Gespräch angedeutet?«

»Nein, nur dass es sich um eine kurze Unterhaltung handeln würde. Wir hielten dann auf der Straße vor einer Einfahrt an. Das Auto stand gerade still, und ein oder zwei Sekunden später war auch schon einer da, ich denke, dass es der Angerufene war.«

»Was sagte denn der Mann zu Mehmet?«

»›Steigt mal aus und lasst uns rübergehen und reden!‹ Michael und Mehmet stiegen aus und gingen auf die gegenüberliegende Straßenseite. Ich sah dann, wie zwei Männer aus der Richtung eines Hausausganges kamen. Beide liefen fast hintereinander. Der Vordere fiel mir durch seinen langen schwarzen Ledermantel auf. Er trug ganz kurze Haare. Der, der Mehmet und Michael angesprochen hatte, trug längere Haare. Er war ganz ruhig, kein bisschen aufgeregt. Ich würde ihn und den mit dem schwarzen Mantel wiedererkennen. Der mit dem Mantel blieb stehen und holte dann mit beiden Händen eine richtig lange Waffe hervor, richtete sie auf Mehmet und Michael und schoss einmal. Die Waffe leuchtete hell auf, und Mehmet ging gleich zu Boden. Das war wie im Film.«

»Haben Sie vor der Schussabgabe irgendein Gespräch gehört oder zumindest gesehen, dass der Schütze und die beiden zuvor miteinander gesprochen haben?«

»Ich habe nichts gehört. Nach meinem Eindruck gab es vor dem Schuss kein Gespräch.«

»Was konnten Sie anschließend beobachten?«

»Michael flüchtete sofort, er lief rechts die Straße runter. Der mit dem Mantel schoss auf Michael, da war der ungefähr acht Meter von ihm entfernt.«

»Hat der Mann einmal oder mehrmals auf Michael geschossen?«

»Das kann ich gar nicht mehr mit Sicherheit sagen. Da müssen Sie ihn schon selber fragen. Ich habe jedenfalls ganz sicher einen Schuss gehört. Ich war natürlich sehr aufgeregt und hatte höllische Angst, dass auch mir etwas passiert.«

»Was geschah dann?«

»Der mit den langen Haaren ging zu Mehmet und guckte ihn sich kurz an. Dabei meinte er halt so: ›Ist er tot?‹ Es hörte sich an wie 'ne Frage. Der mit dem Mantel lief dann zu Mehmet hin und gab noch einen weiteren gezielten Schuss auf Mehmet ab. Der lag ja am Boden und bewegte sich nicht mehr. Der Schütze hielt die Waffe so, wie ich vorhin gezeigt habe. Er hielt sie halt mit dem Lauf nach unten gerichtet auf den Kopf von Mehmet. Danach kam er mit der Waffe in der Hand auf das Auto zu, in dem ich saß. Er war zirka drei Meter von mir entfernt, als er die Waffe auf mich anlegte. Ich war völlig starr vor Angst. Ich wusste gar nicht, wie ich mich verhalten sollte. Mich ducken oder was? Der mit den langen Haaren kam dann hinzu und meinte: ›Nee, lass mal, is 'ne Olle.‹ Der mit dem Mantel nahm dann die Waffe wieder runter, steckte sie unter den Mantel und rannte in Richtung Parkplatz weg. Der andere lief ganz lässig auf dem dem Parkplatz gegenüberliegenden Gehweg in dieselbe Richtung weg.«

Der 19-jährige Michael Schabert hatte auch erst später begriffen, dass er nur am Leben geblieben war, weil ihn die Schüsse aus der Pumpgun verfehlt hatten. Er fühlte sich wie neugeboren und konnte sein Glück kaum fassen. Es war bereits nach Mitternacht, als er KK Jens Kersten im Vernehmungszimmer gegenübersaß.

Im Prinzip sagte er zum Tatgeschehen in etwa das Gleiche aus wie zuvor Elena Walther. Allerdings sprach er im Gegensatz zu ihr nicht nur von zwei, sondern von drei Begleitern des Schützen. Diese Unstimmigkeit ließ sich aber unschwer aus dem eingeschränkten Blickfeld der jungen Frau erklären, die das Geschehen nur durch das Rückfenster des Autos beobachten konnte.

»Sagen Sie, Herr Schabert, was wollten Sie und Mehmet eigentlich in der Rostocker Straße?«

»Diesen Typen da treffen, der geschossen hat. Ich habe schon mal gesehen, wie die miteinander geredet haben, Mehmet und der. Das war zwei Tage vorher, am gleichen Ort, abends, gleiche Zeit.«

»Und was wollten Sie nun konkret von ihm?«

»Ich wollte gar nichts von ihm, Mehmet wollte was klären. Ich weiß nicht genau, um was es ging, aber da war ein Streit. Also, das war so: Wir sind da hingefahren und Mehmet ist in eine Wohnung gegangen. Ich kann Ihnen die Wohnung zeigen, weil ich Mehmet von unten aus dem Auto auf einem Balkon gesehen habe. Dann kamen Mehmet und der Typ wieder runter und sie gingen irgendwo hin. Ich blieb im Auto. Nach ein paar Minuten kamen beide zurück. Die sind dann noch mal hoch und Mehmet kam dann wieder runter und dann sind wir weggefahren. Als er sich ins Auto setzte, sah er irgendwie genervt oder gestresst aus. Er hat sich auch mit dem Typen ein paar Mal am Telefon gestritten, also an dem Tag, als wir zum ersten Mal da waren, am nächsten Tag und gestern auch.«

»Worum ging es denn bei diesem Streit?«

»Weiß ich nicht. Das hörte sich am Handy immer so an: ›Bleib' mal ruhig. Bist du bescheuert? Komm später.‹ So was in der Richtung.«

»Wie gut kennen Sie Mehmet?«

»Ich kenne ihn schon lange. Aber besser kenne ich seinen Bruder, der ist in meinem Alter. Ich bin mit dem befreundet.«

»Was denken Sie denn, warum das heute passiert ist?«

»Weiß ich nicht, Streit oder so.«

»Könnte es vielleicht um Drogen gegangen sein?«

»Das kann ich nicht sagen, weil ich nichts gesehen habe. Ich war immer im Auto, wenn er sich mit dem Typen da getroffen hat. Also, ich war vielleicht drei- oder viermal mit da. Er hat auch nie darüber gesprochen.«

»Hatte Mehmet eine Waffe?«

»Weiß ich nicht. Ich kann dazu gar nichts sagen. Ich weiß nur, dass sie sich am Telefon gestritten haben, und das nicht gerade sanft.«

»Haben Sie eine Waffe?«

»Nee, Herr Kommissar, bestimmt nicht. Woher auch?«

»Sagen Sie, gab es vor der ersten Schussabgabe zwischen dem Schützen und Mehmet irgendein kurzes Gespräch oder hat ihm der Schütze irgendetwas zugerufen?«

»Nee, die haben nicht mal ein Wort geredet. Der Typ holte plötzlich unter seinem Mantel eine Pumpgun vor, zog sie durch, richtete sie auf Mehmet und schoss. Mehmet fiel einfach um. Dann drehte er sich zu mir, zielte auf mich und schoss noch mal. Ich rannte weg, sprang sofort hinter ein geparktes Auto und bückte mich. Der Typ ging auf die Straße und konnte mich kurz sehen. Ich versuchte, mich zwischen zwei Autos zu verstecken und in dem Moment schoss er noch mal, traf mich aber zum Glück nicht. Dabei hielt er die Waffe in Hüfthöhe. Ich konnte das Mündungsfeuer sehen. Ich dachte noch, was will denn der Typ von mir? Ich hatte ihm doch überhaupt nichts getan, und dann schießt der einfach auf mich. Der muss doch irre geworden sein. Mehmet lag schon auf der Erde. Der Lange und der Schütze redeten miteinander und gingen dann zu Mehmet. Als sie dann vor Mehmet standen, schoss er noch mal auf Mehmet, ins Gesicht, dabei hielt er die Waffe direkt an seinen Kopf. Dann haute der Schütze ab. Ich bin dann zu Mehmet und habe nur noch sein zerstörtes Gesicht gesehen.« Während sich der Zeuge die Tränen aus den Augen wischte, fügte er hinzu: »Die Augen waren gar nicht mehr da. Ich sah, wie der Schütze und der andere, der uns abgefangen hatte, in Richtung Parkplatz abhauten, wobei der Schütze schnell, so wie ein Jogger, lief. Ich habe dann um Hilfe gerufen. Es meldeten sich einige Leute, die sagten, das sie die Polizei geholt hätten.«

Der junge Mann war sichtlich betroffen und hatte erneut

Tränen in den Augen, die er sich verstohlen abwischte. Auch er war unversehens in diese tödliche Auseinandersetzung geraten, bei der er beinahe sein Leben verloren hätte. Der Hintergrund der Tat schien immer klarer zu werden. Es hatte zwischen Täter und Opfer vor der Tat offensichtlich einen verhängnisvollen Streit gegeben, über dessen Inhalt Michael Schabert entweder nichts wusste oder aber nichts sagen wollte. So sehr Kommissar Kersten auch nachbohrte, Schabert blieb bei seiner Aussage und zuckte nur bedauernd mit den Schultern.

Kurz nach Mitternacht saß der Beschuldigte Thomas Pankow den beiden Kommissaren Dietmar Velske und Marco Hohberg im Vernehmungszimmer gegenüber. Er hatte eine kräftige, leicht bullige Figur und kalte leblose Augen. Sein Kinn war breit und wurde von einem kurzen Ziegenbärtchen bedeckt. Sein Schädel war fast kahlgeschoren, nur in der Mitte befand sich eine kleine Insel ganz kurzgeschnittener Haare. Er sprach mit ausgeprägtem Berliner Dialekt und trug einen grünen Trainingsanzug der Polizei, weil seine Oberbekleidung zur Untersuchung auf Tatspuren beschlagnahmt worden war.

Die beiden Beamten hatten vorher eingehend ihre Vernehmungsstrategie für den Fall besprochen, dass Pankow die Aussage verweigern würde und wie sie ihn dann zum Sprechen bringen könnten. Aber ihre Absprachen stellten sich als unnötig heraus. Pankow hielt sich nicht lange bei der Vorrede auf und war zum Erstaunen der beiden jungen Kommissare sehr gesprächig. Nach der obligatorischen Rechtsbelehrung fragte Hohberg:

»Möchten Sie einen Anwalt sprechen und dann aussagen oder jetzt gleich aussagen?«

»Ick wüsst nich, wat mir dit bringt mit Anwalt. Ick hab die Nummer nich im Kopp, sonst würde ick ihn anrufen. Aber ick denke, dit wird mir och nich weiterhelfen.«

»Gut, dann schildern Sie in aller Ruhe, wie es gestern zur Tat gekommen ist.«

»Am Montag (11.1.) hat der janze Scheiß anjefangen. Da ist der besagte Mehmet bei mir oben inne Wohnung jewesen und hatte mir zuvor seine Goldkette ausgeborgt, weil ick die janz jut fand. Ick habe ihn jefragt, ob ick ihm die abkoofen könnte. Er meinte nee, aber er würde sie mir borgen. Ick meinte ›jut‹, denn er hatte sich ja eh 2000 DM bei mir mal jeliehen jehabt. Er hat ›Koksgeschäfte‹ jemacht. Dienstag ist er also bei mir, inne Wohnung von meiner Freundin, Svenja Meinert, in der Rostocker Str. 6, fünfter Stock, jewesen. Er hatte vorher anjerufen, dass er seine Kette wieder abholen wolle. Meene Kleene und ein Pärchen, Ricarda Möller und Siegmar Brabandt, waren och da. Er hat bei uns telefoniert und ständig am Schrank rumgefummelt, is dann uffn Balkon jegangen und wieder rin inne Wohnung und wollte dann zu seinem Auto irjendwat holen. Dann kam er wieder nach oben und is wie blöde gleich an meenen Hals und fragte, ob ick meene beeden Goldketten trage würde.«

Der Beschuldigte war jetzt stark erregt und erzählte weiter: »Aber die hatte ick nich um, die lagen ja uffn Schrank. Aber da waren se nich mehr, die waren plötzlich weg. Da jab et Streit mit Mehmet. Ick hab jesacht: ›Willst du mich verarschen, du hast doch die Ketten genommen!‹ Aber das stritt er ab. Ricarda und Siegmar waren inzwischen wieder in ihre Wohnung jegangen. Weil ick mir eigentlich nicht denken konnte, dass die dit waren, sind wir zu ihrer Wohnung hin. Beede sagten zu mir, dass sie die Ketten nich hätten. Siegmar hat sich von mir noch 'ne Schelle einjefangen, damit er die Wahrheit sagt. Aber er blieb dabei und ick habe ihm dann och jegloobt.«

»Wie ging das denn nun weiter? Wurden die Ketten wieder aufgefunden?«

»Nee, die waren weg. Später hat Mehmet dann anjerufen und jefragt, wat denn nu mit de Ketten is. Ick sagte noch, er hat ja och am Schrank jestanden und rumgefummelt. Aber ob er se wirklich jenommen hat, dat weeß ick och nich. Dann is 'n richtiger Streit am Telefon entstanden.«

»Vielleicht hatte Ihre Lebensgefährtin die Ketten woanders hingelegt?«

»Nee, nee, die hatte die nich. Ick habe ihr ja och eene jescheuert, 'ne richtje Rückhand, weil ick wütend war. War'n bisschen heftig der Schlag. Sie hatte wat am Auge, dit wurde janz dick und hat ihr wehgetan. Is dann gleich ab ins Krankenhaus und sollte operiert werden. Die Mutter von ihr hat dann unsern kleenen, zweejährigen Sohn abjeholt. Mensch, Svenja weeß noch nischt von der janzen Scheiße.«

»Warum schlagen Sie eigentlich gleich immer zu? Haben Sie sich überhaupt nicht unter Kontrolle?«

»Manchmal werde ich so wütend, dann raste ick einfach aus. Ick kann nich anders.«

»Wie ging es denn nun am Mittwoch weiter?«

»Mehmet gab keene Ruhe und rief Mittwoch och wieder an. Ick hab dann uffgelegt und ihm jesagt, er kann mir mal am Arsch lecken. Dann klingelte regelmäßig das Telefon und er sagte immer wieder: ›Ick komm vorbei, ick ficke dich, ick ficke deine Frau, ick ficke deinen Sohn, töte deine Frau und schicke deine Mutter uffn Strich.‹ Daraufhin habe ick ihn jefragt: ›Was hast du jesagt, du willst meene Familie töten?!‹ Das war für mich der Knockout. Ick lass mir nich drohen und schon gar nich meener Familie. Das war für mich der Punkt gewesen, wo ick ausjerastet bin. Er ist ein Hurensohn. Am Mittwoch, fünf Minuten, bevor ick ihm in Kopp jeschossen habe, hat er angerufen und jesagt: ›Komm mal runter, wirst schon sehen, wat los ist.‹ Ihr könnt ja meenen Bruder fragen, der war och in der Wohnung. Ick war mir sicher, dass ›Noc‹, so der Spitzname von Mehmet, eene Pistole bei sich hatte. Weil, mit mir hauen, dit tut der nicht.«

»Wer war denn alles in Ihrer Wohnung?«

»Na, meene beiden Halbbrüder, Ansgar und Manfred

Bahlke. Ick habe sie jebeten, mich zu unterstützen, weil ick Stress mit 'nem Türken habe. Manne kam einfach so vorbei, um sich ein bisschen Gras abzuholen, und blieb dann gleich da. Meene andere Keule hab ick anjerufen. Und dann war noch der lange Freddy da. Der heißt Fred Radtke und is 'n Kumpel von mir. Den hab ick och anjerufen und jesagt, dass es wieder Stress mit de Kanacken jibt. Der is Kohlenträger, der kann richtig zulangen.«

»Was ist denn nun nach dem letzten Anruf geschehen?«

»Ick hab meine ›Pump Action‹ jenommen, hab meenen Mantel anjezogen, bin runterjejangen und habe vorm Haus gewartet.«

»Wer ist denn von den anderen mit auf die Straße gekommen?«

»Na, meene beeden Brüder und Freddy.«

»Haben Sie mit denen etwas abgesprochen?«

»Nee, det jing ja nich mehr, der Mehmet kam ja gleich.«

»Was hatten Sie denn vorher Ihren Brüdern gesagt?«

»Ick bräuchte sie als Verstärkung, weil ick mir dachte, ›Noc‹ kommt nich alleene, der bringt 'n paar Kumpels mit.«

»Hatten denn die anderen auch Waffen dabei?«

»Brauchen die nicht. Meene Keule macht Kampfsport, ick mach Kampfsport und der andere macht Boxen. Wir wissen uns zu wehren. Die sind ohne Waffen jekommen. Meene große Keule wusste, dass ick 'ne ›Pump Action‹ inne Wohnung habe. Meen Bruder Ansgar hat noch jesagt: ›Lass die Kanone oben, den haun wa um.‹ Ick hab den dreien noch jesagt, wenn die Gegner Waffen haben sollten, dann sollen sie sich verpissen, aus die Schusslinie raus. Ick hab keen Bock jehabt, dass die wat abkriejen.«

»Dann haben die drei mitbekommen, dass Sie eine Waffe mit nach unten nehmen?«

»Ja, kann sein, wir waren ja alle beim Anziehen jewesen. Wir waren alle uff eenem Fleck, zwischen Flur und Wohnzimmer.«

»Wo haben Sie denn die Pumpgun eigentlich her?«

»Die hab ick mir mal von ›Noc‹ jeholt, dit Ding. Hat satte 2700 DM jekostet. Das war Ende letzten Jahres, so um den 28. Dezember rum, ohne Munition. Die hab ick mir von PKK-Türken in Spandau besorgt. Ein Türke hat mir die nach Hause jebracht. Dit war een Kumpel von ›Noc‹. Da die alle immer mit Waffen rumhantieren, so mit ›Scorpions‹ und so, wusste ick, dass olle Mehmet nich ohne Waffe kommt. Deshalb hab ick meene mit runterjenommen. Ist doch klar, wa?«

»Hatte einer von Ihnen Alkohol getrunken?«

»Ick gloobe nicht, ick jedenfalls nich. Meene Brüder waren nüchtern und Freddy och.«

»Mit was mussten Sie und die anderen rechnen, was unten passieren würde?«

»Schwer zu sagen, ick denke mal, mit ’ner Schlägerei haben se uff alle Fälle jerechnet. Ick hab zwar jesagt, es kann sein, dass es zu ’ner Schießerei kommt, deswegen nehm ick die Waffe mit, aber die haben bestimmt nicht mit gerechnet, dass es wirklich so weit kommt.«

»Was geschah dann auf der Straße?«

»Wir haben ’n paar Minuten jewartet. Dann kamen sie mit ’nem Wagen an und haben gleich einjeparkt und sind ausjestiegen, also Mehmet und der andere Türke (Pankow hielt Schabert irrtümlich für einen Türken). Den Namen kenn ick nich, nur vom Sehen her, is een Kumpel vom Mehmet. Mehmet is zwei Meter vorjeloofen und hat erst mal jekieckt, wat Sache is. Sein Freund hat och jekiekt, wat Sache is. Mehmet hat gleich hinten nach seiner Jacke jegriffen. Ick dachte, der zieht ’ne Wumme, als wenn er wat holen will, wat zum Ballern, zum Stechen oder Schlagen. Und dann hab ick eenmal mit der ›Pump Action‹ abjedrückt. Ick hab einfach nur uffn Körper jezielt und abjedrückt, weil dit Grobschrot is und ick weeß, dass ick damit nich verfehlen kann. Die erste Patrone war ’ne Grobschrot und die zweete war ’ne ›Brennecke‹. Die schlägt uff jeden Fall ’nen Motorblock vom Auto durch.«

»Wie oft haben Sie auf Mehmet geschossen?«

»Erst eenmal, denn bin ick dem anderen Türken nach, weil der abhauen wollte und habe zweemal hinterherjeschossen. Dann hab ick mich umjedreht, jekieckt und jesehn, dass der Mehmet noch zappelt. Ick hab ihn einfach abjeschossen.«

»Was heißt ›einfach abgeschossen‹? Erklären Sie das!«

»Na ja, ick hab ihn einfach in Kopp jeschossen, dit heißt dit. Der lag da uff der Straße, da wusste ick, dass dit jetzt een janz böset Nachspiel hat, wenn ick den uffstehen lasse. Da habe ick 'ne Kurzschlussreaktion jehabt und einfach auf den raufjeschossen. Ick hab so vor ihm jestanden, etwa zwei Meter weg, und abjedrückt, bin umjedreht und wegjerannt, übern Parkplatz rüber, und hab die Schrotflinte inne Mülltonnen jeschmissen.«

»Wir wissen aber, dass es zwischen Ihnen und Freddy vor dem Schuss einen kurzen Dialog gab. Was haben Sie miteinander gesprochen?«

»Ja, dit is richtig. Da hab ick zu Freddy jesacht: ›Lebt der noch?‹, und er kieckte so und meinte: ›Nee, der sieht tot aus, aber der zappelt noch.‹ Ick hab den och zappeln jesehn.«

»Wie hatte Freddy das denn gemeint?«

»Vielleicht meente er Körperzuckungen?«

»Sahen Sie seinen Ausspruch als Aufforderung an, noch mal zu schießen?«

»Nee, nee, dit war keene Aufforderung, dit war lediglich 'ne Frage von mir an Freddy.«

»Was hat denn Freddy zu Ihnen gesagt, als Sie auf das Auto zugingen und auf die Frau schießen wollten?«

»Ick hab in das Auto rinjekieckt und da hat er jerufen: ›Nich ‚Pizza‘ (so der Spitzname von Pankow) is doch 'ne Olle!‹ Er weeß, wie ick im Wahn bin, da schlage ick allet um. Er dachte, ick bin noch im Affekt und weeß ja nich, wat los is. Er dachte bestimmt, ick will die erschießen. Deshalb hat er mich anjeschrien.«

»Sie sagten, Sie hätten gesehen, wie Mehmet nach hinten

griff, um eine Waffe zu ziehen. Habe ich Sie da richtig verstanden?«

»Jaja, dit war so. Er oder ick, dacht ick mir, und da hab ich abgedrückt. Ick habe in Notwehr und aus psychischer Angst und Bedrängnis gehandelt. Punkt! Und geschossen hab ick im Affekt, weil ick gesehen habe, dass der nach hinten griff.«

»Als er am Boden lag und sich nicht mehr gerührt hat, war doch die Gefahr für Sie vorbei. Warum haben Sie dann noch mal auf den Wehrlosen am Boden geschossen? Der zweite Schuss war doch demnach völlig überflüssig.«

»Wie ick schon sagte, ick hatte 'ne Kurzschlussreaktion.«

»Augenzeugen haben berichtet, dass Sie nicht mal zwei Meter von Mehmet entfernt waren, als Sie das zweite Mal geschossen haben. Sie sollen direkt vor ihm gestanden haben und die Pumpgun an seinen Kopf gehalten haben. Was sagen Sie dazu?«

»Wat soll ick sagen? So genau kann ick mich nich erinnern. Ick hab nur noch seinen offenen Kopp gesehen und bin dann weg.«

»Das nehme ich Ihnen nicht ab. Zweieinhalb Meter oder direkt davor. Das ist doch ein gewaltiger Unterschied.«

»Ick weeß et nich mehr. Beim besten Willen, dit jing allet so schnell.«

»Mehmet und sein Kumpel waren unbewaffnet.«

»Woher sollte ick dit denn wissen?«

»Weil Freddy hinter beiden lief. Der hätte Sie doch bestimmt gewarnt, wenn er Waffen gesehen hätte.«

»Mmh, kann schon sein, aber darauf konnte ick mich nicht verlassen.«

»Haben Sie bei Mehmet mal eine Waffe gesehen?«

»Ja, dit war vor anderthalb Wochen, eine verchromte ›Gecko‹ mit Schalldämpfer und Infrarotlaserpointer. Die wollte er mir noch andrehen. Die Knarre habe ick aber nicht jenommen, weil ick schon die ›Pump Action‹ hatte.«

»In welcher Verbindung standen Sie zu Mehmet?«

»Na ja, wie ick vorhin schon sagte, bin ick von Beruf Dealer. Im Monat hab ick so zwischen 2000 und 3000 DM verdient und ab und zu och mal jekifft. Den ›Noc‹ kenne ick, seit ick mit ihm das erste Gras-Geschäft gemacht habe. Dit is unjefähr ein dreiviertel Jahr her. Wir waren och nie so richtig im Streit jewesen, dass er mich verarschen wollte. Wir hatten eben Geschäftsverbindungen. Wenn er wat brauchte, hat er anjerufen, dann is er jekommen und hat sich 150 Gramm abjeholt. Manchmal haben wir zusammen och jeraucht und jelabert. Ick hab ihm mal jesagt: ›Wenn irjend wat is, ruf mich an. Aber komm nicht einfach her, ick kann dir nicht trauen, du bist een falscher Fuffziger.‹«

»Sie haben bereits Angaben zu Ihrem Rauschgiftkonsum gemacht und dass Sie damit auch handeln würden. Haben Sie auch noch was in der Wohnung Ihrer Freundin? Bevor Sie meine Frage beantworten, denken Sie daran, dass Sie die Aussage verweigern können, wenn Sie sich damit belasten.«

»Ick weeß. Ick habe noch etwa 500 Gramm Gras im Wohnzimmer hinter der Eckcouch. Det Zeug is in eenem Rucksack.«

»Hatten Sie vor der Schießerei irgendwelches Rauschgift konsumiert?«

»Ja, ick hatte zirka 2 Gramm ›Hasch‹ geraucht. Ick wollt mich beruhigen.«

Und in der Tat. Pankow hatte nicht gelogen, als er behauptete, er wäre von Beruf Dealer. Wie spätere Ermittlungen ergaben, galt er in Rauschgiftkreisen als einer der bekanntesten Dealer im Moabiter »Beusselkiez«. Er soll mit Kokain und Marihuana gedealt und mit seiner »Pump Action« herumgeprahlt haben, die er auch zum Kauf angeboten hatte.

»Kommen wir noch einmal auf die Schießerei zurück, Herr Pankow«, fasste Kommissar Hohberg noch einmal nach, »und sagen Sie uns, was eigentlich Ihre beiden Halbbrüder während der ganzen Schießerei gemacht haben?«

»Als ick schoss, sind meene beeden Brüder sofort abje-
hauen und zu ihren Autos gerannt. Atze rief noch: ›Du hast
ja 'ne Macke!‹«

»Und was hat Freddy gemacht?«

»Olle Freddy hat sich nach der Schießerei och gleich ver-
pisst.«

»Ging es bei dem Streit mit Mehmet nur um ein paar
Goldketten oder gab es da noch einen anderen Grund?«

»Nee, Herr Kommissar, nur um die drei Ketten. Die von
›Noc‹ war relativ lang und wog 137 Gramm. An ihr hing
een Boxhandschuh, der 41 Gramm wog. Die war 2000 DM
wert. Eine Goldkette von mir hatte einen ›Cartier-Panther‹
mit Augen aus blauen Fabrikdiamanten als Anhänger und
die andere hatte doppelt gefasste Kettenglieder und eenen
Löwenkopp und eenen Goldring als Anhänger. Die Ketten
waren nich billig, die haben och 'n paar Tausender jekostet.«

»Wie fühlen Sie sich jetzt, nachdem Sie wissen, dass Sie
einen Menschen getötet und es bei einem zweiten auch versucht haben?«

»Immer noch beschissen«, antwortete Pankow schulterzuckend. »Ick weeß nich, ob es mir nicht vielleicht genauso jegangen wäre, wenn ick zwee Sekunden jezögert hätte.
Dem eenen hab ick nur hinterhergeschossen, der sollte 'nen
Denkzettel bekommen, weil er mit dem ›Noc‹ mitgekom-
men war. Da er aber keene Waffe jezogen hatte, hab ick ihn
die Rostocker Straße runterlaufen lassen.«

Nachdem die Vernehmung von Pankow beendet war, sahen sich die beiden jungen Kommissare betreten an. Mit
einem derart rohen und gefühlskalten Menschen, der ohne
erkennbare Regung ein Menschenleben wegen ein paar
lumpiger Ketten ausgelöscht hatte, waren sie bisher noch
nicht in Berührung gekommen. Dass er nicht noch zwei
weitere Morde auf dem Gewissen hatte, war einerseits nur
dem glücklichen Umstand zu verdanken, dass seine beiden

Schüsse auf Michael Schabert nicht getroffen hatten, und andererseits seinem Kumpel Freddy Radtke, der ihn davon abgehalten hatte, auch auf Elena Walther seine Waffe anzulegen und sie zu erschießen.

Natürlich war durch seine Aussagen deutlich geworden, dass er fieberhaft nach seiner Festnahme überlegt haben musste, mit welcher Strategie er eine Mordanklage gegen sich verhindern könnte. Und da war ihm die Geschichte mit der Notwehr eingefallen. Auf den ersten Blick gar nicht so schlecht, aber eben nur auf den ersten Blick und nicht konsequent zu Ende gedacht, was zweifellos nicht Pankows Stärke war. Auch wenn seine Chancen vor Gericht hauchdünn gewesen wären, dass der erste Schuss als pure Notwehrhandlung anerkannt worden wäre, hatte er sich durch den zweiten Schuss aller Rechtfertigungsgründe endgültig beraubt. Er hatte eindeutig gelogen, als er behauptete, er hätte aus zwei Meter Entfernung geschossen. Tatsächlich aber war er nach den Zeugenaussagen an sein sterbendes Opfer herangetreten und hatte ihm in menschenverachtender Weise den »Fangschuss« gegeben, der mit einer regelrechten Hinrichtung zu vergleichen war. Diese Tathandlung war an Grausamkeit nicht mehr zu überbieten und stellte ein eindeutiges Mordmerkmal dar. Man brauchte kein besonders guter Prophet zu sein, um vorauszusagen, dass Pankow nicht die geringste Spur einer Chance hatte, einer lebenslangen Freiheitsstrafe zu entgehen.

Bemerkenswert war allerdings der Umstand, dass Pankow bemüht war, seine Halbbrüder und seinen Kumpel Freddy aus allem herauszuhalten und die Schuld allein auf sich zu nehmen.

Durch Pankows Leben zog sich seit seiner Kindheit Gewalt wie ein roter Faden. Zahllose Male hatte er seine Freundin Svenja aus nichtigen Anlässen körperlich misshandelt, so dass sie mehrfach vor seinen Gewalttätigkeiten aus ihrer gemeinsamen Wohnung zu Nachbarn fliehen musste. Trauriger Höhepunkt war die schwere Augenverletzung, die sie sich durch seinen Faustschlag einen Tag vor der Schießerei zugezogen hatte.

Bei diesem ausgeprägten Jähzorn in Verbindung mit ungewöhnlicher Brutalität war es aus kriminalpolizeilicher Sicht recht ungewöhnlich, dass Thomas Pankow bisher noch nicht wegen Rohheitsdelikten in Erscheinung getreten war, wenn man mal von seiner Verurteilung als 18-Jähriger im Jahre 1993 wegen Beleidigung und Körperverletzung absah. Ein weiteres Verfahren wegen Körperverletzung stellte das Gericht nach dem Jugendgerichtsgesetz Paragraph 47 ein.

Noch am selben Tage wurde Thomas Pankow dem Bereitschaftsrichter zum Erlass eines Haftbefehls vorgeführt. Er war im Großen und Ganzen voll geständig und verwies dabei auf seine bei der Kriminalpolizei gemachten Aussagen. Als Grund für den ersten Schuss auf Mehmet Yilderim machte er Notwehr geltend und bestritt dem Richter gegenüber, auf Mehmet das zweite Mal geschossen zu haben und verstieg sich sogar in der Behauptung, dass der Begleiter von Mehmet – im Gegensatz zu seiner ersten Vernehmung – doch eine Pistole in der Hand gehalten hätte, weshalb er diesem in Panik hinterhergeschossen habe. Der Richter zeigte sich jedoch unbeeindruckt und erließ wegen des dringenden Verdachts des Mordes und versuchten Mordes gegen ihn Haftbefehl. Thomas Pankow wurde im Anschluss daran in die Untersuchungshaft- und Aufnahmeanstalt Moabit eingeliefert.

Die bei ihm aufgefundenen 4703,12 DM wurden im Rahmen der Gewinnabschöpfung beschlagnahmt, da man davon ausgehen musste, dass die Summe durch den Verkauf von Rauschgift erzielt worden war.

Im Anschluss an seine Vernehmung wurde von KK Hohberg und KK Freyer und anderen Kräften, darunter Hundeführer mit »Rauschgifthunden«, die Wohnung in der

Rostocker Str. 6, die Pankow mit seiner Lebensgefährtin Svenja Meinert bewohnte, durchsucht. An der von ihm bezeichneten Stelle wurde das Päckchen mit den 500 Gramm Marihuana gefunden. Außerdem fanden die Ermittler einen schwarzen Koffer mit 28 Schrotpatronen Kal. 12 sowie weitere Patronen unterschiedlichster Hersteller, einen »Morgenstern«, eine Muskete und eine Liste mit einer Aufstellung verschiedener Schalldämpfer. Alle Gegenstände wurden als Beweismittel beschlagnahmt.

Es gelang der 4. Mordkommission noch am gleichen Tage, die Aufenthaltsorte der Halbbrüder Thomas Pankows, des 33-jährigen Ansgar und des 30-jährigen Manfred Bahlke, zu ermitteln und sie in den Wohnungen ihrer Freundinnen vorläufig festzunehmen, ohne dass sie Widerstand leisteten. Beide hatten ihre Festnahme offensichtlich erwartet, denn sie zeigten sich beim Erscheinen der Kriminalpolizei nicht sonderlich überrascht, eher sogar noch erleichtert.

Sie wollten unbedingt aussagen und umfassend zu den Geschehnissen am gestrigen Tage Stellung nehmen. Auf die Hinzuziehung eines Anwaltes verzichteten sie.

Beide bestätigten, dass sie von ihrem Halbbruder gebeten worden waren, als Verstärkung bei einer Auseinandersetzung mit einem Türken auf der Straße mitzuwirken, da davon auszugehen war, dass der Kontrahent ihres Halbbruders nicht allein erscheinen würde. Beide hatten die letzten provozierenden Anrufe des jungen Türken miterlebt und gesehen, wie ihr Halbbruder dabei immer wütender geworden war. Ihre beiden Aussagen ähnelten sich sehr und die erfahrenen Beamten vermuteten nicht zu Unrecht, dass die Brüder Bahlke ihre Aussagen offenbar zuvor miteinander abgestimmt hatten. In einem wesentlichen Punkt gaben sie allerdings unterschiedliche Erklärungen ab. Während Ansgar behauptete, nicht bemerkt zu haben, dass sich Thomas mit einer Pumpgun bewaffnet nach unten begeben hatte, behauptete sein Bruder Manfred genau das Gegenteil. Er sagte dazu:

»Ick habe eene große Waffe bei Thomas gesehen. Wenn man sich mit 'nem Türken einlässt, muss man immer davon ausgehen, dass da drei bis fünf Mann kommen. Es ist so, ick wusste ja nicht, wat dit für eener war und aus welchem Milieu der kam.«

Somit standen die Aussagen von Ansgar in diesem Punkt im krassen Widerspruch zu denen seiner beiden Brüder. Er blieb auch dann noch bei seiner Aussage, als ihm die betreffenden Passagen aus deren Vernehmungen vorgelesen wurden. In einem waren sich die beiden allerdings völlig einig, denn sowohl Ansgar als auch Manfred sagten übereinstimmend aus, sie hätten gesehen, wie einer von den zweien, die aus dem ankommenden Pkw gestiegen sind, beim Herüberkommen auf die andere Straßenseite eine Hand auf dem Rücken hatte. Damit stützten sie die Version ihres Bruders, der behauptet hatte, im Rahmen der Notwehr geschossen zu haben. Da traf wieder einmal das alte Sprichwort zu »Blut ist immer dicker als Wasser«.

Als Ansgar seinen Halbbruder Thomas noch oben in der Wohnung gefragt hatte, was denn unten ablaufen würde, soll der lediglich erwidert haben: »Ick hab jetzt die Schnauze voll, ick habe keenen Bock, irgendwat hinterherzuloofen, wat mir gehört.«

Die beiden Brüder schilderten ihren Halbbruder als einen sehr aggressiven Menschen, der bei der kleinsten Angelegenheit regelrecht »ausflippen« würde. Er sei ständig nervös und würde immer herumschreien, wenn ihn etwas bedrückt. Beide waren der Meinung, dass er in die Psychiatrie gehören würde. Ansgar ging dabei sogar noch ins Detail und sagte:

»Thomas ist noch ein richtiges Kind, das immer bevorzugt wurde, da er der Kleinste von uns war, unser Nesthäkchen eben. Er war leider Gottes viel zu viel mit mir zusammen, und unser Altersunterschied war viel zu groß. Ich musste ihn überall mit hinnehmen und immer auf ihn aufpassen. Durch mich hat er eine zu große Fresse bekommen, weil er dachte, er könne sich in meinem Beisein alles erlauben. Er ist auch im nüchternen Zustand leicht reizbar, auch seiner Svenja gegenüber, und wenn sie nicht funktioniert, dann haut er sie genauso, als wenn er irgendwelche Drogen oder aber Alkohol in seiner Birne hat. Er ist dann immer unheimlich von sich selbst überzeugt, als wenn er der ›liebe Herrgott‹ wäre. Eigentlich ist er sehr intelligent, aber er steckt noch immer in seinen Kinderschuhen, weil er nie erwachsen geworden ist. Selbst mir hat er angefangen zu drohen, obwohl er weiß, dass ich der Stärkere von uns bin.«

Eins war den Ermittlern um Gerhard Voss schon jetzt klargeworden. Die Halbbrüder des Täters hatten ihm zwar bei der zu erwartenden körperlichen Auseinandersetzung den Rücken stärken wollen, spielten aber letztendlich bei der Schießerei eine völlig passive Rolle. Eine Beihilfe zum Mord oder gar eine Mittäterschaft ließ sich bei dem gegenwärtigen Ermittlungsstand nicht beweisen. Bei Freddy sah es dagegen anders aus. Inwieweit er als möglicher Mittäter in Frage kam, würden die Vernehmungen ergeben. Aber erst musste er einmal ermittelt und dingfest gemacht werden.

Da ein dringender Tatverdacht gegen Ansgar und Manfred Bahlke nun nicht mehr bestand, wurden sie nach ihren Vernehmungen unverzüglich wieder auf freien Fuß gesetzt. Inwieweit sie sich strafbar gemacht hatten und deshalb angeklagt werden mussten, würde die Staatsanwaltschaft entscheiden müssen.

Alle Mitglieder der Mordkommission saßen zusammen und warteten auf den Bericht ihres Chefs, der gerade von der Obduktion des Opfers zurückgekehrt war. EKHK Voss berichtete ihnen, dass der Leichnam von Mehmet Yilde-

rim in dem Institut für Rechtsmedizin der FU Berlin von
Prof. Mertens und Dr. Erhardt obduziert worden war. Es
waren zwei Schrotschussverletzungen beim Opfer festgestellt worden. Dabei handelte es sich um eine Schussverlet-
zung mit sogenanntem Postenschrot mit Eintritt im linken
Schulterbereich und im Hals, bei der die beiden Oberlappen
der Lunge, die Trachea und die linke Halsvene durchschos-
sen wurden. Allein durch diese schweren Verletzungen wäre
mit Sicherheit der Tod innerhalb von drei bis fünf Minuten
eingetreten. Der zweite Schuss führte nach Feststellungen
der Gerichtsmediziner sofort zum Tode, da das Geschoss
nicht nur den Gesichtsschädel, sondern auch das Gehirn
des Opfers total zerstört hatte. Dieser Schuss war aus einer
Entfernung von höchstens zwei oder drei Zentimeter direkt
zwischen die Augenbrauen abgegeben worden. Diese Feststellung ergab sich aus der Tatsache, dass im Inneren des
Schädels eine Patronenhülse gefunden wurde, die bei einem
weiter entfernt abgegebenen Schuss außerhalb des Kopfes
hätte zu Boden fallen müssen. Für diese Einschätzung sprachen auch die deutlich breiten Aufplatzungen des Kopfes
im Bereich der Augenbrauen und das Schmauchspuren-
bild. Beide Erscheinungen waren typische Merkmale eines
Nahschusses. Die zwingende Folgerung daraus war, dass das
Opfer bei der Schussabgabe aus nächster Nähe noch gelebt
und Pankow den Schuss abgegeben hatte, um Mehmet Yilderim vorsätzlich zu töten.

Nachdem Gerhard Voss seinen Vortrag beendet hatte,
herrschte einen Augenblick lang Schweigen. Alle sahen sich
betroffen an. KHK Eberhardt fand als erster die Sprache
wieder und kommentierte:

»Wie ich schon am Tatort sagte, Gerhard. Es war eine regelrechte Hinrichtung. Pankow wollte nicht reden, er wollte
einfach nur töten, den verhassten Türken kaltblütig ermorden. Dazu muss er sich schon oben in der Wohnung entschieden haben. Seine Version von der Notwehr ist doch nur

eine absurde Schutzbehauptung und wird durch den zweiten Schuss sowieso ›ad absurdum‹ geführt. Dagegen sprechen auch die eindeutigen Aussagen der beiden Tatzeugen.«

Als er geendet hatte, nickten die anderen beifällig.

»Du hast wie immer alles auf den Punkt gebracht«, erwiderte Gerhard Voss anerkennend. »Dann wollen wir uns mal der Festnahme von Fred Radtke zuwenden.«

Der 25-jährige Fred Radtke wohnte im Nachtigallenweg 1 in Berlin-Wedding und wurde am 15. Januar in seiner Wohnung angetroffen. Er gab wenig später in seiner Vernehmung bereitwillig zu, Thomas Pankow zu kennen, mit dem er gemeinsam die »Hans-Bredow-Hauptschule« besucht hatte. Und dann begann er im schönsten Berliner Slang:

»Ick konnte ihn zuerst nicht leiden, weil er aus einer rabiaten asozialen Familie kommt. Er hat mehrere Brüder. Seine Halbbrüder Ansgar und Manfred sind allet Schläger und so. Thomas' Einstellung war schon immer ziemlich aggressiv.«

Nach einigem Zögern gab er seine Anwesenheit bei der Schießerei in der Rostocker Str. zu und sagte zu KOK Velske: »Okay, ich war von Anfang an dabei, kann ich von Anfang an erzählen?«

Logischerweise hatte der Kriminalbeamte keinerlei Einwände. KOK Velske belehrte ihn ausführlich über seine Rechte und sagte:

»Gut, Herr Radtke, dann fangen Sie mal an. Lassen Sie nichts aus und denken Sie daran, dass sowohl Augenzeugen als auch die Brüder von Thomas und sogar er selbst umfangreiche Aussagen zum Tatgeschehen gemacht haben.«

»Ja logisch, ick habe einen Hang zum Nichtlügen. Das wurde mir von klein auf eingebläut. Also, ick bin zu Thomas gegangen und wollte mir ein ›Nintendo-64-Spiel‹ ausleihen. Dann kam ein Anruf. Thomas war ziemlich aufgebracht, und wie ick dit verstanden habe, ging it darum, dass der Verstorbene Thomas Schmuck im Wert von 10.000 DM jeklaut, die Mutter von Thomas als Hure beschimpft und ihn selber als Hurensohn bezeichnet hat. Danach hatten sich beide im Gemenge und haben sich gestritten. Dann wollte der andere gleich vorbeikommen. Und da dit een Araber oder Türke war, hätte es ganz schönen Stress jegeben, deshalb bin ick mit Thomas und seinen Brüdern runterjegangen. Ick dachte, dit gibt 'ne Schlägerei. Da kam denn ein Auto an, in dem drei Personen saßen. Eene davon war 'ne Frau. Ick ging rüber auf die andere Straßenseite. Zwei Männer sind dann ausgestiegen. Der Türke ist auf Thomas zugegangen, ick stand direkt neben dem Türken und wollte eigentlich mit ihm zu Thomas gehen. In dem Moment kiekte ick schon in den Lauf einer Schrotflinte, allerdings hat er mich nicht getroffen, sondern den Türken. Een kleenet Stücke hat gefehlt, dann wär' ick auch dran gewesen. Ick habe die Patrone an meenem Ohr vorbeizischen hören. Es hat geknallt und dann lag der Türke da, direkt vor mir, und Thomas hat noch zweimal geschossen. Dann wollte er zu der jungen Dame ans Auto und die eiskalt totschießen, weil die in seinen Augen eine Zeugin war. Und da habe ick zu ihm gesagt: ›Lass die Alte zufrieden. Frau und Kinder lass sein. Dit reicht hier.‹ Und dann bin ick gegangen. Dit war't denn auch. Mit Mord will ick nichts zu tun haben. Man darf eenem anderen nicht das Leben nehmen. Da bin ick ziemlich biblisch angehaucht. Meistens geh ick nur wegen dem kleenen Steven zu Thomas hin. Een Tag vorher hatte Thomas seiner Freundin mit der Rückhand uffs Auge gehauen, da war gleich der Knochen kaputt. Mann, ick kann Ihnen sagen, ick war danach vielleicht kaputt! Ick hatte nach dem Mord ständig Albträume, ick hab den Türken immer liegen gesehen.« Dann stand Fred Radtke auf und demonstrierte wie der Tote auf der Straße gelegen hatte. »Haben Sie noch Fragen?«

»Ja natürlich, eine ganze Menge. Wie fühlen Sie sich jetzt?«

»Scheiße, im Grunde hat mich der Idiot da mit rinjezogen. Ick habe keene Lust, wegen dem wat an Knast zu kassieren.«

»Warum hat eigentlich Thomas seine Freundin überhaupt so heftig geschlagen?«

»Die Ketten hatte der Türke wohl jeklaut und sie hat seiner Meinung nach nicht genug uffgepasst. Deshalb hat er zugeschlagen. Das Auge ist jetzt völlig Matsch.«

»Wann sind Sie am Abend bei Thomas in der Wohnung gewesen?«

»So gegen 19 bis 20 Uhr. Er hatte vorher noch am Telefon gesagt: ›Ey, komm mal her, ick krieg Stress mit ›Noc‹.«

»Wie hat sich denn Thomas nach dem letzten Anruf verhalten?«

»Er hat rumgeflucht und abjekotzt, war richtig wütend und frustriert und sagte: ›Der Penner soll mal herkommen!‹ Am Telefon meinte er noch: ›Komm mal her, komm mal her, wirst schon sehen, wat passiert.‹«

Pankow hatte wohl bereits hier den Entschluss gefasst, Mehmet eine tödliche Lektion zu erteilen.

»Ick sagte dann zu ihm: ›Bleib ruhig, dit wird schon ruhig abjehn, wenn nicht, dann prügelst du dich 'n bisschen.‹«

»Wie viel Zeit verstrich zwischen dem Anruf und dem Runtergehen?«

»Der Anruf war 'ne dreiviertel Stunde vorher. ›Pizza‹ hat dann zur Beruhigung erstmal eene jekifft. Kurz bevor wir runtergingen, hat es noch mal kurz geklingelt.«

»Gab es eine Absprache zwischen Ihnen und den anderen, was unten geschehen sollte? Gab es eine Art Plan?«

»Nee, eigentlich nicht. Ick bin davon ausgegangen, wenn der Türke blöde kommt, kriegt der wat von ›Pizza‹ uff die Fresse. Ick leg mich nich mit Türken an. Denn wenn de eenen schlägst, kommen gleich zwanzig hinterher.«

»Haben Sie gesehen, was Thomas alles mitnahm?«

»Nur den Mantel.«

»Keine Waffe?«

»Hab ick nich gesehen, ick war noch mit Telefon und Portemonnaie Rinstecken beschäftigt.«

»Sie wollen mir erzählen, dass Sie die Waffe nicht gesehen haben, als er sich anzog?«

»Ick habe wirklich keene Waffe gesehen. Ick hab dit nich mitbekommen, dass er sich eene eingesteckt hat. Erst unten hab ick die Knarre gesehen, da hab ick richtig Schiss gehabt.«

»Thomas hat gesagt, sie hätten sich alle angezogen und dabei auf engem Raum gestanden. Er war sich sicher, dass Sie und die anderen die Pumpgun gesehen haben.«

»Wie ick schon sagte, ick habe nischt mitbekommen.«

»Was geschah dann unten auf der Straße?«

»Die anderen blieben stehen und ick ging auf die andere Straßenseite, um zu sehen, woher ›Noc‹ kommt.«

»Haben Sie die Männer, die aus dem Auto ausstiegen, angesprochen?«

»Nee, kann ick mich nich erinnern. Ick visiere die Leute immer nur an und überlege, wat für'n Risikofaktor besteht, versteh'n se? Aber die hatten keene Waffen mit. Das wäre mir uffgefallen. Ick war richtig erleichtert.«

»Wie weit waren Sie eigentlich von Thomas entfernt, als er schoss?«

»Na, höchstens zweieinhalb bis drei Meter. Ick stand zu diesem Zeitpunkt neben ›Noc‹. Ick hab sogar direkt in den Lauf jekiekt.«

»Wie dicht standen Sie denn neben dem Türken?«

»Nicht mehr als een halben Meter entfernt.«

»Wann haben Sie die Waffe zum ersten Mal gesehen?«

»›Pizza‹ hat eenen Mantel angehabt. Der Türke sagte noch: ›Wat is los?‹, und da hat ›Pizza‹ schon in den Mantel gegriffen, die Waffe gehoben, gezielt und einfach abgedrückt. Also, Mantel uff und bum!«

»Wo befanden sich eigentlich die Brüder Bahlke zu diesem Zeitpunkt?«

»Direkt an der Haustür. Dann sind se jeflüchtet.«

»Sie standen also direkt neben dem Türken. Wie hat der denn reagiert, als er die Waffe sah?«

»Er konnte nicht mehr reagieren, det ging zu schnell. Die Waffe ging hoch und ... bam! Er konnte wirklich nicht zur Seite springen.«

»Hatte der Türke überhaupt eine Chance?«

»Nee, dit war eiskalt. Dit war 'n eiskalter, vorsätzlicher Mord. Ick war in dem Moment völlig schockiert.«

»Hat Thomas gleich geschossen oder erst durchgeladen?«

»Er scheint sie schon vorher durchgeladen zu haben, denn er hat die schon mit der rechten Hand am Griff aus dem Mantel gezogen, kurz hochgenommen und dann – bum.«

»Hat Thomas irgendetwas vor der Schussabgabe gesagt?«

»Nee, hat er nich. Eiskalt und wortlos hat er jeschossen.«

»Was war eigentlich mit dem Begleiter des Türken?«

»Beim ersten Schuss hat der sich umgedreht und 'ne Flocke gemacht. ›Pizza‹ hat ihm dann hinterhergeballert. Aber ick gloobe nich, dass er ihn getroffen hat.«

»Sie liefen hinter dem Türken und seinem Begleiter her, als die beiden aus dem Auto gestiegen waren und über die Straße zu Thomas wollten. Haben Sie sehen können, dass einer von den beiden eine Waffe hinter dem Rücken hielt?«

»›Noc‹ und der andere hatten die Hände frei. Ick gloobe, dass ›Noc‹ dit allet wirklich verbal regeln wollte.«

»Sie haben bei der ersten Schussabgabe direkt neben dem Türken gestanden. Der fiel doch sofort zu Boden und Thomas kam auf Sie zu. Wieso haben Sie ihn nicht davon abgehalten, weitere Schüsse auf den am Boden Liegenden abzugeben?«

»Sie können ja Fragen stellen. Würden Sie denn eenen mit 'ner Schrotflinte in der Hand uffhalten?«

»Sie hätten doch sagen können: ›Hör auf, pack die Waffe weg‹, oder Ähnliches. Warum haben Sie das nicht getan?«

»Wie ick schon gesagt habe: ›Lass uns dit diplomatisch regeln und wenn nich, dann kriegt der wat uff die Fresse.‹«

»Aber bei der Frau haben Sie ihn aufgefordert, nicht zu schießen. Warum gerade bei der?«

»Ick weiß nich mehr genau, wat ick gesagt habe. Aber sinngemäß, dass er die Kleene bloß in Ruhe lassen solle, so ungefähr. Ohne mich würde die Kleene nich mehr leben, dann hätte se längst een paar Schrotkugeln im Schädel jehabt. Hätte ick gewusst, dass der den totschießt, hätte ick mich sofort uffn Weg gemacht. Ick kenn den, der schießt doch nich ins Been, der schießt richtig. Dit is een Psychopath.«

»Wie wir wissen, hat Thomas tatsächlich noch einmal auf den am Boden liegenden Türken geschossen und Sie sollen daneben gestanden haben. Kurz vor der Schussabgabe soll es zwischen Ihnen und Thomas einen kurzen Dialog gegeben haben. Was wurde da gesprochen?«

»Also nee, auf gar keenen Fall, ick kiek' mir doch nich an, wie eenem die Fresse zerschossen wird.«

»Thomas hat hier ausgesagt, dass er, bevor er schoss, Sie gefragt hätte: ›Lebt der noch?‹ Sie sollen daraufhin geantwortet haben: ›Ja, der zappelt noch.‹ Erst dann fiel der Schuss. Was sagen Sie dazu?«

»Nee, nee, wenn ick runterkieke und eener seine rechte Hand angewinkelt und den Kopf zur Seite hat, dann weeß ick, der is tot. Dann brauch ick mich nich hinstellen und so wat sagen.«

»Thomas sagte aus, dass Sie geäußert hätten, dass Sie an seiner Stelle dasselbe machen würden. Sie würden sich auch bewaffnen, wenn es um Ihre Familie ginge.«

»Gibt es 'ne Möglichkeit, in seine Zelle zu kommen, dann schlag' ick ihm den Schädel ein. Der soll uffhören, so 'ne Pisse zu erzählen.«

Im Gegensatz zu den Brüdern Bahlke war nach der Vernehmung von Fred Radtke der Verdacht nicht ausgeräumt worden, dass er Thomas Pankow bei der Tötung von Mehmet Yilderim mit Rat und Tat zur Seite gestanden haben könnte. Nach kurzer Rücksprache zwischen EKHK Voss und Staatsanwalt Breitenbach sollte Radtke zum Erlass eines Haftbefehls dem Haftrichter vorgeführt werden. Der Staatsanwalt beantragte dann sogar einen Haftbefehl wegen gemeinschaftlichen Mordes (Mittäterschaft), den aber der Richter aufgrund des bisherigen Ermittlungsergebnisses nicht ausstellen wollte. In seiner kurzen mündlichen Erklärung beurteilte er den gegen Fred Radtke bestehenden Tatverdacht – im Gegensatz zur Staatsanwaltschaft – als nicht dringend, und damit entfiel auch die Grundvoraussetzung für eine Untersuchungshaft.

In der später stattfindenden Gerichtsverhandlung wurde nach Ende der Beweisaufnahme, in Übereinstimmung mit der Staatsanwaltschaft, das Verfahren gegen Radtke wegen Beihilfe zum Mord eingestellt. In dem Urteil der 36. Großen Strafkammer des Landgerichts Berlin hieß es dazu unter anderem:

»Die Kammer ist überzeugt davon, dass der Angeklagte Radtke – hätte er um die Bewaffnung Pankows gewusst – sich sicher nicht unmittelbar neben das spätere Tatopfer gestellt und so selbst wenigstens eine erhebliche Verletzung riskiert hätte. Dass der Angeklagte nach dem Schuss gesagt hätte, Mehmet Yilderim »zappele« noch, konnte auch nicht mit der erforderlichen Sicherheit festgestellt werden, schon gar nicht, dass eine derartige Äußerung seinerseits von dem Willen getragen gewesen wäre, Pankow in seinem Tötungsvorsatz psychisch zu bestärken. Insbesondere die Tatzeugin, Elena Walther, konnte sich an eine derartige Bemerkung nicht im Einzelnen erinnern. Die Kammer hält es darüber hinaus für ausgeschlossen, dass der Angeklagte zunächst Pankow bei der Tötung von Mehmet Yilderim unterstützen wollte und, um dann, wenige Sekunden später, die Tötung der Zeugin Walther, die ihm in keiner Weise näherstand als das Opfer, zu verhindern.«

Allerdings, ganz so harmlos wie Fred Radtke vor Gericht tat, war er in Wirklichkeit nicht. Im Oktober 1998 brachte er nämlich Thomas Pankow als Sicherheit für Schulden in

Höhe von 690 DM eine doppelläufige Schrotflinte, Modell »The Hunters Gun«, Kal. 12 mm, mit in dessen Wohnung in der Rostocker Straße, wo sie Pankow bis zu deren Beschlagnahme aufbewahrte. Weder Radtke noch Pankow besaßen für die Waffe die erforderlichen Waffenscheine. Dafür wurde er zu neun Monaten Freiheitsstrafe verurteilt, die zur Bewährung ausgesetzt wurden.

Das gegen die Halbbrüder von Thomas Pankow pro forma eingeleitete Strafverfahren wurde nach Abschluss der Ermittlungen von der Staatsanwaltschaft eingestellt. Zu einer Anklage kam es erst gar nicht.

Im Verlaufe der weiteren Ermittlungen gegen Thomas Pankow wurden noch zwei weitere Straftaten bekannt, bei denen er jeweils eine Schusswaffe gegen einen Menschen gerichtet hatte.

Im März 1998 geriet Pankow mit seinem flüchtigen Bekannten Peter Schulze in Streit, in dessen Verlaufe Schulze drohte, Pankow zu erschießen. Pankow entschloss sich aus Angst und Wut, dem etwas entgegenzusetzen und besorgte sich deshalb eine halbautomatische Selbstladepistole, Kal. 8 mm. Als er seinen Kontrahenten am 27. März zufällig an der Huttenstraße/Ecke Rostocker Straße sah, nahm er die Waffe in die Hand und gab aus einer Entfernung von 25 Metern zwei oder drei Schüsse ab, die Schulze jedoch verfehlten. Dies war von Pankow nach seiner unwiderleglichen Einlassung auch so beabsichtigt gewesen, da die Schüsse lediglich zur Abschreckung dienen sollten.

Anfang Juli 1998 wohnte bei ihm der heroinabhängige Edgar Pavelic. Am Morgen des 7. Juli bemerkte Pankow, wie Pavelic an seinem Portemonnaie hantierte. Aus Wut und Enttäuschung griff sich Pankow eine Schere und stach Pavelic in den linken Unterarm. Dann nahm er einen Revolver, Fabrikat »Walther«, 9 mm, und schoss – ohne Pavelic treffen zu wollen – auf ihn, um ihn zur Vernunft zu bringen. Pavelic erlitt einen Durchschuss der linken Gesäßhälfte.

Dann gingen mehrere Gutachten bei der Mordkommission ein. Die chemisch-toxikologischen Untersuchungen von Pankows Blut ergaben 0,0 Promille Alkohol. In seiner Urinprobe wurden jedoch Cannabinoide (Haschisch) in geringer Menge nachgewiesen.

Dem Gutachten des kriminaltechnischen Instituts des BKA war zu entnehmen, dass die Pumpgun bisher zu keiner in der zentralen Schusswaffendatei erfassten Straftat verwendet worden war.

Am 25. März 1999 wurden die Ermittlungen im Mordfall Mehmet Yilderim von der 4. Mordkommission abgeschlossen. Zufrieden, mit seinen Männern erneut einen Mordfall lückenlos aufgeklärt zu haben, unterschrieb EKHK Gerhard Voss die Abgabeverfügung an die Staatsanwaltschaft. KK Marco Hohberg brachte die Akten und einen umfangreichen Bildband persönlich zur Staatsanwaltschaft.

Am 22. Juli wurde von der 36. Großen Strafkammer des Landgerichts Berlin (Schwurgericht) nach sechstägiger Verhandlungsdauer das Urteil gegen Thomas Pankow gesprochen. Zu diesem Verfahren waren 61 Zeugen sowie 7 Sachverständige geladen worden.

Als Thomas Pankow ausführlich über sein bisheriges Leben Auskunft gab, war dem Gericht alsbald klar, dass die Ursachen für seinen außergewöhnlichen Jähzorn und seine gezeigte Gewaltbereitschaft in seiner Kindheit zu suchen waren.

Er wuchs mit seinen beiden Halbbrüdern, Ansgar und Manfred, im elterlichen Haushalt in zunächst recht harmonischen Verhältnissen auf. 1979 geriet die Ehe der Eltern in eine schwere Krise, unter der die Kinder sehr litten. Der Vater begann übermäßig Alkohol zu trinken, und die Mutter wandte sich einem anderen Mann zu. Nachdem sich die Situation immer mehr zugespitzt hatte, unternahm der Vater am 4. Juli – Thomas war 9 Jahre alt – den Versuch, die Mutter und deren Liebhaber zu erschießen. Die Mutter blieb unverletzt, weil die Waffe eine Funktionsstörung hatte, während ihr Liebhaber von einer Kugel getroffen und schwer verletzt wurde. Für diesen Tötungsversuch musste der Vater für dreieinhalb Jahre ins Gefängnis. Pankow, der an seinem Vater sehr hing, besuchte ihn regelmäßig in der Haft. Die Ehe der Eltern zerbrach endgültig, und die Mutter zog mit den beiden älteren Söhnen zu ihrem Geliebten, während Thomas vorübergehend in ein Heim kam, was ihn sehr kränkte. Später wohnte er dann wieder bei seiner Mutter, die ihre Söhne aber vernachlässigte und sich dafür umso mehr um ihre ständig wechselnden Lebenspartner kümmerte. Das hatte insbesondere bei Thomas eine gewisse soziale Verwahrlosung und Schwierigkeiten in der Schule zur Folge. 1988 heiratete die Mutter erneut, und es gab zwischen Thomas und seinem Stiefvater von Anfang an Spannungen, weil dieser versuchte, ihn zu erziehen. Die Handgreiflichkeiten gipfelten in einer Auseinandersetzung, in deren Verlaufe Thomas seinem Stiefvater eine Gabel an die Kehle hielt und zuzustechen drohte. Wegen seiner Unfähigkeit sich anzupassen wurde er von der Schule verwiesen und kam in das »Don-Bosco-Heim« in Berlin-Wannsee. Dort stabilisierte er sich etwas und schloss eine Lehre als Maler und Lackierer ab. 1993 lebte er zeitweise bei seinen Brüdern und zeitweise in einem besetzten Haus. 1993 lernte er seine jetzige Freundin Svenja kennen und zog zu ihr in ihre Wohnung in der Rostocker Straße. 1996 wurde ihr gemeinsamer Sohn geboren. Im Verlaufe der Beziehung kam es immer wieder aus den nichtigsten Anlässen zu Gewalttätigkeiten gegenüber seiner Lebensgefährtin, deren trauriger Höhepunkt die schwere Augenverletzung war, die die junge Frau einen Tag vor der Ermordung Mehmet Yilderims erlitt.

Der Gerichtsmediziner, Prof. Dr. Köberling, gab vor Gericht sein Gutachten über die Frage der Schuldfähigkeit des Angeklagten ab. Demnach gab es weder organische noch psychotische Erkrankungen bei Thomas Pankow. Allerdings stellte der Psychiater sowohl Symptome einer dissozialen Persönlichkeitsstörung (Missachtung sozialer Normen, Regeln und Verpflichtungen, aggressives, gewalttätiges Verhalten, Mangel an Selbstbewusstsein und erhöhte Reizbarkeit) als auch einer histrionischen Persönlichkeitsstörung (Egozentrik, erhöhtes Verlangen nach Anerkennung) fest. Zu Pankows Wesen gehörte, dass er in erster Linie nur dann Gewalt ausübte, wenn er nicht ernstlich mit Strafverfolgung rechnen musste. Hier hatte er durch seine deutliche körperliche Überlegenheit seine Gereiztheit gegenüber den Schwächeren bewusst und voll ausgelebt.

Hierzu sei angemerkt, dass weder seine Lebensgefährtin – trotz der erheblichen Misshandlungen – noch Pavelic einen Strafantrag stellen wollten. Pavelic gab Pankow erst dann als Täter an, als er erfahren hatte, dass dieser »sicher verwahrt« in Untersuchungshaft sitzen würde. Das Auftreten Pankows vor Gericht bot ein eindrucksvolles Spiegelbild seiner psychiatrischen Anamnese. Wüste, unkontrollierte Ausfälle – gegenüber Zeugen, teilweise auch Verwandten und Nebenklägerin – und höfliche Angepasstheit gegenüber Gericht und Verteidiger wechselten einander ab.

Die Kammer kam übereinstimmend mit dem Sachverständigen zu dem Ergebnis, »dass Pankows dissoziale Persönlichkeitsstörung nicht zu einer erheblichen Beeinträchtigung seiner Einsichts- oder Steuerungsfähigkeit hinsichtlich der festgestellten Straftaten führte, da die äußeren Tatbilder dies ausschlossen.« Es stand fest, dass Pankow voll schuldfähig war.

Kernpunkt seiner Verteidigungsstrategie war die Darstellung seiner Notwehrsituation. So erklärte er, dass er aufgrund der Drohungen des Opfers Todesangst gehabt habe und insbesondere um seine Familie fürchtete. Den ersten Schuss habe er deshalb ohne Vorwarnung abgeben müssen, um sich und seine Familie zu schützen. Dies sei der einzige Weg gewesen. Auf Michael Schabert habe er nur geschossen, um ihn zu vertreiben. Keinesfalls wollte er ihn töten. Er habe den am Boden liegenden Mehmet bereits für tot gehalten, als er zum zweiten Mal auf ihn schoss. Auch habe er nicht aus nächster Nähe, sondern den Schuss aus gut zwei Meter Entfernung – den Kopf abgewandt – in dessen Richtung abgegeben. Er habe unter Schock gestanden und gar nicht richtig realisiert, was passiert sei.

Die Einlassungen des Angeklagten wurden durch die umfangreiche Beweisaufnahme widerlegt. Danach stand für die Kammer fest, dass für Pankow oder andere Personen durch die verbalen Drohungen Mehmets keinesfalls eine ernsthafte oder gar tödliche Bedrohung bestand. Er wollte unbedingt dem Opfer wegen des Diebstahls eine Lektion erteilen und daraus als eindeutiger Gewinner hervorgehen. So führte der Vorsitzende Richter Weinhold unter anderen aus:

»Wesentlichstes Indiz dafür, dass Wut und Vernichtungswille, nicht aber Angst vor dem Opfer, vorrangig waren, ist der zweite, endgültig tödliche Schuss in den Kopf. Dies war eine nicht nachvollziehbare, hinrichtungsähnliche und besonders erniedrigende Aktion, genauso wie es vom Mörder intendiert war. Die Versuche des Angeklagten, ebendiesen Eindruck in der Hauptverhandlung abzuschwächen, sind gescheitert, denn es steht zur Überzeugung der Kammer fest, dass Mehmet Yilderim noch lebte, als der Angeklagte den zweiten Schuss auf ihn abgab.«

Dass Pankow gezielt auf Michael Schabert geschossen hatte, stand für die Kammer nach dessen überzeugenden Aussagen sowie den weiteren Angaben der Zeugen Elena Walther und Fred Radtke fest. Sie hatten übereinstimmend ausgesagt, dass Pankow nach dem ersten Schuss auf Mehmet sofort die Waffe auf Schabert gerichtet und aus einer Entfernung von vier bis fünf Meter einmal auf ihn geschossen habe. Den zweiten Schuss habe er in die Laufrichtung des Fliehenden ebenso gezielt abgegeben. Dabei habe er auch dessen Tod in Kauf genommen.

Am Ende war klar, dass Thomas Pankow aus niedrigen Beweggründen getötet hatte, denn die bestimmenden Motive seines Handelns waren Wut und Verärgerung über das unbotmäßige Verhalten seines Opfers sowie der unbedingte Wille, sich diesem gegenüber – mit welchen Mitteln auch immer – durchzusetzen.

Bei der Strafzumessung für den Angeklagten hatte die Kammer bei den ihm zur Last gelegten Taten die jeweils voll umfänglichen, geständigen Angaben zu seinen Gunsten berücksichtigt. Strafmildernd wirkte sich insgesamt auch das Vorliegen der dissozialen Persönlichkeitsstörung aus.

Für die Straftaten an Peter Schulze und Edgar Pavelic erhielt er zweieinhalb Jahre Freiheitsstrafe und für den Besitz der Doppellauflinte und der Pumpgun hielt das Gericht zwei Jahre und sechs Monate für angemessen. Außerdem wurde er wegen schwerer Körperverletzung seiner Lebensgefährtin (Bruch des Augenhöhlenknochens) zu einem Jahr und wegen versuchten Mordes an Michael Schabert zu acht Jahren Freiheitsstrafe verurteilt.

Als der Vorsitzende die Gesamtstrafe für die vorstehenden Taten und den Mord an Mehmet Yilderim verkündete, wurde Thomas Pankow leichenblass. Wie im Trance hörte er den folgenschweren Satz: »Und deshalb wird der Angeklagte wegen Mordes zu einer lebenslangen Freiheitsstrafe verurteilt.«

Nachzutragen bleibt noch, dass Thomas Pankow und seine langjährige Freundin Svenja Meinert im April 1999 geheiratet haben …

Anhang

Erläuterung polizeiinterner Begriffe

A 33	Polizeiabschnitt 33 in der Direktion 3
A 52	Polizeiabschnitt 52 in der Direktion 5
AG	Amtsgericht
AG / EG	Arbeitsgruppe / Ermittlungsgruppe
BKA	Bundeskriminalamt
Charité	Universitätsklinik in Berlin-Mitte
Dir VB M II 4	Direktion Verbrechensbekämpfung,
Referat	»Delikte am Menschen« (zentrale Vermiss-tenstelle)
ED	Erkennungsdienst
EWW	Meldedatei des Einwohnermeldeamtes
FU	Freie Universität in Berlin
Fubz	Funkbetriebszentrale der Polizei
FuStW 42 / 5	Funkstreifenwagen des Polizeiabschnitts 42 der Direktion 5
INPOL	Informationssystem der Polizei der Länder
JVA	Justizvollzugsanstalt
LKA	Landeskriminalamt
LKA 6214	Erkennungsdienst / Tatortfotografie des LKAs
LKA 6224	Tatortzeichenstelle des LKAs
PTU	Polizeitechnische Untersuchungen
VB I	Sofortbearbeitung der Kriminalpolizei in den örtlichen Direktionen

Polizeidienstgrade

EKHK	Erster Kriminalhauptkommissar
KHK	Kriminalhauptkommissar
KK	Kriminalkommissar
KM	Kriminalmeister
KOK	Kriminaloberkommissar
KOM	Kriminalobermeister
KOR	Kriminaloberrat
PK	Polizeikommissar
PM	Polizeimeister
POM	Polizeiobermeister